BERND FLESSNER

Der Radieschen-Mörder

Ein perfider Garten-Krimi

BERND FLESSNER

Der Radieschen-Mörder

Ein perfider Garten-Krimi

blv

Dr. Bernd Flessner studierte Germanistik, Theater- und Medienwissenschaft sowie Geschichte in Erlangen und promovierte 1991. Er arbeitet als Zukunftsforscher am Zentralinstitut für Angewandte Ethik und Wissenschaftskommunikation der Friedrich-Alexander-Universität Erlangen-Nürnberg sowie als freier Autor. Er schreibt u. a. für die *Neue Zürcher Zeitung*, die *Nürnberger Nachrichten,* die Zeitschriften *mare* und *Kultur & Technik* sowie für Fernsehsender wie den Bayerischen Rundfunk. Als Autor wurde er 2007 mit dem Utopia-Preis (Aktion Mensch) und 2011 mit dem International Corporate Media Award ausgezeichnet. Von ihm erschienen zahlreiche Kriminalerzählungen in verschiedenen Verlagen und fünf Romane mit dem Hauptkommissar Gerd Greven (Leda-Verlag). Dr. Bernd Flessner ist außerdem Mitglied im »Syndikat«, einer Autorengruppe für deutschsprachige Kriminalliteratur. Mehr Infos unter www.bernd-flessner.de.

Bibliografische Information der Deutschen Nationalbibliothek

Die Deutsche Nationalbibliothek verzeichnet diese Publikation in der Deutschen Nationalbibliografie; detaillierte bibliografische Daten sind im Internet über http://dnb.d-nb.de abrufbar.

BLV Buchverlag
GmbH & Co. KG

80636 München

www.facebook.com/blvVerlag

Titelbild: Stockfood/Vfoodphotography; Blut: Fotolia

Lektorat: Dr. Thomas Hagen
Herstellung: Ruth Bost
DTP: Kathrin Michel, Satz+Layout Peter Fruth GmbH, München

Printed in Germany
ISBN 978-3-8354-1395-5

1

Endlich hatte er das Haus gefunden.

Karl Jensch fuhr die Tour über die Dörfer im Aischgrund zum ersten Mal und hatte eine entsprechende Zeitreserve eingeplant. Aber offenbar nicht genug, denn schon in Biberbach lag er fast eine halbe Stunde hinter seinem Zeitplan zurück. Nicht immer wusste sein Navi den Weg, nicht immer kannten die Menschen, die er nach dem Weg fragte, die Adresse.

Diese hatte er jedenfalls gefunden. Johann Kunrath, Weißkopfstraße 15. Eine Sackgasse am Dorfrand. Hinter dem Haus begann der Wald, wie schon von Weitem zu erkennen war.

Jensch stieg aus seinem Wagen, legte den Handscanner auf das Paket und nahm es fest zwischen beide Hände. Schwer war es nicht, aber unhandlich.

Das Haus lag verborgen hinter dem Laub mehrerer Bäume und Sträucher. Erst nach mehreren Metern auf dem gepflasterten Weg tauchte zunächst der Giebel, dann das komplette Haus auf, das einen gelben Putz, schmale Sprossenfenster und eine Biberschwanzdeckung besaß. Die Beete rund um die Wohnungstür waren perfekt angelegt, die Blumen, Kräuter und kleinen Büsche in voller Blüte.

Aber das interessierte den Zusteller nicht. Er wollte so

schnell wie möglich sein Paket loswerden, wollte eine Unterschrift auf dem Handscanner und wieder verschwinden. Er setzte das Paket auf dem Granitpflaster ab und drückte den Klingelknopf.

Jensch hatte Pech. Die grün gestrichene Tür blieb verschlossen.

»Das gibt es doch nicht!«, schimpfte er, sah auf die Uhr und klingelte erneut, diesmal in den bewährten Intervallen. Niemand öffnete. Er machte ein paar Schritte zurück, wäre fast über das Paket gefallen und sah sich um. In der Einfahrt stand kein Wagen. Aber vielleicht war jemand im Garten und hatte sein Klingeln nicht gehört? Er folgte dem gepflasterten Pfad, der ihn hinter das Haus führte, wo er auf eine Rasenfläche und zahlreiche Beete traf, jedoch leider nicht auf Menschen.

Frustriert klopfte Jensch an die Hintertür, ohne eine Reaktion zu erhalten. Durch das schmale Sprossenfenster konnte er einen Blick in die menschenleere Küche werfen.

»Dann eben nicht!«

Der Zusteller wollte den Garten gerade wieder verlassen, als er die leicht geöffnete Tür der kleinen Scheune bemerkte. Ein leises Knarren hatte sie verraten, das dem aufkommenden Wind zu verdanken war. Ohne zu zögern, öffnete Jensch die Tür und entdeckte ein dunkles Schattenreich, das sich hier vor der Sonne verbarg. Zunächst konnte er nur Konturen erkennen, dann gewöhnten sich seine Augen langsam an das Fehlen von Tageslicht.

»Hallo? Ist jemand da?«

Die Scheune war ebenso verlassen wie das Haus. Dafür roch sie nach Alkohol und Benzin.

»Hallo?«

Jensch machte einen Schritt ins Halbdunkel. Rechts gab

sich ein Rasenmäher zu erkennen, links standen mehrere Fässer. Den Rest ahnte er mehr, als er tatsächlich sehen konnte. Aber es war ihm egal, was die Scheune noch zu bieten hatte. Hauptsache, er hatte einen Ort gefunden, an dem er das Paket deponieren konnte. Die Empfänger waren in der Regel erleichtert, es nicht irgendwo abholen zu müssen. Mit schnellen Schritten kehrte er zur Vordertür zurück, nahm das Paket und den Handscanner und trug es in die kleine Scheune. Nach kurzer Überlegung stellte er es gut zwei Meter von der Tür entfernt auf den Betonboden, damit der Empfänger nicht darüber stolperte. Jetzt fehlte nur noch die Benachrichtigungskarte für den Briefkasten.

»Johann?«

Jensch zuckte kurz zusammen und drehte sich um. Vor die Sonne hatte sich die Silhouette eines großen, kräftigen Mannes geschoben, dessen Gesicht er nicht erkennen konnte.

»Ach, das ist ja gar nicht der Johann«, stellte der Schattenmacher mit spürbarer Enttäuschung fest.

»Nein, hier ist niemand zu Hause«, erwiderte der Zusteller. »Ich habe nur ein Paket gebracht.«

»So ein Pech.«

Jensch trat zur Seite, um den Mann sehen zu können. Er war fast einen Kopf größer als er, etwa Mitte vierzig und trug Jeans und ein fleckiges, graues T-Shirt.

Der Unbekannte spazierte an Jensch vorbei in die Scheune und musterte die Fässer. Trotz des diffusen Lichts schien er sie gut unterscheiden zu können.

»Diese zwei sind es. Wenn Sie mir helfen, brauche ich nicht auf Johann zu warten oder später noch mal wiederzukommen. Die Dinger sind nämlich verdammt schwer.«

»Ich ... ich habe eigentlich keine Zeit«, wehrte sich Jensch gegen den spontanen Vorschlag. »In meinem Wagen warten noch gut dreißig Pakete.«

»Jetzt komm schon, Paketmann! Es dauert nicht lange.«

Der Mann huschte an ihm vorbei und kehrte mit einer großen Sackkarre zurück.

»Los! Wir müssen das Fass nur ein bisschen anheben!«

Jensch gab nach, stellte sich auf die andere Seite des Fasses, suchte den Griff und begann daran zu ziehen. Ein kraftvoller, gemeinsamer Ruck reichte, und schon übernahm die Sackkarre die Last.

»Zum Wagen!«, lautete das Kommando des Unbekannten. »Aber vorsichtig!«

Trotz der großen Reifen der Sackkarre wurde das Maischefass, das erst außerhalb der Scheune seine blaue Farbe preisgab, auf den Pflastersteinen ordentlich durchgeschüttelt.

»Wir sind zu schnell«, reagierte der Mann.

Hinter dem Wagen des Zustellers, dessen Zeitplan längst zur Utopie geworden war, parkte ein dunkelgrüner Kleinbus. Die seitliche Schiebetür war geöffnet.

»Da hinein?«

»Da hinein. So schwer ist das Fass nun auch wieder nicht. Ich bin übrigens Matthias Randel.«

»Karl Jensch. Etwa von der Brennerei?«

»Erraten. War ja auch nicht schwer. Also los! Eins, zwei, drei!«

Gemeinsam wuchteten sie das blaue Kunststofffass in den Kleinbus.

»War doch ganz einfach. Jetzt das Nächste. Dann bist du auch schon entlassen, Paketmann.«

Der Zusteller nutzte den Rückweg, um das kleine Formular dem Briefkasten anzuvertrauen. Damit war seine ursprüngliche

Mission erfüllt. Aber er hatte sich auf das erste Fass eingelassen und sah keine Möglichkeit, der Hilfeleistung zu entkommen, obwohl seine Uhr genau das von ihm verlangte. Immerhin war Randel von der schnellen Truppe. Kaum hatten sie das zweite Fass auf die Sackkarre geliftet, ruckelte es auch schon über das Pflaster.

»Und hoch damit!«, kommandierte Randel.

Jensch holte Luft, stöhnte kaum hörbar und war entlassen.

»Danke!«

»Bitte.«

Der Zusteller schwang sich hinter das Lenkrad und sah auf seine Liste. Angelika Bärthlein. Bahnhofstraße 8. Ohne erneut auf die Uhr zu sehen, startete Jensch den Motor. Fast in der Ortsmitte von Biberbach, noch vor dem Marktplatz, passierte er die Obstbrennerei von Matthias Randel. Durch das geöffnete Tor konnte der den dunkelgrünen Bus sehen. Aber der interessierte ihn nicht mehr. Er wollte nur noch seine Pakete loswerden. So schnell wie möglich.

Auch Randel bemerkte den Bus des Paketdienstes, der an seinem Hoftor vorbeifuhr.

»Ein komischer Kerl«, bemerkte er, während er sich dem ersten Fass zuwandte.

»Von wem sprichst du?«, fragte Rudi Gerling, der seit mehr als zwanzig Jahren zur Firma gehörte und der Mann fürs Grobe war.

»Der Paketfritze. Johann war nicht da. Also hat er mit anpacken müssen.«

»Und was war an ihm komisch?«

»Ich weiß nicht. Seine ganze Art. Das ist einer von diesen Typen, die immer unter Strom stehen. So ein Verhuschter. Wenn du weißt, was ich meine.«

»Nein. Weiß ich nicht.«

»Egal, runter mit dem Fass!«

Sie brachten die beiden Fässer in einen großen, gekachelten Raum, der keine unangekündigte Kontrolle durch das Lebensmittelüberwachungsamt zu fürchten brauchte. Alles glänzte, der Stahl sowieso, aber auch die Kupferrohre, die in anderen Brennereien nicht selten stumpf waren. Die Brennblasen mit ihren Helmen und Geistrohren waren ebenfalls aus Kupfer und sahen trotz ihres Alters wie neu aus. In den weißen Kacheln konnte man sich spiegeln.

»Wann kommen die dran?«

»Gleich morgen früh«, antwortete Randel. »Die schieb ich irgendwie dazwischen. Das habe ich dem Johann versprochen.«

»Dann lass uns schon mal nachsehen, was Johann abgeliefert hat«, sagte Gerling und löste den schwarzen Deckel vom ersten Fass.

»Hast recht. Ich muss immer noch an die Essigmutter denken, die er uns vor zwei Jahren angeschleppt hat.«

»Sieht gut aus und riecht auch gut«, kommentierte Gerling den Inhalt des ersten Fasses.

Randel nickte und hob den Deckel des zweiten Fasses hoch.

»Das sieht auch …«, begann er und ließ den Deckel fallen, der über die Fliesen rollte und sich umständlich einen Platz auf dem Boden suchte. Randel öffnete seinen Mund und starrte wie betäubt in das Fass.

»Was ist denn, Chef?«, fragte Gerling irritiert. »Hat er wieder eine Essigmutter gezüchtet?«

Randel sagte kein Wort, packte den rechten Arm seines Mitarbeiters und zog ihn zu sich rüber.

Nun öffnete auch Gerling seinen Mund, wenn auch nicht so weit wie Randel. Aus der Maische ragte ein menschlicher

Kopf heraus, der ganz sanft von der trägen Flüssigkeit hin und her bewegt wurde. Die kurzen schwarzen Haare waren mit vergorenen Kirschen übersät. Randel und Gerling wussten sofort, wessen Kopf sie vor sich hatten.

»Das ist der Johann«, hauchte Randel.

»Ist er … ich meine …?«

»Das siehst du doch!«

»Wie ist der da hineingekommen?«, fragte Gerling nach kurzer Pause, den Blick starr auf den Kopf gerichtet.

»Nicht freiwillig. Wenn ich es nicht mit eigenen Augen gesehen hätte, würde ich sogar schwören, dass ein erwachsener Mensch niemals in so ein Fass passt.«

»Also … kein … Unfall?«

»Rudi! Wie sollte denn so ein Unfall aussehen?«

»Äh … er könnte in seiner Scheune … irgendwie von der Leiter …«

»Natürlich. Von der Leiter. Du hast schon immer auf alles eine Antwort gewusst. Und wie hat er dann den Deckel auf das Fass bekommen?«

Gerling blieb dieses Mal die Antwort schuldig. Er konnte seinen Blick nicht von dem Kopf lösen, der aufgehört hatte, sich zu bewegen. Die graubraune Brühe hatte sich beruhigt.

»Der hat doch was im Mund«, stellte Gerling fest. »Ist das ein Ei oder ein Ball?«

»Nein, ein Radieschen«, antwortete Randel verwundert.

Gerling beugte sich tief über das Fass, richtete sich aber gleich wieder auf.

»Tatsächlich. Ein Radieschen. Äh, Chef, wäre es nicht besser, die Polizei …?«

»Mein Handy liegt noch im Wagen. Bleib hier und lass niemanden an das Fass. Vor allem meine Frau nicht. Die schläft auch so schon schlecht genug. Ich geh ins Büro und rufe von dort aus an.«

Als Randel verschwunden war, schlich Gerling lautlos in die Ecke des Raumes und holte den schwarzen Deckel, um damit das Fass zu verschließen. Misstrauisch wanderte sein Blick von Tür zur Tür, als hätte er einen Goldschatz zu bewachen.

Draußen, vor dem Hoftor, fuhr mit leicht überhöhter Geschwindigkeit der Lieferwagen eines Postzustellers vorbei.

2 Walter Dollinger ließ sich in seinen Liegestuhl fallen. Der murrte zwar, hielt aber dem Aufprall stand. Neun D-Mark hatte Dollinger dafür bezahlt. Vor gut fünfzehn Jahren. Bei Ikea. Er konnte sich nicht vorstellen, ihn eines Tages durch ein neueres Modell ersetzen zu müssen, auch wenn seine Frau dies schon mehrfach von ihm gefordert hatte. »Das Holz ist schon ganz grau«, hatte sie betont. Das aber war bei Buchenholz ganz normal, das öfter mal Wind und Wetter ausgesetzt war. Die Farbe sagte nichts über die Haltbarkeit aus. Unästhetisch, hatte seine Frau die Farbe genannt, schmutzig. Dabei war der Liegestuhl sehr bequem, wie für ihn gemacht, für seinen Rücken, seinen Kopf. Ideal, um damit im Halbschatten des ebenso großen wie alten Apfelbaums hinter seiner Scheune die Sommersonne zu genießen.

In seinem Garten war nicht viel zu tun. Die Rasenflächen waren gemäht, der Schnitt auf dem Kompost, die verblühten Rispen des Schmetterlingsflieders hatte er entfernt, um so neuen Blüten eine Chance zu geben. Der Strauch, den vor allem Tagpfauenaugen, Kleine Füchse und Zitronenfalter liebten, hatte sich vor Jahren selbst ausgesät und sich für die unmittelbare Nähe zum Komposthaufen entschieden. Und Dollinger hatte ihn gewähren lassen. So wie andere Pflanzen in seinem Garten auch. Er griff nur ein, wenn es unbedingt erforderlich war.

Dollinger war gerade dabei, sich von der unmittelbaren Realität zu verabschieden, als ihn eine Stimme zurückholte. Friedrich Prechtel, sein einziger direkter Nachbar, dessen Grundstück an den hinteren Teil seines großen Gartens grenzte. Ansonsten war sein Anwesen nur von gepflasterten, schmalen Dorfstraßen umgeben.

»Ein schönes Plätzchen haben Sie da.«

»Ja, Herr Prechtel, das habe ich.«

»Und Zeit, es zu genießen, haben Sie ja auch.«

»Habe ich, Herr Prechtel. Aber ich darf Sie daran erinnern, dass ich hier nicht freiwillig liege.«

Der Nachbar, der hinter einer makellosen Ligusterhecke Stellung bezogen hatte, warf ihm einen missmutigen Blick zu. Er war in Dollingers Alter, also Ende fünfzig, und arbeitete in einer nahe gelegenen Fabrik für Wälzlager.

»Hatten Sie sie mal? In letzter Zeit?«

»Was soll ich gehabt haben?«

»Na, Ihre Allergie.«

»Ja, die meldet sich immer wieder mal. Dennoch kann ich Sie beruhigen, ich habe sie ganz gut im Griff. Aber arbeitsunfähig bin ich trotzdem. Das wissen Sie ja.«

In Prechtels Miene arbeitete, wie gewohnt, das Misstrauen. Dollinger konnte ihn sogar verstehen. Während er jeden Tag in der Sonne liegen konnte, bestimmte die Schicht das Leben seines Nachbarn. Körperlich wurde er auch stark gefordert. Im Dorf kursierten Gerüchte, Prechtel habe sich darum bemüht, ebenfalls vorzeitig in den Ruhestand gehen zu können. Aber das waren nur Gerüchte. Sie besagten auch, dass er mit seinen Versuchen gescheitert war. Und wie so oft in diesen Fällen fehlten jegliche Beweise oder Geständnisse. Vielleicht hatte sein Nachbar am Stammtisch einen Nebensatz fallen lassen, sich eine Frühpensionierung durchaus vorstellen zu können. Vielleicht hatte er sich dabei sogar auf ihn bezogen. Für die sozialen Giftmischer Biberbachs, die ihrer Mission mit großer Leidenschaft nachgingen, spielte das keine Rolle. Ihnen genügte ein kleiner Funke, um einen Waldbrand zu entfachen.

»Was haben Sie da eigentlich genau gemacht?«

»Wo gemacht?«, fragte Dollinger nach, obwohl er genau wusste, was sein Nachbar gemeint hatte. Es war auch nicht das erste Mal, dass Prechtel ihn bedrängte. Jahrelang war er mehr oder weniger ein Unbekannter für seinen Nachbarn gewesen. Und jetzt sah er ihn jeden Tag.

»Bei Meyer-Chemie.«

»Ich war dort zuständig für den Einkauf der Rohstoffe und Chemikalien. So eine Art Manager. Aber nicht so, wie in einem großen Konzern.«

»Deswegen waren Sie auch so viel auf Reisen.«

»Genau«, nickte Dollinger. »Wer kauft schon gerne die Katze im Sack. Und über den Preis musste ja auch jemand verhandeln. Da geht es oft um eine oder sogar zwei Stellen hinter dem Komma.«

»Verstehe«, brummte Prechtel, ohne seine Miene zu verändern. »Dann waren es wohl die Chemikalien.«

»Ja, die waren es. Irgendwie bin ich ihnen zu nahe gekommen.«

Dollinger sah seinem Nachbarn an, dass ihn diese Erklärung nicht wirklich zufriedenstellte. Er war schon im Begriff, noch einige Details nachzureichen, doch dann hielt er sich zurück. Es würde zu viel Zeit in Anspruch nehmen. Nicht einmal seine behandelnden Ärzte in der Erlanger Universitätsklinik wussten genau, welche Stoffe seinen Körper so in Aufruhr brachten, dass er zu kollabieren drohte. Es waren eben nicht alltägliche und zudem auch noch sehr viele und unterschiedliche Substanzen, denen er beruflich nicht aus dem Weg gehen konnte. Aber das war ja nur der Anfang seiner Leidenszeit gewesen. Sein Immunsystem hatte Gefallen an Atemnot und Hautreaktionen gefunden.

»Die Sonne macht Ihnen nichts?«, fragte Prechtel nach einer Pause.

»Nicht in dieser Dosis.«

»Und die Pflanzen im Garten? Soweit ich weiß, können auch die Allergien auslösen. Pollen, Pflanzensäfte und so ein Zeug.«

»Da liegen Sie richtig. Aber die Pflanzen mögen mich. Außerdem nehme ich regelmäßig ein Antiallergikum.«

Damit schien Prechtels Neugier erst einmal befriedigt zu sein. Er hob kurz die Hand zum Gruß und stapfte zu seinen Tomaten, die außerhalb Dollingers Sichtweite militärisch korrekt in Reih und Glied unter Folienhelmen standen. Sein Nachbar duldete in seinem Garten keine Disziplinlosigkeit, keine Anarchie und keinen Löwenzahn.

Dollinger schmunzelte. Er wusste genau, dass Prechtel bei der nächsten sich bietenden Gelegenheit wieder auf das Thema zurückkommen würde. Wie konnte er seinem Nachbarn auch vermitteln, wie schwer es ihm gefallen war, plötzlich nicht mehr zu reisen, nicht mehr in China, Brasilien oder Südafrika um Gramm und Cent zu feilschen, nicht mehr von seinem Chef um Hilfe gebeten zu werden. Über Nacht, einer Nacht, die er gerade so eben noch überlebt hatte, war er aus seiner Welt katapultiert worden. So gerne er hier in seinem alten Liegestuhl lag, so ungern tat er es auch.

Er brauchte eine Weile, um den schweren Gedanken zu entfliehen und sich wieder in andere Gefilde zu begeben. Kaum hatte er die Last verdrängt und die Augen wieder geschlossen, hörte er seinen Namen. Diesmal war es Karin, seine Frau.

»Walter! Wo bist du denn?«

»Hinter der Scheune!«

»Wo?«

»Hinter der Scheune!!«, wiederholte er und verließ widerwillig den Liegestuhl. »Es hat ja doch keinen Zweck«, stellte er leise fest. Zwischen Sandstein und Holunder trafen sie sich. Seine Frau war außer Atem und sah ihn mit ernstem Blick an.

»Da bist du ja. Du, ich war gerade beim Bäcker und hab Moni getroffen.«

»Wer ist schwanger, wer hat wen verlassen, wer hat einen Tumor?«

»Walter! Lass das bitte! Johann Kammer ist tot.«

»Sagt Moni.«

»Aber diesmal stimmt es. Johann Kammer ist tot. Sie hat es von Rudi Gerling.«

»Der bei Scheunenstuhl arbeitet?«

»Bei Randel! Sag mal, wie lange wohnst du hier eigentlich schon?«

»Bewusst ein halbes Jahr, faktisch seit acht Jahren.«

»Walter! Er ist wirklich tot! Und jetzt halt dich fest. Er wurde ermordet!«

»Johann Kammer? Ermordet?« Erst jetzt war Dollinger angekommen. »Johann? Der auf jeder Versammlung fünf Anträge stellt?«

»Mensch, Walter!«

»Den habe ich doch letzte Woche noch gesehen. Freitag oder Samstag.«

»Randel und Gerling haben ihn in einem seiner eigenen Maischefässer gefunden.«

Dollinger machte ein Gesicht, das eine starke Ähnlichkeit mit jenem Gesicht aufwies, das ihm sein Nachbar vor einer halben Stunde präsentiert hatte.

»Er steckte in einem Fass, war gefesselt und hatte ein Radieschen in seinem Mund.«

»Ein Radieschen?«

»Ein Radieschen!«

Dollinger versuchte, sich die Szene vorzustellen. Johann Kammer tot in einem Maischefass, ein Radieschen in seinem Mund.

»Wann haben sie ihn gefunden?«

»Gestern schon«, antwortete Karin.

»Gibt es einen Verdächtigen?«

»Nein. Die Polizei tappt noch im Dunkeln.«

»Und Moni?«

»Die hat auch keinen«, rollte seine Frau mit den Augen. »Aber sie hat erzählt, dass die Polizei nach Personen sucht, die Johann in den letzten Tagen oder am Wochenende gesehen haben.«

»Also hat ihn niemand gesehen«, schloss Dollinger.

»Aber du hast ihn doch gesehen?«

Er schloss die Augen und zählte die Tage.

»Das muss am Freitag gewesen sein. In seinem Garten. Ich war auf dem Weg in den Wald. Ich weiß gar nicht, ob er mich auch gesehen hat.«

»Walter. Du musst dich bei der Polizei melden.«

»Aber, Karin, das ist doch viel zu lange her«, schüttelte Dollinger den Kopf. »Heute ist Freitag. Eine ganze Woche also. Nach mir haben den bestimmt noch viele gesehen.«

»Du wohnst wirklich noch nicht lange hier. Johann Kammer hat immer nur im Verein große Töne gespuckt. Sonst war das ein verschrobener Einzelgänger. Der hat sich sonst nirgends blicken lassen. Moni sagt, der ist sogar zum Einkaufen nach Burghaslach gefahren. Nur um keinem Biberbacher über den Weg zu laufen.«

»Sagt Moni.«

»Sagt Moni. Und selbst, wenn davon nur die Hälfte stimmt, war er immer noch ein Sonderling.«

Dollinger hatte ein Bild vor Augen. Kammer, wie er bei der letzten Vereinssitzung immer wieder seinen Arm hebt, um endlich vom Vorsitzenden das Wort zu erhalten. Dann hatte er wieder einmal einen Vorschlag vorgetragen. Die Beete aller Vereinsmitglieder sollten einheitlichen und somit vergleichbaren Kriterien folgen. Lacher auf der einen Seite, Nicken und Zustimmung auf der anderen. Kammer. Ein kleiner, schlanker Mann mit schmalem, fast rechteckigem Kopf, schwarzen Haaren und perfekter Rasur. Ein Mann, der graue Kleidung bevorzugte, ein wortkarger Typ. Abgesehen von seinen Anträgen, hinter denen sich offenbar die Idee verbarg, irgendwann den Fränkischen Gartenpreis für den gepflegtesten Kleingarten zu gewinnen. Für diesen Wettbewerb waren aber nur Vereine zugelassen. Er brauchte also Mitstreiter.

»Was hast du?«, fragte Karin.

»Nichts. Ich habe nur an Kammer gedacht.«

»Dann gehst du hin?«

»Du hast mich überredet. Außerdem bin ich ein bisschen neugierig, was die da so treiben. Und das will ich nicht von deiner Moni erfahren. Wo findet die große Befragung denn statt?«

»Beim Sachtler.«

»Hätte ich mir denken können.«

Der Sachtler war eine traditionsreiche Bierbrauerei samt dazugehöriger Metzgerei und Gastwirtschaft. Das Gebäude aus dem 18. Jahrhundert beherrschte den kleinen Marktplatz von Biberbach. Dollinger freute sich, mit dem Rad gekommen zu sein, denn die wenigen Parkplätze vor dem Gasthaus waren von Polizeifahrzeugen belegt.

Hinter dem Tresen stand Georg Sachtler, das mit rund achtzig Jahren älteste Mitglied der Familie.

»Grüß Gott. Wollen Sie etwas essen?«

»Nein«, lächelte Dollinger den alten Wirt an. »Ich will nur schnell eine Aussage machen.«

»Ach so. Eine Aussage. Na, wenn Sie meinen? Die sind alle oben im Biberzimmer. Gleich rechts und dann die Treppe rauf.«

Dollinger folgte den Anweisungen und wurde noch vor der Tür des Biberzimmers von einem Uniformierten abgefangen, der ihn aber nach wenigen Sätzen an seine Kollegen in Zivil weiterreichte.

Im Biberzimmer, dessen cremefarbene bis gelbliche Wände zu großen Teilen hinter Gemälden von Bibern und Hirschen und Fotos von Jägern und Kriegsveteranen verschwanden, war ein provisorisches Ermittlungszimmer eingerichtet worden. Jedenfalls fiel Dollinger kein anderes Wort dafür ein. Ermittlungszimmer. Hinter mehreren Tischen saßen ebenso viele Beamte in Zivil vor Papieren und Rechnern. Gleich vor dem ersten Tisch hatte es sich Monika Dietlein bequem gemacht und versuchte gerade, eine junge Beamtin in einem Wortschwall zu ertränken.

»… jeden Morgen, sage ich Ihnen, jeden Morgen! Können Sie sich das vorstellen? Die Gerda hat es mit eigenen Augen gesehen. Jeden Morgen. Und immer um die gleiche Zeit. Können Sie sich …«

Dollinger war froh, als ihn ein älterer Mann an seinen Tisch winkte. Umgehend folgte er der Einladung, doch auch dort, in der Nähe des Fensters, beherrschte Monas Sopranstimme den Raum.

»Hauptkommissar Schwerdtfeger«, reichte ihm der Mann seine Hand und setzte sich wieder.

»Walter Dollinger, Frühpensionist.«

Schwerdtfeger kam gleich zur Sache.

»Sie haben das Opfer in den letzten Tagen gesehen?«

Dollinger erzählte ihm von der letzten, kurzen und einseitigen Begegnung, von seinem Spaziergang in den Wald, der ihn an Kammers Haus vorbeigeführt hatte. Am Freitag vor einer Woche, so um halb drei. Kammer war damit beschäftigt gewesen, den Efeu an seinem Haus zu beschneiden. Das war alles.

»Immerhin«, brummte der Hauptkommissar, ein offenkundig schlecht gelaunter Mann um die sechzig, riesig, massig, übergewichtig, trotz des warmen Sommers mit blauem Anzug und Krawatte ausgerüstet.

»Mehr kann ich Ihnen leider nicht bieten«, erklärte Dollinger.

»Im Gegenteil. Sie sind unsere neue Nummer eins.«

»Wie bitte?«

»Sie stehen jetzt oben auf der Liste. Als Letzter, der Johann Kammer lebend gesehen hat. Bis jetzt.«

Dollinger wurde blass.

»Das kann doch nicht sein. Es war am Freitag. Am Freitag letzte Woche.«

»Soweit wir wissen, war Kammer sehr menschenscheu. Ein Einzelgänger. Selbst seine Kollegen auf dem Landratsamt haben ihn kaum gekannt.«

»Aber das macht mich doch nicht gleich verdächtig?«

»Nein«, antwortete der Hauptkommissar, ohne zu lächeln oder wenigstens etwas freundlicher zu blicken. »So wie es aussieht, ist Kammer am Dienstag oder Mittwoch ermordet worden. Die genauen Ergebnisse stehen noch aus. Aber wir gehen von Dienstag oder Mittwoch aus.«

»Da bin ich aber erleichtert. Kann ich jetzt gehen?«

Der Beamte sah kurz auf die vor ihm liegenden Papiere und nickte.

»... mit einer ganz gewöhnlichen Schere«, hörte Dollinger Moni zu Protokoll geben, als er das Ermittlungszimmer wieder verließ, »so einer Haushaltsschere. Das ist doch nicht normal? Oder haben Sie so etwas schon mal gehört? Also an Ihrer Stelle würde ich der Sache nachgehen. Denken Sie nur an ...«

Unten hinter dem Tresen lächelte ihn der alte Sachtler an.

»Na, haben Sie Ihre Aussage schon gemacht?«

»Wissen Sie, das hätte ich mir schenken können.«

Der Wirt stellte zwei Gläser auf den Tresen und füllte sie mit einem Obstbrand.

»Das hilft, junger Mann.«

Dollinger nahm das Angebot an und stieß mit dem alten Sachtler an.

»Auf den Johann Kammer. Wer immer er auch war.«

»Noch einen?«

»Nein danke. Einer reicht mir«, sagte Dollinger, verließ das Gasthaus und schwang sich auf sein Fahrrad. Er hatte Mühe, sich auf den Verkehr zu konzentrieren, da ihn die kurze Begegnung mit dem Hauptkommissar noch beschäftigte. »Was für ein Unsympath«, murmelte er vor sich hin.

An der nächsten Kreuzung musste er kurz anhalten, um dem Lieferwagen eines privaten Paketdienstes die Vorfahrt zu gewähren.

3

Alle waren gekommen. Nicht einer fehlte. Selbst Horst Wichmann, ein Physikprofessor, den Dollinger erst ein einziges Mal auf einer Sitzung gesehen hatte, war erschienen, noch dazu mit einer schwarzen Armbinde. Der Versammlungsraum des Vereinshauses reichte kaum aus.

»Zu klein. Viel zu klein. Das habe ich ja immer gesagt«, überbot Dr. Pfannenmüller, der Apotheker, mit seiner sonoren Stimme das allgemeine Gemurmel und fuchtelte mit den Armen in der Luft herum. »Think big. Aber das wolltet ihr ja nicht hören.«

Obwohl jeder Platz besetzt war und hinten bereits sechs Mitglieder standen, drängten noch immer Menschen durch die Tür.

Dollinger brauchte sich um seinen Platz keine Sorgen zu machen, denn er gehörte zum Vereinsvorstand des Obst- und Gartenbauvereins Biberbach und saß vorne auf dem schmalen Podium zwischen Axel Baumeister, dem Vorsitzenden, und Gerald Busch, dem Kassenwart, im Hauptberuf Filialleiter der Raiffeisenbank. Karin Dollinger saß schräg vor ihm in der zweiten Reihe. Kopfschüttelnd verfolgte sie den Einmarsch der Hobbygärtner, Saftliebhaber und Kleinbrenner.

»Vielleicht hat unser Apotheker ja recht«, flüsterte Baumeister.

»Aber wie oft kommen so viele?«, gab Dollinger zu bedenken.

»Stimmt auch wieder.«

Das Gebäude war erst vor wenigen Jahren errichtet worden, um dem Verein eine eigene Bleibe zu verschaffen und die neue hydraulische Obstpresse zu beherbergen. Der Bau hatte nicht nur für Freude gesorgt, da die Sitzungen bis dahin beim Sachtler stattgefunden hatten. Nun gaben die Mitglieder ihr Geld im eigenen Haus aus.

»Think big! Think big!«, mahnte ein letztes Mal der Apotheker, dann breitete sich Ruhe aus, was nicht der Disziplin der Anwesenden zu verdanken war, sondern dem traurigen Anlass, auf den Baumeister auch gleich nach einer kurzen Begrüßung zu sprechen kam.

»Jeder weiß, warum wir heute hier sind. Wir haben nicht nur ein Mitglied verloren, sondern auch einen Freund. Noch dazu auf eine sehr grausame Weise. Johann Kammer.«

Erste Tränen rannen, ersten Seufzer waren zu hören.

»Wer war dieser … dieser unauffällige Mensch, dieser … bescheidene Gartenfreund?«

Dollinger blickte kurz zur Seite auf den Vereinsvorsitzenden, der jeden Satz von einem kleinen Notizzettel ablas. Worte dieser Art hatte er befürchtet, pathetische Worte, die letztendlich ein Leben erschufen, das es so nie gegeben hatte.

Vergeblich bemühte sich Baumeister, ein rundes und positives Bild des Mordopfers zu zeichnen, da auch er, wie alle anderen, nur wenig über Kammer wusste. Am Ende fielen dann doch Begriffe wie »Einzelgänger« und »Sonderling«, die dem Toten in jedem Falle gerecht wurden. Nach guten zwei

Minuten war Baumeisters Vortrag auch schon beendet. Mehr hatte sein Zettel nicht hergegeben. Und dennoch hatte er seine Wirkung nicht verfehlt, wie die gesenkten Blicke und Taschentücher bewiesen. Eine Gedenkminute brauchte gar nicht erst ausgerufen zu werden, sie folgte von ganz allein auf die Ansprache. Der Vorstand schloss sich bereitwillig an, bis Baumeister die Funkstille wieder aufhob.

»Danke, liebe Freunde, danke. Natürlich werden wir auf der Beerdigung so vollständig wie möglich erscheinen.«

Allgemeines Nicken und leise Zustimmung.

»Aber wir können noch etwas anderes für Johann Kammer tun. Wir können ihm eine letzte Ehre, einen letzten Dienst erweisen, indem wir seinen Garten nicht verwildern lassen, sondern pflegen, bis seine Schwester aus den USA bei uns eintrifft. Sie soll das Anwesen ihres Bruder so vorfinden, wie er es hinterlassen hat.«

Wieder signalisierte die Vollversammlung breite Zustimmung. Sogar ein Bravoruf war zu hören.

»Außerdem darf ich an den Paragrafen 32 unserer Satzung erinnern, der uns in Krankheits- und Todesfällen zur Pflege der Gärten von Mitgliedern verpflichtet. Dabei geht es um das Einbringen der Ernte im Sinne des Betroffenen. Und da Kammer außer seiner Schwester keine Verwandten hat, schlage ich hiermit vor, die Ernte der Tafel zur Verfügung zu stellen. Bedürftige sollen in den Genuss seiner Gartenarbeit kommen. Wer ist für diese Entscheidung?«

Der Vereinsvorsitzende ließ seinen Blick mit leicht dosierter Skepsis über den Mitgliedern kreisen, doch niemand verweigerte ihm die Zustimmung. Eine Hand nach der anderen wurde ausgefahren.

»Ich danke euch. Jetzt stellt sich noch die Frage, wer die

Aufgabe der Pflege übernehmen soll? Ich bitte wieder um Handzeichen. Drei Freiwillige dürften ausreichen.«

So eifrig die Mitglieder eben noch ihre Hände gehoben hatten, so zurückhaltend reagierten sie nun auf Baumeisters Aufforderung. Stattdessen kreisten Blicke durch den Raum und suchten selbst nach Freiwilligen.

»Ich bitte euch!«

Auch die zweite Ermahnung verebbte. Einige tuschelten mit ihren Nachbarn, andere sahen zu Boden, als ob dort eine Lösung zu finden wäre. Der Apotheker dachte big und sah aus dem Fenster.

»Gut, dann schlage ich … Andrea, … Christoph Achtelstetter und … Walter vor. Sie sind nicht berufstätig und dürften über genügend freie Zeit verfügen.«

»Aber du kannst doch nicht so einfach …«, wehrte sich Dollinger, doch sein spontanes Aufbegehren ging in dem anschwellenden Stimmengewirr unter. Hände schossen in die bereits verbrauchte Luft des zu kleinen Versammlungsraums. Vielen Gesichtern war die Erleichterung anzusehen. In der letzten Reihe ließ sich jemand sogar dazu verleiten, ein paar Mal in die Hände zu klatschen.

»Damit ist der Antrag angenommen«, verkündete umgehend und subtil lächelnd der Vereinsvorsitzende. »Ich danke den dreien für ihr beispielhaftes Engagement. Walter, am besten fängst du an, gefolgt von Andrea und Christoph.«

»Aber ich wollte …«, stellte sich Dollinger gegen die demokratische Entscheidung.

»Aber ich weiß doch, dass du diese Aufgabe gerne übernehmen wolltest«, raubte ihm Baumeister die Initiative, klopfte ihm auf die Schulter und schüttelte ihm die Hand.

Ein Blitz zuckte durch den Raum. Der Lokalreporter Jens

Nürnberger hatte die Geste genutzt und für die *Fränkische Landeszeitung* fixiert. Jetzt gab es kein Zurück mehr.

»Und du hast wirklich nicht gewusst, dass Kammers Schwester erst in vier Wochen kommt?«, fragte Karin Dollinger ihren Mann auf dem Weg zum Auto.

»Nein. Das hat Axel uns gerade erst gesagt. Sie liegt im Krankenhaus. Ein Routineeingriff.«

»Der hat Nerven. Du wolltest doch neue Regale für den Vorratsraum bauen.«

»Ich weiß.«

»Und den Weg zum Gewächshaus pflastern.«

»Das schaffe ich schon. Außerdem sind Andrea und Christoph ja auch noch da«, konterte Dollinger.

»Da bin ich aber gespannt. Du kennst den Garten doch gar nicht.«

»Sollen wir gleich mal hinfahren?«, schlug Dollinger vor und sah auf die Uhr. »Noch ist es hell genug.«

»Und ob wir das sollen«, stimmte Karin zu.

Kammers Haus lag, vom Vereinshaus aus gesehen, am entgegengesetzten Ende von Biberbach. Die Weißkopfstraße führte hinter seinem Garten in den Wald und wurde irgendwann zu einem namenlosen und kaum befestigten Waldweg.

Erst beim Eintreffen kam den Dollingers die Ermittlungsarbeit der Polizei in den Sinn. Aber vor dem Haus parkte kein Auto. Kein Absperrband und keine Hinweisschilder verwehrten ihnen den Zugang zum Grundstück. Lediglich die Haustüren und die Scheunentür waren versiegelt.

»Na bitte, der Garten steht uns offen. Der Rest interessiert uns ja auch gar nicht.«

»Hast du aber ein Glück. Was hättest du bloß getan, wenn hier überall Flatterbänder gewesen wären?«

»Ach, Karin!«

Seine Frau kannte den Garten von Kammer nicht, überquerte staunend die unkraut- und moosfreie Rasenfläche und blieb vor den Beeten stehen, die mit Biberschwanzziegeln eingefasst waren.

»Jetzt sieh dir das an! Da kann ja unser Nachbar noch etwas lernen.«

»Johann gehörte ja auch zu den Hardlinern«, schmunzelte Dollinger, dessen Garten einer ganz anderen Philosophie folgte.

»Das ist mir nicht entgangen. Der hat bestimmt sofort jede Blattlaus erschossen, sobald sie auch nur über den Zaun geschielt hat.«

»Hat er nicht«, bemerkte Dollinger, der vor jungem Weißkohl in die Knie gegangen war. »Riechst du sie auch?«

»Raupen?«, wunderte sich Karin.

»Vom Großen Kohlweißling.«

»Also doch kein Hardliner.«

»Und ob das ein Hardliner war. Aber ein anständiger. Gift war für den tabu. Das hätte Axel in seiner Rede erwähnen sollen. Johann ist jeden Morgen durch seinen Garten und hat jede Raupe, jeden Kartoffelkäfer und jede Schnecke penibel eigenhändig entfernt. Das weiß ich von Bertram.«

»Aber die nicht. Das sind auch ganz schön viele«, bemerkte seine Frau. »Dass er die übersehen hat?«

»Gut genährt sehen sie auch aus. Die sind bestimmt schon eine Woche alt, so groß, wie die sind«, stellte Dollinger fest und inspizierte die anderen Kohlpflanzen. »Mindestens eine Woche.«

»Beim Unkraut war er auch nachlässig.«

Dollinger erhob sich und stand nach zwei Schritten neben

seiner Frau, die zartes Grün zwischen Möhren und Radieschen entdeckt hatte.

»Fingergras oder Fingerhirse. Ein hartnäckiges Zeug. Wenn man das erst mal in seinem Garten hat.«

»Sehr nachlässig«, meinte Karin. »Für einen Hardliner.«

Dollingers Blick wurde nachdenklicher, ernster und wanderte über die Beete, über den Rasen, der längst hätte gemäht werden müssen, und landete schließlich bei den Tomaten.

»Da hat dir der große Vorsitzende ganz schön was ans Bein gebunden«, kommentierte Karin seine Miene. »Aber du bist selbst schuld. Warum hast du auch nicht …«

»Nein, das ist es nicht. Ich hab da nur so eine Idee«, raunte er und ging zu den Tomaten, die er sofort in Augenschein nahm. Seine Frau folgte ihm unschlüssig.

»Überall Seitentriebe. Siehst du? Er hat sie nicht ausgegeizt. Nicht seit … «

Dollinger besah sich die Länge der Triebe und entfernte schließlich einen mit den Fingern, um ihn genauer betrachten zu können.

»Was hast du?«, fragte seine Frau. »Worüber denkst du nach?«

»Freitag habe ich den Johann noch gesehen. Am Freitag vor einer Woche. Das kommt hin.«

»Was kommt hin? Wovon sprichst du?«

»Johann Kammer hat jeden Tag in seinem Garten gearbeitet. Der hat für diesen Garten gelebt. Aber nur bis Freitag oder Samstag. Dann hat die Natur übernommen. Sieh dir die Beete, den Rasen, die Tomaten an. Geerntet hat er auch nicht. Von den Radieschen da hinten, da schießen schon einige.«

»Und das bedeutet?«, fragte Karin, obwohl sie die Antwort bereits ahnte.

»Das bedeutet, dass er früher ermordet wurde, als die Polizei annimmt.«

»Aber wie sollten die sich irren? Die haben doch seinen Todeszeitpunkt bestimmt von einem Gerichtsmediziner feststellen lassen?«

»Haben sie, Karin, haben sie. Garantiert sogar. Und dennoch …«

Dollinger sah zur Scheune hinüber und überlegte kurz.

»Vielleicht liegt es an der Maische. Sie macht den Forensikern das Leben schwer. Wollen wir wetten? Die haben noch nie einen eingemaischten Menschen auf ihrem Tisch gehabt. Die Maische muss das Ergebnis verzerrt haben.«

»Das musst du der Polizei sagen.«

»Ja, … eigentlich müsste ich das.«

»Aber …?«

»Ich fürchte, die werden mir wenig Glauben schenken.«

»Trotzdem! Du musst! Das könnte entscheidend sein.«

Die Dollingers überließen den Garten wieder der Natur und fuhren nach Hause. Ihre Gespräche kreisten bis ins Bett immer wieder um Kammers Garten. Für eine Unterbrechung sorgte lediglich ein alter »Tatort« mit Klaus Schwarzkopf und Jürgen Prochnow, der sie nach Norddeutschland und in eine andere Zeit entführte. Ihre Entscheidung, den Ermittlern einen Besuch abzustatten, wurde davon aber nicht beeinflusst.

Am nächsten Morgen, nach Müsli und Kaffee, fuhr Karin zur Arbeit nach Erlangen. Eine gute Stunde später schwang sich Dollinger auf sein Rad, er musste daher vorm Sachtler keinen Parkplatz zu suchen. Inzwischen wiesen eigens aufgestellte Schilder darauf hin, dass die Ermittler im Mordfall Kammer in dem Gasthaus Quartier bezogen hatten. Diesmal musste er etwas mehr Geduld aufbringen, um ins Ermittlungszimmer geführt zu werden. Immer wieder schüttelte ein uniformierter Zerberus grimmig seinen Kopf, bevor sich endlich für ihn die Tür zum Biberzimmer öffnete.

Gleich rechts am ersten Tisch saß, der Uhrzeit zum Trotz, Monika Dietlein und ließ ohne Rücksicht auf einen jungen Beamten Wortschwall auf Wortschwall folgen. Hauptkommissar Schwerdtfeger begrüßte Dollinger mit einem mürrischen Blick, bot ihm aber gleich einen Platz an.

»Ist Ihnen noch etwas eingefallen, Herr …?«

»Dollinger. Walter Dollinger. Nein, mir ist eher etwas aufgefallen«, begann er und schilderte mit wenigen und zuvor zurechtgelegten Worten seine Beobachtung. Der Hauptkommissar hörte ihm mit unbewegter Miene zu. Als Dollinger fertig war, blickte ihn Schwerdtfeger einige lange Sekunden regungslos an, bevor er im Zeitlupentempo seinen Mund öffnete.

»Raupen, sagten Sie? Und Tomatensprossen?«

»Seitentriebe«, korrigierte Dollinger.

Das Schwergewicht beugte sich über den Tisch, sein Bauch schob einige Blätter vor sich her, der massige Schädel wurde noch größer, die Haut, auf der dicke Schweißperlen klebten, noch röter.

»Kennen Sie zufällig Professor Doktor Siegbert von Breitenbach?«

»Nein«, gestand Dollinger und vergrößerte vorsichtig den Sicherheitsabstand.

»Von Breitenbach ist der Pathologe, der in Erlangen die Obduktion des Opfers vorgenommen hat. Ein namhafter Pathologe. In seinem Bericht steht, dass Kammer am Mittwoch gestorben ist. Genauer gesagt, Mittwochabend zwischen achtzehn und vierundzwanzig Uhr. Und auf von Breitenbach ist Verlass. Dieser Mann irrt sich nicht.«

»Aber könnte nicht die Maische …?«

»Nein, könnte sie nicht!«, bellte der Hauptkommissar. »Wenn Breitenbach sie nicht erwähnt, ist sie auch nicht von Bedeutung. Ebenso wie die Raupen und Sprossen in Kammers Schrebergärtchen. Auf Wiedersehen, Herr … Dollinger!«

Im Biberzimmer war es totenstill. Die anderen beiden Beamten schwiegen und befragten ihre Notizen, als hätten sie das Bellen ihres Chefs nicht gehört. Selbst Monika Dietlein brachte keinen Ton mehr heraus.

Dollinger war lebenserfahren genug, um sich auf keine weitere Diskussion einzulassen. Er hatte diese Niederlage vorausgeahnt, wenn auch nicht in dieser Dimension und Lautstärke. Schon gegen Mittag würde der halbe Ort Bescheid wissen, da ausgerechnet die personifizierte Klatschpresse Zeuge des Vorfalls geworden war. Ihm blieb für den Augenblick nur noch die Flucht. Gerade hatte er sich erhoben, als der Hauptkommissar, der noch immer halb auf dem Tisch lag, von einem Rückfall heimgesucht wurde.

»Halt! Wenn Sie schon mal hier sind, können wir gleich Ihr Alibi überprüfen.«

»Mein Alibi?«, wiederholte Dollinger irritiert.

»Ihr Alibi! Oder wissen Sie etwa nicht, was das ist? Laut meiner Liste sind Sie Mitglied im hiesigen Obst- und Gartenbauverein. Stimmt das?«

»Ja. Ich bin sogar im Vorstand.«

»Na also! Wo waren Sie vergangenen Mittwoch zwischen achtzehn und vierundzwanzig Uhr?«

Dollinger überlegte.

»Gedächtnisprobleme?«

»Ich war in meinem Garten, habe etwas gegessen und dann ein Buch gelesen. Ja, so war es.«

»Zeugen?«

»Vielleicht hat mich mein Nachbar gesehen. Friedrich Prechtel. Meine Frau war am Mittwoch mit ihren Freundinnen im Kino. Mittwoch ist Kinotag in Erlangen.«

»Also kein Alibi!«, brummte der Schwerdtfeger und ließ sich zurück auf seinen Stuhl gleiten.

»Und das bedeutet?«

»Dass Sie jetzt auch noch auf einer anderen Liste stehen. Aber Sie sind nicht der Einzige.«

»Kann ich jetzt … gehen?«

»Können Sie«, antwortete der Hauptkommissar, ohne ihn dabei anzusehen.

Wortlos verließ Dollinger den Stuhl und das Biberzimmer. Dem Uniformierten auf dem Gang spendierte er einen kurzen, eher symbolischen Gruß. Auch die Frau hinter dem Tresen ließ er nicht ohne Gruß zurück.

Das Wetter war noch immer sommerlich warm, obwohl der Wetterbericht ein Tiefdruckgebiet angekündigt hatte, das auf den Namen Lars hörte. Auf halbem Weg nach Hause, er hatte die Kirche schon passiert, änderte er seinen Kurs.

4

Als wollte er dem Hauptkommissar handfeste Beweise nachreichen, inspizierte Dollinger jedes Beet, warf einen Blick auf jede Kohlrabipflanze, vermaß mit den Augen die Zucchini, nahm sich noch einmal die Tomaten vor. In Kombination mit der Länge des Rasens kam er immer wieder zu demselben Schluss. Spätestens seit Freitag hatte sich niemand mehr um den Garten gekümmert. Jedenfalls nicht in der Manier, die er von Johann Kunrath erwartete.

Konservieren konnte er den Zustand nicht. Also machte er mit seinem Handy ein paar Fotos und entschied sich, den Garten im Sinne des Verstorbenen zu bearbeiten. Dazu brauchte er allerdings die passenden Geräte, die er wohl oder übel von zu Hause würde holen müssen. Haus und Scheune von Kunrath waren schließlich von der Polizei versiegelt worden. Den Aufwand vor Augen, wollte er wenigstens einmal nachsehen, ob nicht doch eine Möglichkeit bestand, vor Ort an Harke und Rasenmäher zu gelangen. Ein wenig lustlos stapfte er zur Scheunentür und suchte das amtliche Siegel. Es klebte auch ordnungsgemäß über dem Spalt zwischen Zarge und Türblatt, war aber sauber mit einer Klinge durchtrennt worden.

Dollinger wusste nicht so recht, wie er diese Entdeckung

einschätzen sollte. Instinktiv sah er sich um, konnte aber niemanden entdecken. Da er sein Handy noch immer in der Hand hielt, machte er ein Foto von dem Siegel. Fast eine Minute voller Gedankenspiele ließ er verstreichen, ehe er so viel Mut angesammelt hatte, um einen Versuch zu wagen. Die Tür war nicht verschlossen. Vielleicht, dachte er, lässt sie sich gar nicht abschließen. Die Scharniere quietschten ein wenig, leisteten aber keinen Widerstand. Hinter der Tür erwartete ihn eine dunkle, fensterlose Welt. Von außen hatte er zwar ein Fenster gesehen, doch Kunrath musste es von innen verdeckt haben. Jedenfalls drang kein Lichtstrahl in den Raum. Noch nicht, denn Dollinger hielt nach wie vor sein Handy in der Hand. Endlich konnte er es einmal in eine Taschenlampe verwandeln. Die Lichtausbeute war bescheiden, reichte aber aus. Rechts parkte der Rasenmäher, vor ihm standen und hingen die Gartengeräte an der Wand. Er brauchte also nicht nach Hause zu fahren. Über diese Nachricht würden sich auch Andrea und Christoph freuen.

Er verdrängte den Gedanken an das Siegel, schließlich hatte er es nicht verletzt, und zerrte den Rasenmäher ins Tageslicht. Dort stellte er fest, dass der Korb nicht geleert war und die Zündkerze fehlte, während das Kabel in der Luft hing.

»Wäre ja auch zu einfach gewesen«, maulte er und schob ihn zurück an seinen Platz.

Im spärlichen Licht seines Handys stieß er weiter hinten auf einen alten Handrasenmäher, der aber intakt zu sein schien. Nach kurzer Inspektion mähte er eine erste Bahn und war zufrieden. Die Rasenfläche war nicht sehr groß und keine echte Herausforderung. Das Schieben, Drücken und erneute Ansetzen des Oldtimers war zwar ungewohnt, aber in seinem Körper gespeichert. In seiner Jugend hatte er nicht zuletzt mit Rasenmähen sein Taschengeld aufgebessert. Im vergangenen

Jahrtausend. Nach einer guten Viertelstunde war das Werk vollbracht. Mit einem Anflug von Stolz harkte Dollinger das wenige Gras zusammen und übergab es dem Komposthaufen.

Wie Kunrath sammelte er die Raupen ein und spendierte ihnen einen Flug auf die benachbarte Wiese. Alle anderen Arbeiten gingen ihm auch gut von der Hand, inklusive des Ausgeizens der Tomaten, die ihre Energie nun wieder in die Früchte stecken konnten. Noch vor dem Mittag hatte er auch die Geräte wieder in der kleinen Scheune verstaut. Er hatte den Aufwand schlicht überschätzt, die gute Substanz hatte es ihm leicht gemacht. Andrea würde am nächsten Tag nur einen Rundgang investieren müssen. Zufrieden schloss Dollinger die Tür. Als er sich umdrehte, sah er in das Gesicht eines Uniformierten.

»Was machen Sie da? Wer sind Sie?«

»Walter Dollinger. Ich … ich habe die Pflege von Kunraths Garten übernommen«, antwortete er und versuchte, sich den Schreck, den ihm der Polizist eingejagt hatte, nicht anmerken zu lassen.

»Sind Sie ein Verwandter des Opfers?«

»Nein. Ich bin aber ein Mitglied im Obst- und Gartenbauverein.«

»Das gibt Ihnen noch lange nicht das Recht, dieses Grundstück und die Gebäude zu betreten.«

»Ich denke schon. Denn genau das haben wir in unserer Satzung so vereinbart. Im Notfall darf jedes Mitglied den Garten eines anderen Mitglieds pflegen. Das hat auch Johann Kunrath unterschieben.«

Der Polizist, hinter dem wie aus dem Nichts ein zweiter auftauchte, schob Dollinger zur Seite und bohrte seinen Blick regelrecht in das durchtrennte Siegel.

»Wissen Sie, dass das verboten ist? Warum, glauben Sie, bringen wir so ein Siegel an?«

»Es war bereits zerstört, als ich angekommen bin. Ich bin davon ausgegangen, dass Sie es waren.«

»Ich?«

»Die Polizei. Und da habe ich gedacht …«

»So. Haben Sie? Erzählen Sie das den Kollegen von der Kripo. Kommen Sie bitte mit.«

Der zweite Polizist kam wortlos auf ihn zu und bot ihm Geleit an. Dollinger folgte der Einladung und stieg in den Wagen ein. Jede andere Reaktion hätte gegen ihn gesprochen. Glaubte er zumindest. Also ließ er sich zum Gasthaus Sachtler chauffieren.

Diesmal brauchte er nicht darauf zu warten, den Hauptkommissar sprechen zu dürfen. Als er das Biberzimmer betrat, warf er zunächst einen Blick zum ersten Tisch auf der rechten Seite. Doch er hatte Glück, Monika Dietlein hatte nichts Neues zu berichten, zumindest nicht der Polizei. Der wortkarge Uniformierte parkte ihn in Türnähe, eilte zu Schwerdtfeger, um mit ihm zu tuscheln. Der Hauptkommissar warf Dollinger einen finsteren Blick zu, der die Aufforderung enthielt, sich freundlicherweise als Gesprächspartner zur Verfügung zu stellen.

»Ich habe es gewusst.«

»Was haben Sie gewusst?«, fragte Dollinger, nachdem er sich gesetzt hatte.

»Dass Sie uns Ärger bereiten werden. Siegelbruch ist ein Straftatbestand. Das kann ein Jahr Haft für Sie bedeuten.«

»Ich habe das Siegel nicht einmal berührt. Hier, ich zeige Ihnen mal etwas.«

Dollinger zog sein Handy aus der Tasche, wischte ein paarmal über das Display und hielt es Schwerdtfeger unter die Nase.

»So habe ich das Siegel vorgefunden. Also bin ich davon ausgegangen, dass Sie es waren und ich über die Gartenwerkzeuge verfügen konnte.«

»Und warum haben Sie das Foto gemacht?«

»Aus einem Impuls heraus. Einfach, um sicherzugehen.«

Schwerdtfeger, fast schon wieder hummerfarben im Gesicht, packte mit seiner Pranke das Handy und starrte eine Weile auf das Foto.

»Sie haben in Kunraths Garten gearbeitet?«

»Ja, so ist es bei uns im Verein üblich. Alle Vereinsmitglieder verpflichten sich zur gegenseitigen Hilfe. Paragraf zweiunddreißig unserer Satzung.«

»Hm«, brummte Schwerdtfeger. »Haben Sie auch an Ihre kleinen Tomatensprossen gedacht?«

»Seitentriebe.«

»Von mir aus. Haben Sie?«

»Wie es mir der Verein aufgetragen hat.«

Noch immer starrte Schwerdtfeger auf das Foto und hob schließlich seine rechte Hand, um den Polizisten zu sich zu beordern. Dollinger konnte dem Gespräch der beiden nicht folgen, was wohl auch beabsichtigt war. Mit den wenigen Wortfetzen konnte er nichts anfangen. Schon trat der Uniformierte wieder in den Hintergrund.

»Drei Mitglieder Ihres Gärtnervereins haben kein Alibi für die Tatzeit.«

»Sofern es die Tatzeit war.«

»Vergessen Sie das!« Schwerdtfeger war kurz davor, seinen massigen Körper auf die Tischplatte zu robben. »Sie gehören dazu. Und jetzt haben wir Sie auch am Tatort erwischt.«

»Was macht eigentlich den Verein so verdächtig? Falls ich das fragen darf?«

»Das kann ich Ihnen sagen. Einerseits hatte Kunrath faktisch nur zu Vereinsmitgliedern Kontakt. Andererseits das Radieschen. Auf dieses Requisit konnte meiner Meinung nach nur einer Ihrer Gartenfanatiker kommen. Einer von der Sorte, der seinen Kohlköpfen Namen gibt und seine Gurken streichelt. Das Radieschen im Mund des Opfers hat nicht nur als Knebel gedient. Es ist auch ein Zeichen, ein Hinweis, ein Symbol. Und dahinter stehen Emotionen. Brennende, lodernde, tödliche Gefühle. Wissen Sie, was das häufigste Mordmotiv ist?«

Dollinger, in diesen Dingen völlig unerfahren, hob kurz seine Schultern.

»Die Kränkung. Und zwar eine, die das Ego erschüttert, die es infrage stellt. Eine tief sitzende Verletzung des Selbstwertgefühls. Alles andere folgt auf unteren Rängen. Kein Raubmörder hätte seinem Opfer ein Radieschen in den Mund gesteckt. Gefoltert? Um etwas zu erfahren? Ja, das hatten wir schon. Aber kein Radieschen. Noch dazu eines aus dem Garten des Opfers. Nein, hier geht es um Rache für eine Kränkung, die das Opfer irgendwann dem Täter zugefügt hat. Können Sie mir folgen?«

»Durchaus«, antwortete Dollinger.

»Deswegen konzentrieren wir uns auf den Verein. Was nicht bedeutet, dass wir andere Möglichkeiten komplett ausschließen. Keine Scheuklappen, kein Tunnelblick. Das war immer schon meine Devise.«

Der Hauptkommissar sah Dollinger an, als erwartete er Zustimmung oder wenigstens eine Entgegnung. Als die ausblieb, legte er nach.

»Gut, lassen wir das. Sie halten sich bitte zur Verfügung und gehen in nächster Zeit auch nicht auf Reisen. Der Vorfall mit dem Siegel hat Ihnen einen der vorderen Plätze auf meiner Liste eingebracht.«

»Aber ich …!«

»Schweigen Sie!«, donnerte Schwerdtfeger los. »Das ist kein Kavaliersdelikt! Obwohl ich Ihnen irgendwie glaube. Fragen Sie mich nicht, warum. Der Kollege dort drüben wird Ihre Fingerabdrücke abnehmen. Und denken Sie scharf darüber nach, ob Sie nicht doch jemand am Mittwoch gesehen hat. Das ist alles. Ach ja, halten Sie sich von Kunraths Haus fern. So weit wie möglich. Das gilt auch für die anderen Schrebergärtner. Das ist ein Tatort. Haben Sie das verstanden? Ein Tatort!«

Damit war das Gespräch beendet. Der Hauptkommissar zog sich in sich selbst zurück, Dollinger wurde für ihn unsichtbar. Ihm blieb wieder einmal nur der Rückzug, der ihn allerdings noch kurz am Nebentisch vorbeiführte, wo er seine Papillarleisten zur Verfügung stellen musste. Ohne jeden Gruß verließ er das Biberzimmer, verließ das Gasthaus. Auf dem Marktplatz suchte er einige Minuten fast verzweifelt sein Fahrrad, bevor ihm einfiel, dass es bei Johann Kunrath hinter dem Haus stand. Hupend umkurvte ihn ein Auto.

Zu Fuß machte sich Dollinger auf dem Heimweg. Vor der Kirche änderte er nicht zum ersten Mal seinen Kurs. Er brauchte sein Fahrrad. Da konnte sich der Hauptkommissar auf den Kopf stellen.

Mit jedem Schritt vergrößerte sich seine stille Wut. Doch nicht Schwerdtfeger lieferte den Anlass, sondern er selbst. Irgendwie war es den Ereignissen gelungen, ihn zu ihrem Objekt zu machen. So wie ihn aus heiterem Himmel die Allergie mehr oder weniger entmündigt hatte. Dabei war er es gewohnt, zu planen und zu agieren. Selbst so ein Verhandlungspartner wie Chen Shaoyu hatte ihn in Peking nie über den Tisch ziehen können, nicht einmal, wenn es um Monazit gegangen war. Immer hatte er einen guten Preis erzielt. Er hatte die Ziele vorgegeben, hatte die Initiative an sich gerissen, hatte andere reagieren lassen, während er selbst agierte.

Was hatte sich geändert? Er brauchte gar nicht erst zu suchen, denn er kannte die Antwort. Die Allergie. Sie hatte ihn aus dem Tritt, dem gewohnten Fahrwasser gebracht, hatte etwas in ihm beschädigt, aufgeweicht. Andere Metaphern fielen ihm nicht ein, aber diese trafen ungefähr zu. Vor allem das Aufweichen sagte ihm zu. Nur so konnte er auf die Liste des Hauptkommissars gelangen. Das wäre ihm noch vor einem Jahr nicht passiert. Nicht ohne erbitterten Widerstand.

Er beschleunigte seine Schritte.

Oder hatte er schon zu viel Zeit im Liegestuhl verbracht? Wie auch immer, er sah in der Zäsur, die ihm das Leben verordnet hatte, den Grund für sein unentschlossenes, sein zögerliches Verhalten. Eigentlich hatte er geglaubt, sich dieser Zäsur gestellt zu haben. Aber jetzt kam er zu einem anderen Ergebnis. Das unerwartete Ende seines Berufslebens hatte ihn eingeholt und auch den Rest erwischt. Er war angezählt. Nicht seine Karriere, die ohnehin beendet war, sondern er selbst. Höchstpersönlich.

Dollinger bog in die Weißkopfstraße ein.

Wie stark überschnitt sich der Einkaufsmanager mit dem Menschen Walter Dollinger? Eine Frage, auf die ihm die Antwort schwerfiel. Eine Frage, die sicher schon viele Menschen vor ihm auf vergleichbare Weise bedrängt hatte. War er nur als Manager der, der er war? Oder hatte er, Walter Dollinger, den Manager geprägt?

Vor dem Haus mit der Nummer 15 brach er weitere Gedanken in der eingeschlagenen Richtung zunächst ab, denn eine Entscheidung stand an. Um sein Fahrrad zu holen, musste er die Linie überschreiten, die Schwerdtfeger für ihn gezogen hatte. Zum richtigen Zeitpunkt die richtigen Entscheidungen fällen. Das war einmal seine große Stärke gewesen. Wieder fiel ihm Chen Shaoyu ein, den er mehr als einmal punktgenau erwischt hatte.

Kein Fahrzeug war zu hören, kein Polizeiwagen in Sicht. Dollinger passierte die Grenze, überschritt die Linie, sondierte mit offenen Augen und Ohren das Terrain. Kurz vor dem Haus verließ er den gepflasterten Weg und schlug sich in die Büsche. Auf weichem Gras und auf Rindenmulch schlug er einen Bogen um das Haus und kam hinter der Scheune wieder zum Vorschein. Der Garten war so menschenleer wie die Straße. Dennoch ließ er einige Zeit verstreichen. Erst als er ganz sicher war, kam er aus der Deckung und schlich sich zu seinem Rad, das noch immer dort stand, wo er es am Vormittag abgestellt hatte. Die Tür der Scheune war wieder verschlossen und mit einem neuen Siegel versehen.

Den Lenker schon in beiden Händen, kam ihm eine Ahnung, eine Frage in den Sinn. Er stellte das Rad wieder hin, hörte und sah sich noch einmal um und ging zur Hintertür. Natürlich war auch sie versiegelt.

War sie das wirklich? Oder …

Er setzte seine Lesebrille auf und konnte einen dünnen Strich erkennen, der das Siegel vertikal in zwei Hälften teilte. Ein glatter, präziser Schnitt. Wie beim Siegel der Scheunentür.

Dollinger überlegte. Zwischen Wohnhaus und der kleinen Scheune gab es keine Verbindungstür. Das hatte Johann mal erwähnt. Wer in beide Gebäude wollte, musste demzufolge zwei Siegel durchschneiden. Natürlich kam ihm sofort Monika Dietlein in den Sinn, der er eine gewisse kriminelle Energie bei der Beschaffung von dörflich verwertbarer Information durchaus zutraute. Aber das war eher ein satirischer Reflex. Die sauberen Schnitte, die leicht zu übersehen waren und damit einer oberflächlichen Kontrolle entgingen, hatte jemand anderes ausgeführt. Jemand, der in beiden Gebäuden etwas suchte oder vergessen hatte. Jemand, der mögliche Spuren beseitigen oder sich einfach nur etwas aneignen wollte. Ein Dieb? Dollinger kam zu einem anderen Schluss. Es könnte der Mörder gewesen sein. Er war zurückgekehrt und dabei ein großes Risiko eingegangen, entdeckt zu werden. Niemand wusste das so gut wie er.

Ein Wagen! Seine Ohren hatten ihn nicht im Stich gelassen. Er ließ das Fahrrad an seinem Platz, schlich an der Scheune vorbei und ging hinter einem Holunderbusch in Deckung. Von hier aus war der nahe Waldrand leicht zu erreichen. Und dort kannte er sich aus. Er war zwar ein Neubürger, ein Zugereister, noch dazu einer aus der Stadt, aber er hatte sich das Dorf und dessen Umgebung längst erlaufen und erwandert. Ein Fluchtweg stand ihm also offen. Das war der berühmte Plan B, der er als Manager immer parat gehabt hatte.

Stimmen näherten sich.

Dollinger spürte, wie sein Herz zu pochen begann. Das hatte er schon sehr lange nicht mehr erlebt.

Es waren die beiden Polizisten. Sie hatten offenbar den Auftrag, das Anwesen regelmäßig zu kontrollieren.

»Das Rad von diesem Rentner«, war der erste Satz, der es bis in sein Versteck schaffte.

»Was sollen wir damit machen?«

»Was schon? Nichts.«

»Aber er braucht es vielleicht? Und der Chef sagt, er darf das Grundstück nicht betreten.«

»Kommt nicht infrage.«

»Was?«

»Wir bringen ihm das Ding nicht nach Hause.«

»Das wollte ich auch gar nicht. Aber wir könnten es an die Straße stellen.«

»Na gut. Wir sind ja Freunde und Helfer. Aber erst die Siegel.«

Es folgte eine kurze Pause. Kaum hörbare Schritte. Dollinger konnte sich das Bild mühelos vorstellen. Die beiden Polizisten, die kurz auf die Siegel sahen.

»Alles okay.«

»Dann komm! Aber du schiebst.«

Der Motor wurde gestartet, der Wagen fuhr am Haus vorbei, wendete und verschwand in Richtung Dorf. Dollinger verharrte noch ein paar Minuten in seinem Versteck, bevor er es verließ. Schon stand er wieder vor der Hintertür.

Sie hatten es tatsächlich nicht bemerkt. Die Rechnung des Einbrechers war aufgegangen. Erst wenn es einem der Ermittler einfiel, sich noch einmal im Haus umzusehen, würde die Tat entdeckt werden. Einer weiteren Eingebung folgend, wollte er ein kleines Experiment durchführen. Doch dazu brauchte er Handschuhe, zumal seine Fingerkuppen noch voller Farbe waren. Er überquerte den Rasen, öffnete die Tür des kleinen Gewächshauses, das Auberginen und Schlangengurken vorbehalten war, und holte aus einem Karton ein Paar baumarktneue Gartenhandschuhe.

Vor der Hintertür sah er sich noch einmal um, dann drückte er die Klinke herunter und war nicht überrascht, dass die Tür unverschlossen war. Wie auch immer der Täter sie geöffnet hatte, er verzichtete darauf oder hatte darauf verzichten müssen, sie wieder abzuschließen.

Die Patrouille war verschwunden. Kein verdächtiger Laut war zu hören. Dollinger hatte sich ohnehin längst entschieden. Bereits auf dem Fußmarsch zu Kunraths Haus, hinter dem Holunderbusch. Und das nicht nur, um wieder zum handelnden Subjekt zu werden, zum Akteur. Es ging ihm auch darum, sich von dem Verdacht zu befreien, den der Hauptkommissar in den Raum gestellt hatte. Im Prinzip war er in jene Lage geraten, in der sich auch Richard Kimble und andere Filmhelden plötzlich befunden hatten. Nur dass er kein Filmheld war. Aber das änderte nichts an seiner Lage. Dieser bornierte, selbstsichere, arrogante Berg von einem Egomanen hatte ihn vorgeführt und herausgefordert. Mit dem Öffnen der Tür nahm er symbolisch die Herausforderung an. Jetzt war er am Zug. Wie immer wählte er Weiß, obwohl diese Frage gar nicht zur Debatte stand. Dennoch legte er diese Farbe für sich fest. Die bisherigen Bauernopfer konnte er verschmerzen.

5

Johann Kunrath war als Ordnungsfanatiker und Sparkünstler bekannt. Streichhölzer, hatte jemand auf einer der Versammlungen behauptet, würde Kunrath sofort nach ihrem Einsatz auspusten und in einer gesonderten Schachtel aufheben. Für den Fall, das Feuer einer brennenden Kerze auf andere übertragen zu müssen. Ein anderes Gerücht handelte von Unmengen von Karteikarten, auf denen Kunrath jedes Ereignis, jeden Einkauf, jeden Besuch, jedes Ernteergebnis festhalten und statistisch auswerten würde. Ganz ähnlich wie in seinem Beruf. Nur eben nicht mithilfe von Rechnern.

Das Haus, das Dollinger betrat, machte einen anderen Eindruck. Noch immer war die Ordnung zu erkennen, die hier geherrscht haben musste. Vor allem die kleine Küche wirkte wie gerade erst eingerichtet. Gewürzdosen, Kaffeemaschine, Wasserkocher, Brotkasten und andere Utensilien standen perfekt arrangiert auf ihren Plätzen und waren blitzblank. Der Herd glänzte, das Kochfeld glänzte, die Dunstabzugshaube glänzte, das Fenster glänzte, die Fliesen glänzten.

Alles war perfekt, korrekt, makellos. Bis auf zwei der Schubladen, die nicht vollständig geschlossen waren. Es war jeweils nur ein Spalt, der in anderen Küchen nicht unbedingt ins Auge gefallen wäre. Dollinger öffnete sie vorsichtig und fand umgehend die Lösung. Sie enthielten Gebrauchsanleitungen und Garantiebescheinigungen für die Küchengeräte, Reparaturrechnungen, sauber abgeheftet, Einkaufsquittungen, Notizzettel und Ähnliches. Die Papiere waren aber nicht richtig verstaut worden und blockierten so die Schubfächer, die eigentlich so konstruiert waren, dass sie sich automatisch schlossen.

Er ließ die Schubläden und deren Inhalte auf sich wirken. Die pedantische Hand des Verwaltungsangestellten war nicht zu erkennen. Sie waren also durchsucht worden. Das konnte natürlich auch die Polizei gewesen sein. Das Bild, das sich ihm bot, sprach indes für eine große Eile. Dazu passten auch die eingeklemmten Blätter, die den Schließmechanismus behindert hatten. Dollinger machte ein Handyfoto und hinterließ die Schubläden so, wie er sie vorgefunden hatte.

Im Wohnzimmer hatte das Chaos die Herrschaft übernommen. Zumindest nach den Kriterien des Ermordeten. Die Schubläden der Schrankwand aus beschichteten Spanplatten im Buchenholzlook standen auf dem Boden. Ein Teil des Inhalts, Dokumente aller Art, waren herausgenommen worden. Schranktüren ragten in den kleinen Raum. Drei Aktenordner, deren Herkunft Dollinger nicht erkennen konnte, lagen aufgeschlagen auf dem Tisch. Auf dem einzigen Sessel und der Couch, weiß und im Kaufhausstil der 1990er-Jahre, waren Kontoauszüge ausgelegt worden.

Dollinger schloss die Polizei aus. Nicht einmal Schwerdtfeger traute er eine derartige Schlamperei zu. Schnell stellte er fest, dass die anderen Schubläden und Fächer unangetastet waren. Weder hatte der Täter Geschirr ausgeräumt noch Vasen und Gläser attackiert. Eine Schublade lag auf dem Kopf. Vielleicht, um sie von unten zu inspizieren. Ein Versteck, das längst allgemein bekannt war.

Drogen, Geld oder Schmuck schien der Unbekannte nicht gesucht zu haben, sondern Dokumente. Papiere. Von welcher Seite er das Wohnzimmer auch betrachtete, er kam zu keinem anderen Ergebnis.

Im Erdgeschoss hatte das Haus sonst nur noch einen Abstellraum mit Waschmaschine und eine Treppe zu bieten, die Dollinger ins Schlafzimmer brachte. Das Bett war nicht gemacht. Ein Doppelbett, doch nur eine Seite war bezogen. Der Kleiderschrank und eine alte Truhe waren verschlossen. Das Zimmer wirkte unberührt. Schließlich zählte auch die Matratze zu den klassischen Verstecken. Er öffnete eine der Schranktüren, hinter denen Ordnung und Bügelwäsche Triumphe feierten.

Der letzte Raum, abgesehen von einem verblüffend leeren und sauberen Dachboden, wie ihn Dollinger noch nie gesehen hatte, war ein kleines Bad mit Badewanne und Dusche. Die Wanne stand, wie oft in alten Häusern, direkt auf einer darunter liegenden tragenden Wand. An Glanz übertrafen die Fliesen sogar noch die der Küche. Drei Zahnbürsten, zu welchen Zweck auch immer, warteten in drei Bechern auf ihren Einsatz, alle im gleichen Winkel. Der Spülkasten, ein weiteres bekanntes Versteck, hielt nur Wasser bereit, der kleine Schrank Handtücher, Waschlappen und …

Es war nur ein leises Klicken, aber dennoch war es ihm nicht entgangen. Die Hintertür. Dollinger erstarrte. Die Treppe war gleich um die Ecke, die Tür zum Bad stand offen. Als er auch nur versuchte, sein Gewicht zu verlagern, knarrte der Boden. Unter dem Linoleum mussten Holzdielen liegen. Es war eben ein altes Haus. Dollinger hielt die Luft an. Kein Ton, kein Laut. Ausatmen. Nichts.

Schritte. Aber sie blieben unten. Klappern, Rascheln, Klatschen. Der Einbrecher war also noch gar nicht fertig mit seiner Suche. Er war nur unterbrochen worden. Vielleicht sogar von ihm. Oder den beiden Polizisten. Darum war die Tür nicht verschlossen gewesen. Er hatte nur noch die Zeit gehabt, sie zuzuziehen.

Sein Handy! Es war nicht ausgeschaltet. Seine Frau neigte zu spontanen Anrufen. Und sie hatte sich bislang noch nicht gemeldet.

Der Besucher wurde lauter. Er hörte sich an, als zöge er eine Schublade nach der anderen komplett heraus. Wahrscheinlich ging es ihm um das klassische Versteck unter dem Boden der Schublade. Aber was tat er, wenn er unten fertig war? Bilder schossen durch Dollingers Kopf. Hässliche Bilder. Er musste hier raus.

Der Lärm ermutigte ihn, auf langsame Schleichfahrt zu gehen und das Bad zu verlassen. Sein Ziel war die Treppe, von der aus die Hintertür zu erreichen war, ohne vom Wohnzimmer aus gesehen werden zu können. Aber das hing alles von der Geräuschkulisse ab. Sie währte bis zur dritten Stufe von oben. Dann hatte der Eindringling offenbar das Wohnzimmer abgearbeitet. Es war zu spät, Dollinger musste zurück. Es gelang ihm, die fremden Schritte mit seinen zu synchronisieren. Sein Ziel war jedoch nicht das Bad, sondern der Dachboden. Als die untersten Stufen der Treppe zu knarren begannen, schloss er hinter sich die Tür.

Auf dem Dachboden gab es nur ein Versteck, das er auf leisen Sohlen aufsuchte. Er stellte sich hinter den gemauerten und verputzten Kamin, der von den unteren Räumen zum Schornstein auf dem Dach führte. Von der Tür aus sorgte der Kamin für einen toten Winkel, der nicht einsehbar war. Einen Plan B hatte er nicht. Nicht einmal mit einem schweren Gegenstand konnte er sich bewaffnen, denn der Dachboden war besenrein. Im Bad hätte ihm allerdings auch nur die Klobürste zur Verfügung gestanden.

Die Schritte meinten es ernst und näherten sich schnell. Der erste Blick des Unbekannten galt natürlich dem Dachboden. Dollinger hätte es sich denken können. Schon hörte er die Tür und zog den Bauch ein. In dieser Disziplin war er dem Hauptkommissar garantiert weit überlegen. Wieder hielt er die Luft an und presste sich an die Wand in seinem Rücken.

Jetzt bloß kein Anruf. Keine SMS.

Die Dielen stöhnten. Er hatte zwei oder drei Schritte gemacht.

»Ha!«

Eine raue, eine tiefe Stimme, die Dollinger niemandem zuordnen konnte. Aber immerhin, es war ein Mann. Aus dem kurzen Lacher schloss er, dass der Unbekannte den Boden noch nie betreten hatte und sich wie er über den Ausnahmezustand wunderte.

Aber er ging nicht. Er stand auf dem leeren Dachboden und rührte sich nicht. Was er tat, konnte Dollinger nicht einmal ahnen.

Dafür bedrängte ihn die Hitze, die sich unter dem Dach staute. Der erste Schweißtropfen rollte ihm ins Auge und brannte wie Säure. Er kniff die Lider zusammen, öffnete sie aber gleich wieder, da sich sein Gast hörbar bewegte. Ein Schatten kroch langsam über die graubraunen Dielen. Mehr konnte er nicht sehen. Außerdem musste er sich um seinen Bauch und seine Atmung kümmern.

Endlich gab der Mann auf. Zwei, drei Schritte, dann fiel die Tür ins Schloss. Die nächsten Geräusche kamen aus dem Schlafzimmer. Dollinger zog seinen rechten Handschuh aus und ein Taschentuch aus der Hosentasche, um sich den Schweiß aus den Augen zu wischen. Die Hitze unter der Biberschwanzdeckung war unerträglich. Aber er musste sie erdulden, musste ausharren, bis der Fremde fertig war.

Ein Handy meldete sich.

Der Schreck währte nur kurz, denn der Anruf galt dem Unbekannten. Fernes, dumpfes Gemurmel, gefolgt von Schritten auf der Treppe. Dollinger hatte es dennoch nicht eilig, sondern ging so leise wie möglich zur Tür, öffnete sie, befragte das Haus. Als er sich ganz sicher war, wagte er sich auf die Treppe und stieg nach unten. Das Wohnzimmer war von einem Erdbeben der Stärke 4 auf der Richterskala erschüttert worden. So jedenfalls sah es für Dollinger aus, der sich an ein Erdbeben in der Türkei erinnerte, das er vor mehr als zehn Jahren in der Nähe von Ankara erlebt hatte. Der Unbekannte hatte das Innerste des Wohnzimmerschranks nach außen gekehrt und wirklich jeden Ordner, jede Schublade und jeden Karteikasten durchsucht. Sein Ziel aber hatte er nicht erreicht, denn sonst hätte er die Suche nicht oben fortgesetzt.

Nach einer Kränkung sah ihm das nicht aus. Da ging es um Handfestes. Aber das würde Schwerdtfeger schon noch merken, denn irgendwann würde auch er vor dem Papierberg stehen. Kurz überlegte Dollinger, ob er sich das Ergebnis der Suche im Schlafzimmer ansehen sollte, entschied sich aber dafür, erst einmal das Weite zu suchen. Es reichte ihm für heute. Außerdem knurrte sein Magen.

6

Er schlich sich in die Küche und sah vorsichtig aus dem Fenster. Ebenso vorsichtig drückte er die Klinke herunter. Aber die Tür gab nicht nach. Der Unbekannte besaß also einen Schlüssel, den er diesmal auch eingesetzt hatte.

Das Handy.

Diesmal war es seins.

Er musste erst wieder den Handschuh ausziehen.

Karin wollte wissen, wie er den Tag überstanden hatte.

»Ich zähle jetzt zu den Verdächtigen«, berichtete er ordnungsgemäß. »Aber das erzähle ich dir nachher.«

»Wann kommst du? Um vier Uhr?«

Dollinger sah auf die Uhr. Zeit war wirklich relativ. Aber das war ihm nicht neu.

»Warum ich flüstere? Das erklär ich dir auch nachher. Ja …, ja …, mache ich. Bis dann.«

Er steckte das Handy zurück und vergaß nicht, den Gartenhandschuh wieder anzuziehen. Jetzt brauchte er nur noch einen Weg zu finden, das Haus zu verlassen. Zunächst ging er zur Vordertür, die erwartungsgemäß verschlossen war. Es hing zwar ein Schlüsselbrett neben der Tür, doch keiner der fünf Schlüssel passte.

Aber vielleicht hinten.

Schon der erste Schlüssel ließ ihn aufatmen. Die anderen brachte er zurück und verließ endlich das Haus, vorsichtig, langsam und mit wachen Ohren. Aber die Luft war rein. Er brachte die Gartenhandschuhe zurück in das kleine Gewächshaus und schlug sich in die Büsche, denn er hatte keine Lust, den beiden Uniformierten ein weiteres Mal in die Arme zu laufen.

Sein Fahrrad hatten die Polizisten an eine junge Weide gelehnt, die an der Straße stand und sich vermutlich ihren Platz selbst gewählt hatte. So wie seine Himbeeren oder der Schmetterlingsflieder. Nach einem kurzen Blick auf das Haus, von dem nur der Giebel aus dem Grün der Bäume ragte, schwang er sich auf den Sattel.

Vor der Kirche hatte er eine Art Déjà-vu, denn er musste dem Lieferwagen eines privaten Paketdienstes die Vorfahrt gewähren. Er maß der zufälligen Begegnung zwar keine Bedeutung bei, verfolgte den Wagen dennoch mit den Augen, bis er hinter der Kirche verschwunden war.

Zu Hause zog er erst einmal die schweißnasse Kleidung aus und stieg unter die Dusche. Anschließend kam er den Forderungen seines Magens nach, der sich mit einem Apfel und einer Scheibe Vollkornbrot mit Camembert vorerst zufriedengab. Dollingers nächstes Ziel war sein Liegestuhl, den er im Innenhof platzierte, wo er von seinem Nachbarn nicht eingesehen werden konnte. Natürlich hätte noch in seinen Garten gemusst, doch nach dem Adrenalinschub in Kunraths Haus brauchte er eine Auszeit. Erschöpft, aber keineswegs unzufrieden lehnte er sich zurück. Er wunderte sich sogar über seine eigene Furchtlosigkeit, seine Respektlosigkeit, die er gerade unter Beweis gestellt hatte. Als er seine Erlebnisse in Kunraths

Haus Revue passieren ließ, kamen sie ihm vor, als lägen sie bereits weit zurück. Oder als wären sie nur ein Traum gewesen.

Plötzlich kam ihm die Beinahebegegnung mit dem Unbekannten auf dem Dachboden unwirklich vor, fast wie eine Filmszene, die er sich angesehen, aber in der er nicht selbst mitgewirkt hatte. Auch beobachtete er sich immer wieder aus dem Blickwinkel einer imaginären Kamera. Er sah, wie er sich an die Wand anschmiegte, wie er eins wurde mit dem Kamin, um nicht gesehen zu werden. Von dem Unbekannten aber sah er nach wie vor nur den Schatten. Selbst wenn die Kamera zur Tür schwenkte. Der Dachboden blieb leer. Bis auf ihn und den Schatten, der zu seinen Füßen lag.

Mitten im Film übermannte ihn der Schlaf, der ganz ohne Bilder auskam. Er war auch nur von kurzer Dauer. Eine kräftige Stimme holte Dollinger schon nach wenigen Minuten wieder zurück.

»So sieht also ein Verdächtiger aus.«

»Karin!«

Seine Frau kam lächelnd auf ihn zu, beugte sich über ihn und gab ihm einen Kuss.

»Also, wie kommt die Polizei ausgerechnet auf dich?«, fragte sie neugierig, ungläubig, fast spöttisch.

Dollinger arbeitete sich aus dem Liegestuhl empor und spazierte mit seiner Frau ins Haus. Mit wohlkalkulierter Übertreibung schilderte er die zweimalige Begegnung mit dem Hauptkommissar, stellte Vermutungen über seinen Listenplatz an und demonstrierte in der Küche die Abnahme seiner Fingerabdrücke.

»Hier. Nicht einmal unter der Dusche ist die Farbe völlig verschwunden«, sagte er und hielt ihr seine Finger unter die Nase.

Das anfängliche Lächeln war längst aus Karins Gesicht verschwunden, was auch ihm nicht entgangen war. Dabei war er noch gar nicht beim zweiten Teil seines Tagesberichts angelangt.

»Pass bloß auf«, kam auch schon die von ihm vorausgeahnte Warnung. »Mit dem Mann ist bestimmt nicht zu spaßen. Am Ende kommst du noch in Teufels Küche. Kommen wir ins Teufels Küche.«

»Und was soll ich deiner Meinung nach tun?«

»Dich um ein Alibi kümmern. Wie er gesagt hat.«

»Aber um die Zeit war Johann längst tot. Das weißt du doch.«

»Ich schon. Aber dieser Straßenfeger nicht.«

»Schwerdtfeger.«

»Egal. Auf jeden Fall hättest du vor ihm Ruhe, wenn du ihm ein Alibi liefern könntest. Völlig unabhängig davon, ob die Tatzeit stimmt. Vielleicht hat der Prechtel dich ja doch gesehen. Warum hast du ihn nicht schon längst gefragt? Du hattest doch den ganzen Tag Zeit? Oder hat dich jemand angerufen? Überleg doch mal! Und halte dich bloß von Kunraths Haus fern. Wenn die dich da noch mal erwischen …«

Dollinger sah seiner Frau in die Augen, die nicht zu raten brauchte.

»Das gibt es doch nicht!«

»Ich kann es dir erklären!«

»Davon bin ich überzeugt. Am Ende willst den Fall noch selber lösen!«

Sein Schweigen reichte als Antwort.

»Walter! Du bist doch kein Ermittler! Wie willst du das denn anstellen? Und was wird diese Straßenfeger dazu sagen? Das ist doch illegal!«

»Schwerdtfeger.«

Seine Frau nahm Fahrt auf, ging zuerst in der Küche auf und ab, wechselte kurz in den langen Flur, schimpfte und suchte schließlich das Bad auf, um ihre noch immer langen Haare mit weit ausholenden Bewegungen vor dem Spiegel zu bürsten.

»Karin. Warte doch mal. Du hast ja recht, ich komme in Teufels Küche. Wenn ich nicht schon mittendrin bin.«

Karin bürstete und kämmte, als ginge es um ihr Leben. Ihr Gesicht kannte in diesem Moment nur den Spiegel.

»Karin. Jetzt hör doch bitte mal zu. Wenn die ihren Fehler nicht bemerken, verdächtigen sie womöglich den Falschen. Und ich möchte nicht dieser Falsche sein. Du hättest den Kommissar sehen sollen. Der glaubt fest an ein emotionales Motiv. Aber ich bin mir sicher, dass es um etwas ganz anderes geht. Der … der ist völlig verbohrt. Einen besseren Komplizen kann sich der Täter gar nicht wünschen.«

Seine Frau schwieg ihr Spiegelbild an, kehrte dann aber langsam in das Bad zurück.

»Und wie stellst du dir das vor?«

»Ich mache es wie die Polizei. Ich überprüfe die Alibis unserer Vereinsmitglieder. Das ist der einzige Punkt, bei dem ich Schwerdtfeger zustimme. Es spricht viel für ein Vereinsmitglied. Johann hatte kaum andere Kontakte. Nur gehe ich von einer anderen Tatzeit aus. Ich frage alle. Der Reihe nach. Unauffällig natürlich.«

»Walter Dollinger und unauffällig? Wie soll denn das aussehen?«

»Das bekomme ich schon hin. Es weiß ja niemand, worum es geht. Aus den Angaben mache ich dann ein Beziehungsdiagramm. Mit etwas Glück bleibt am Ende ein Lügner in dem Netz kleben. Dann sehen wir weiter.«

»So einfach stellst du dir das vor?«

Dollinger nickte. Natürlich war ihm die Schwäche seines Vorhabens bewusst. Das änderte aber nichts an seiner Entscheidung.

Karin baute sich direkt vor seiner Nase auf. Mit perfekt gekämmten Haaren und noch immer ernster Miene.

»Für dich ist es ein Spiel. Stimmt's? Ein neues Spiel. Wie früher.«

»Was heißt hier wie früher?«

»Als du noch im Spiel warst. Im großen Spiel. Ich verstehe ja, wie sehr du es vermisst.«

»Kleine Spiele sind auch nicht zu verachten.«

»Kleine Spiele sind manchmal gefährlicher als große.«

»Ich weiß«, nickte Dollinger und dachte an den Schatten auf dem Dachboden.

Sie tauschten noch einige Blicke, spielten, keine großen, keine kleinen, sondern ihre eigenen, vertrauten Spiele, dann gab seine Frau nach.

»Nur, wenn ich mitmachen darf. Eine muss ja auf dich aufpassen.«

Dollinger strahlte, nahm seine Frau in den Arm, drückte sie.

»Gut«, sagte Karin. »Fangen wir gleich an. Am besten damit.«

Sie löste sich von ihm, bückte sich und sammelte seine Hose, sein Hemd und seine Unterwäsche vom Boden auf.

»Entschuldige, die Sachen habe ich ganz vergessen.«

»Was habe ich gesagt. Eine muss auf dich aufpassen.«

Wie immer filzte sie die Taschen vor dem Waschen. Aus der Brusttasche des Hemdes zog sie einen Zwanzigeuroschein. Aus der rechten Hosentasche einen Schlüssel. Schlagartig versteinerte ihre Miene.

»Wem gehört dieser Schlüssel?«

»Das ist der Schlüssel …«

»Jetzt lüg mich nicht an! Warst du wirklich in Kunraths Haus? Oder hast du aus einem anderen Grund am Telefon geflüstert? Wie heißt sie?«

»Aber, Karin …!«

Ein sanftes Lächeln breitete sich auf ihrem Gesicht aus, das zu einem spitzen Lachen anschwoll. Sie schüttelte den Kopf und nahm ihn erneut in den Arm.

»Wie hast du das früher eigentlich immer gemacht? Wo du auf jeden billigen Bluff hereinfällst.«

7

»Nein, tut mir leid, aber das hat mich die Polizei auch schon gefragt«, antwortete Friedrich Prechtel. »Ich war zwar im Garten, bin dann aber ins Haus. So gegen acht. Die ›Tagesschau‹ lief noch nicht. Danach kam das Fußballspiel. Haben Sie das auch gesehen?«

»Und am Freitag?«

»Am Freitag? Danach hat die Polizei nicht gefragt.«

»Das kommt noch«, erklärte Dollinger seinem Nachbarn. »Für mich ist der Freitag wichtig. Vor allem der Nachmittag.«

»Am Nachmittag? Da habe ich gearbeitet. Bis um vier. Dann war ich im Garten. Wie jeden Tag.«

»Stimmt«, sagte Dollinger. »Sie haben eines der vorderen Beete neu angelegt. Jetzt fällt es mir wieder ein.«

»Die alten Radieschen waren fällig. Ich habe acht neue Reihen eingesät.«

»Acht Reihen?«

»Im Gegensatz zu Ihnen lege ich auf große Abstände wert. Bei Ihnen reicht ein Tütchen bestimmt nur für drei Reihen.«

»Das reicht uns auch«, sagte Dollinger. »Und wie Sie sehen, machen auch wir mehrere Aussaten.«

»Ich sehe nur Unkraut«, entgegnete sein Nachbar.

»Das ist Ansichtssache«, wehrte sich Dollinger. »Und das wissen Sie, seit wir das Haus gekauft haben. Wir haben einen Naturgarten.«

»Bei mir ist auch Natur. Ich pflege sie nur mehr. Vergleichen Sie doch mal unsere Radieschen. Meine sind doppelt so groß wie Ihre. Weil sie mehr Platz haben, einen besseren Boden und keine Konkurrenz durch Unkraut. Sieht schön aus, das Zeug da, aber es ist nun mal Unkraut.«

»Sie meinen die Zaunwicke? *Vicia sepium?*«

Dollinger wies mit dem Finger auf einen rankenden Schmetterlingsblütler mit violetten Blüten.

»Unkraut. Das gehört auf den Kompost, das Zeug.«

»Das finde ich nicht. Es verbessert den Boden. Schmetterlingsblütler reichern den Boden mit Stickstoff an. Mithilfe von Knöllchenbakterien. Davon profitieren auch die Radieschen.«

»Hm«, brummte Prechtel. »Stickstoff.«

»Ja, den brauchen alle Pflanzen. Sie können ihn nicht aus der Luft aufnehmen wie das Kohlendioxid. Und in reiner Form nicht aus dem Wasser.«

»Warten Sie«, sagte Prechtel, drehte sich um und kehrte kurz darauf an den Gartenzaun zurück, über die er seine rechte Hand reichte, in der sich ein kleines Häufchen graubrauner Brocken befand.

»Da ist alles drin«, sagte sein Nachbar. »Davon kaufe ich jedes Jahr einen Sack. Beim Landhandel. Oder dürfen Sie das nicht anfassen, wegen Ihre Allergie?«

»Sie haben Ihre Methode, ich die meine«, erwiderte Dollinger. »Mir geht es dabei nicht nur um die Düngung. Es geht mir auch um die Insekten, um die Hummeln etwa. Mein Garten soll leben. Falls Sie mich verstehen.«

»Leben? Ist mein Garten etwa tot? Dann sehen Sie sich mal meine Tomaten an! Meinen Kohlrabi!«

Für Dollinger wurde es Zeit, das Thema zu wechseln.

»Gerne, Herr Prechtel, gerne. Aber da wäre noch der Samstag. Waren Sie da nicht vormittags im Dorf einkaufen?«

Sein Nachbar sah ihn verwundert an, lächelte und warf die graubraunen Brocken hinter sich in seinen Garten.

»Ich war nur in der Apotheke. Auch wenn ich nicht weiß, warum das für Sie so wichtig ist.«

»Haben Sie jemanden getroffen?«

Prechtel überlegte. Er überlegte lange.

»Die Gudrun Berger war auch in der Apotheke.«

»Und der Dr. Pfannenmüller?«

»Der war nicht da. Seine Frau hat bedient.«

»Danke«, sagte Dollinger. »Sie haben mir sehr geholfen.«

»Freut mich«, lächelte Prechtel. »Soll ich Ihnen nicht doch eine Tüte abfüllen?«

»Eine Tüte?«

»Von meinem Gartendünger?«

»Ach so. Nein. Danke für Ihr Angebot, aber ich bleib bei meinem Unkraut.«

Dollinger machte sich umgehend an die Arbeit und schob die ersten Namenskärtchen über seinen Monitor. Den Apotheker versah er mit einem Fragezeichen, Gudrun Berger, eine Lehrerin, mit einem Sternchen für den Samstagvormittag. Dann verband er die Namenskärtchen mit Vektoren, die er beschriftete. Die ganze Grafik konnte er vergrößern und verkleinern, sodass er ausreichend Platz hatte, um ganze Städte unterzubringen. Aber das war gar nicht erforderlich. Biberbach reichte. Das hoffte er jedenfalls. Und er hoffte darauf, dass seine Frau bald erfolgreich von ihrer Expedition zurückkehrte.

Kaum hatte er den Gedanken beendet, hörte er auch schon die Haustür. Karin war zurück. Aber sie war nicht allein. Nach den ersten Worten, die in sein Arbeitszimmer drangen, wusste er, wen seine Frau angeschleppt hatte. Nein, bitte nicht, dachte er. Nicht die.

»Walter? Kommst du mal?«

»Bin schon unterwegs«, antwortete er und bemühte sich um eine gute Miene.

Unten ihm Flur stand sie. In voller Lebensgröße. Und strahlte ihn an. Es war ja auch das erste Mal, dass man ihr Zugang gewährte. Bestimmt ein Gewinn für ihre Sammlung. Ihr Grinsen übertraf selbst das gewisser Japaner, die ihn vor Jahren in Tokio nicht hatten zum Zuge kommen lassen. Abgeprallt war er damals an ihrer unerbittlichen Freundlichkeit.

»Grüß Sie Gott, Herr Dollinger!«

»Grüß Gott, Frau Dietlein.«

Karin traktierte ihn aus der zweiten Reihe mit mahnenden Blicken und Kopfbewegungen. Artig reichte er seine Hand.

»Ihre Frau war so nett, mich zu einer Tasse Kaffee einzuladen. Sie hat mir auch von Ihrem Problem erzählt.«

Dollinger lächelte sie an, ohne auch nur zu ahnen, wovon sie sprach.

»Du kannst es ihr ruhig sagen«, ermutigte ihn seine Frau.

Er fischte weiter im Trüben, versuchte aber zu lächeln.

»Mein Mann ist manchmal etwas schüchtern«, sagte Karin und sah dann ihren Mann an. »Die Sache mit dem Verein, der Generalverdacht der Polizei, den du nicht akzeptierst.«

»Ja, das ist wirklich ein Unding«, fiel bei ihm endlich der Groschen, auch wenn er den Münzbehälter am Boden noch nicht erreichte. »Dieser Kommissar glaubt ernsthaft, dass der Obst- und Gartenbauverein etwas mit dem Mord zu tun hat.«

»Ich sage nur: Adrian Schwerdtfeger. Der hat fei einen ganz schlechten Ruf. Erinnern Sie sich noch an den berühmten Montagsmord in Möhrendorf? Vor fünf Jahren?«

Dollingers Gedächtnis hatte nichts zu bieten, dennoch nickte er.

»Den Fall hat damals der Schwerdtfeger bearbeitet.«

»Ach, der war das?«

»Genau«, nickte Dietlein vielsagend. »Das erklärt ja wohl alles.«

»Ja, das tut es. Allerdings«, stimmte ihr Dollinger vorbehaltlos zu.

»Und jetzt will er sich also an unseren schönen Verein vergehen. Deswegen waren Sie also so oft beim Sachtler.«

Dollinger nickte.

»Ich habe ihr erzählt, dass du an einer Art Dokumentation sämtlicher Alibis der Vereinsmitglieder arbeitest, damit so etwas wie in Möhrendorf nicht noch einmal passiert«, half ihm Karin in klarere Gewässer zu gelangen.

»Also, das finde ich ja ganz toll!«, strahlte Dietlein von einem Ohr zum anderen, was angesichts der großen Entfernung eine erstaunliche Leistung war. »Das Sie sich dafür aufopfern! Wo Sie doch so stark an Arthrose leiden.«

»An einer Allergie«, korrigierte er.

»Und trotzdem tun Sie sich das an. Bewundernswert. Wirklich bewundernswert.«

»Moni hat sich angeboten, dir zu helfen«, präsentierte Karin endlich die Idee, die sich hinter der Einladung verbarg. »Sie kennt doch Biberbach wie sonst niemand.

»Das sagt mein Mann auch immer«, strahlte die Frau, deren Alter ihm noch ein Rätsel war. »Besser als die Zeitung.«

»Sagt Ihr Mann.«

»Ja, das sagt er«, lächelte Dietlein und neigte ihren Kopf leicht zur Seite.

»Am besten setzt ihr euch in den Hof an den großen Tisch. Ich mache Kaffee«, löste Karin die spontane Zusammenkunft im Flur auf und schob Dietlein und ihren Mann an der Treppe vorbei in den Innenhof. »Papier bringe euch auch noch.«

Dollinger war erleichtert, dass seine Frau nicht für sein Arbeitszimmer plädierte hatte. Mit weiterhin bemühter Miene bot er dem Fleisch gewordenen sozialen Netzwerk einen der Stühle und setzte sich selbst an den großen Gartentisch, den sie beim Hauskauf übernommen hatten. Sein Alter schätzten sie auf 80 bis 100 Jahre. Ein riesiger Tisch, über zwei Meter lang und fast eineinhalb Meter breit, aus Eiche gefertigt, dessen ursprüngliches Einsatzgebiet sie nicht kannten. Jetzt beherrschte das Ungetüm ihren Hof, der zwischen Wohnhaus und Scheune lag. Eine große Scheune, keine bessere Garage wie die von Kunrath. Mit Kunrath wurde auch das Gespräch eröffnet. Kaum hatte Dollinger den Namen auch nur genannt, sprudelte es auch schon aus ihr heraus. Das ist ja ein Wortgeysir, dachte er staunend. Andererseits hatte die heiße Quelle viel zu bieten. Selbst wenn nicht immer alles dem entsprach, was allgemein und nicht selten äußerst leichtfertig Wahrheit genannt wurde. Schon die erste Kostprobe war ein Leckerbissen.

»Er war verheiratet? Johann Kunrath war verheiratet?«

»Er war, wenn auch nur für ein paar Monate«, wusste Monika Dietlein zu berichten. »Erika hat sie geheißen. Die Arme. Lang hat sie es mit ihm nicht ausgehalten, mit diesem Erbsenzähler. Auch wenn er tot ist und ermordet wurde, er war ein Erbsenzähler. Seien Sie mir nicht böse.«

»Keineswegs. Was ist aus ihr geworden?«

»Sie ist gegangen. Von einem Tag auf den anderen. Vor gut

acht Jahren. Das war etwa um die Zeit, als Sie das Haus hier gekauft haben. Angeblich ist sie zurück nach Würzburg. Das habe ich vom Willi.«

»Willi?«

»Wilhelm Krautwurst. Kunraths bester und wohl auch einziger Freund.«

Dollinger staunte ein zweites Mal, denn auch mit einem Freund hatte er bei Kunrath nicht gerechnet.

»Ein echter Freund? Kein Bekannter?«

»Ein echter Freund. Soweit das bei Kunrath möglich war«, dozierte sie und genoss es offensichtlich, einen so dankbaren und aufmerksamen Hörer gefunden zu haben. »Darf man in Ihrem Garten rauchen?«

»Selbstverständlich«, nickte Dollinger, der seit seiner Diagnose, so vage sie auch ausgefallen war, nicht mehr rauchte.

Dietlein zog eine Schachtel Zigaretten aus der Tasche und genoss offensichtlich auch den Rauch.

»Wer ist dieser Willi?«

»Das ist eben der Unterschied«, merkte sein Gast an und inhalierte kräftig. »Sie legen auf mein Wissen Wert. Dieser Schwerdtfeger nicht.«

»Das freut mich. Vor allem für den Verein.«

»Also, der Willi, der Wilhelm Krautwurst, das ist ein Arbeitskollege von dem Kunrath. Der hat früher in Biberbach gewohnt, ist dann aber ... warten Sie mal ... vor drei, nein vor vier Jahren nach Neustadt gezogen. Der kann jetzt zu Fuß zum Landratsamt gehen. Wenn Sie Glück haben, kommen beide zur Beerdigung. Die Erika und der Willi. Wann immer die sein wird. Die Leiche ist ja noch nicht freigegeben.«

»Haben Sie ...?«

»Jetzt sag endlich auch Moni zu mir. So wie deine Frau.«

Das hatte Dollinger kommen sehen, und er hatte keine Wahl. Erst recht nicht in dieser Situation, die ihm so gelegen kam.

»Gut. Ich bin der Walter.«

In diesem Augenblick erschien Karin mit dem Kaffee und einem Block.

»Darauf müssen wir anstoßen! Aber nicht mit Kaffee«, lachte Dietlein, sprang auf und nahm Dollinger in der Arm. Jeder Widerstand war zwecklos. Als sich die hyperaktive Frau wieder von ihm gelöst hatte, sah ihn seine Frau fragend an. Dollinger nickte. Und wieder wurde er belohnt, denn seine neue Freundin wurde ihrem Ruf mehr als gerecht. Der Wein beflügelte noch ihren Output.

»Aber der war doch jeden dritten oder vierten Tag beim Kunrath. Und der Kunrath beim Willi. Das hat er mir doch selbst erzählt. Frag mich nicht, was die zusammen gemacht haben. Schwul sind die jedenfalls nicht. Der Willi steht auf Frauen. Und verheiratet ist der auch.«

»Haben Sie … hast du den zufällig gesehen, den Willi? Am Freitag oder Samstag vorletzte Woche? Am Wochenende vor dem Mord? Mir geht es darum, wer den Johann zuletzt lebend gesehen hat.«

Dietlein überlegte, nahm einen Schluck Wein, eine gut gekühlte fränkische Scheurebe, also eine eher seltene Rebsorte, ließ den Rauch auf ihre Lungen wirken und sah ihn an.

»Am Freitag war er da. Am späten Nachmittag. Aber beim Bertram. Die zwei hab ich gesehen. Direkt vorm Sachtler. So um sechs, halb sieben. Bestimmt war er auch beim Kunrath, der Willi. Da hat er ja noch gelebt, der Kunrath.«

»Sagt die Polizei«, rutschte es Dollinger über die Zunge, was er im selben Augenblick bedauerte.

»Die sagt viel, wenn der Tag lang ist. Aber ich sag der nichts mehr. Kein Wort«, schwor sie und leerte ihr Glas.

Mit etwas Glück hatte sie nichts gemerkt.

»Das kann ich gut verstehen. Und die Frau vom Kunrath? Hast du die mal wiedergesehen?«

»Nicht einen Rockzipfel. Die ist weg. Über Nacht. Und war nicht mehr gesehen. Nicht in Biberbach. Auf der Arbeit hat er die kennengelernt. Auf dem Landratsamt. Sie hat einen Antrag gestellt. Wie romantisch. Und dann haben sie geheiratet.«

Dollinger drängte sich der Verdacht auf, dass die Scheurebe bei Moni bereits Wirkung zeigte. Dabei hatte er noch so viel mit ihr vor.

»Wenn wir schon bei Freitag und Samstag sind, wen hast du da noch gesehen? Im Dorf? Beim Sachtler? Beim Einkaufen? In der Apotheke?«

»Am Freitag und am Samstag?«

Dietlein ließ eine Aufzählung folgen, der Dollingers schnellste Schrift nicht gewachsen war. Also notierte er nur die Namen der Vereinsmitglieder.

»Gerald Bank. Der war spazieren. An der Aisch. Hinten bei der Wassermühle. Mit seinem Hund. Ich weiß gar nicht, warum der überhaupt einen Hund hat. Der sitzt doch den ganzen Tag in der Bank. Okay, den halben Tag. Du hast gewonnen. Er hat doch genug Zeit. Hast du noch ein Gläschen?«

Da es zwei namhafte Geralds in Biberbach gab, hatte es sich eingebürgert, den Leiter der Raiffeisenbank nicht Gerald Busch, sondern Gerald Bank zu nennen. Der Eigentümer der Tankstelle, Gerald Simmer, war dagegen unter dem Namen Gerald Tank bekannt. Da die Bank bis um 17.00 Uhr geöffnet hatte, konnte Dietlein nur den späten Nachmittag meinen.

»Und dann war da noch der Pfannenmüller. Der ist ein paar Mal mit dem Fahrrad über den Marktplatz. Ich glaube, der hat jemanden gesucht.«

Ein weiteres Glas ließ die Quelle versiegen. Monika Dietlein wechselte das Thema, wollte nicht länger den Obst- und Gartenbauverein retten, sondern heimliche Liebschaften und Bankrotte offenlegen. Sogar der Sachtler, lallte sie, sei ja eigentlich längst pleite. Und dem Randel, dem gehe es auch nicht gut.

»Die Leute trinken immer weniger«, seufzte sie und leerte das letzte Glas, das sie dem Bocksbeutel abgerungen hatte.

»Nicht alle«, bemerkte Dollinger, stand auf und lotste seine neue Duzfreundin mithilfe seiner Frau zur Tür.

»Ich fahre sie nach Hause«, sagte Karin.

Dietlein fiel beiden nacheinander um den Hals, bedankte sich für den Kaffee und den guten Tropfen und meisterte sogar die Treppe vor der Haustür.

»Bis morgen!«, strahlte sie.

Dollinger breitete seine Notizen auf seinem Schreibtisch aus und übertrug alle halbwegs verwertbaren Angaben in seine Grafik, die Experten als Social Graph bezeichnen würden. Zwar wimmelte es noch vor Fragezeichen, aber es war ein Anfang. Er hoffte, innerhalb weniger Tage genügend Gespräche geführt zu haben, um die ersten Verdächtigen isolieren zu können. Sofern es wirklich jemand aus dem Verein war.

Sein Blick sprang von Name zu Name, von Vektor zu Vektor. Zweifel nisteten sich ein. War dies wirklich der richtige Weg? Konnte er so die Vereinsmitglieder unter seine Kontrolle bringen? Was unterschied ihn eigentlich von Monika Dietlein? Seine Professionalität?

Er verdrängte seine Zweifel und trug Erika Kunrath, deren

Mädchennamen nicht einmal seine neue IM kannte, und Wilhelm »Willi« Krautwurst in die Beziehungsgrafik ein. Letzteren versah er mit einer roten Markierung. Denn mit ihm musste er unbedingt sprechen. Er wusste nur noch nicht, wie.

8

Am nächsten Morgen schlug die Zeitung zurück und strafte Monikas Mann Lügen. Die Dachzeile der *Fränkischen Landeszeitung* meldete euphorisch die Verhaftung eines Verdächtigen im Mordfall Kunrath.

»Das glaub ich nicht!«, sträubte sich Karin Dollinger gegen die Nachricht und setzte die Kaffeetasse ab. »Das glaube ich einfach nicht!«

»Peter Gumpel«, las Dollinger staunend seiner Frau vor, »ein in der Region bekannter Landstreicher, wurde in Kunraths Haus von der Polizei überrascht. Zwei Beamte, die das Haus routinemäßig überprüften, konnten den Mann am späten Nachmittag festnehmen. Allem Anschein nach war Gumpel mithilfe eines Dietrichs in das Haus eingedrungen und hatte es nach Geld und Wertgegenständen durchsucht. Hauptkommissar Adrian Schwerdtfeger, zuständig für die Aufklärung des Mordes an Johann Kunrath, kündigte für den nächsten Tag eine Pressekonferenz an.«

Dollinger ließ die Zeitung sinken und tauschte Blicke mit seiner Frau.

»Das ist ja ein Ding!«

»Der Schatten! Am Ende hat ihn dieser Landstreicher geworfen«, mutmaßte Karin nüchtern. »Vielleicht hast du deshalb seine Stimme nicht erkannt?«

»Schon möglich«, antwortete er ebenso leise wie nachdenklich und rief das Bild in Erinnerung. Der Schatten hatte sich fest eingeprägt. »Ich konnte den Mann ja nicht sehen. Es war aber ein Mann.«

»Wenn dieser Gumpel nur die Gelegenheit genutzt hat, in ein leeres Haus einzusteigen, dann ist wieder alles offen. Dann könnte der Mörder ja auch eine Mörderin sein«, meinte Karin. »Wenn er aber auch der Mörder war, dann kannst du dir ein neues Hobby suchen.«

»Das ist noch offen. Das werden wir wohl erst auf der Pressekonferenz erfahren. Um sechzehn Uhr beim Sachtler. Das lasse ich mir bestimmt nicht entgehen.«

»Aber du bist kein Journalist.«

»Ich frage den Nürnberger. Dem habe ich auch schon geholfen, wenn es um Vereinssitzungen gegangen ist, die er verpasst hat.«

Nachdem seine Frau zur Arbeit gefahren war, zog es Dollinger in seinen Garten. Er begann bei den Zucchinipflanzen, von denen die Dollingers gleich acht besaßen, die rund um den Komposthaufen wuchsen. Dabei ging es ihnen nur in zweiter Linie auf die Früchte, sondern viel mehr um die Blüten, für die es die unterschiedlichsten Füllungen gab. Er kam auf sechs Blüten und sah sie schon auf ihren Tellern, im Backteig und gefüllt mit Gemüsereis.

Im Kräutergarten, beim Salbei, dessen Blätter sie ebenfalls in einem Backteig schätzten, hatte ihn der Landstreicher wieder eingeholt. Einerseits hatte ihm dieser auf dem Dachboden angstvolle Minuten bereitet, die ihn vielleicht weniger Schweiß gekostet hätten, wenn er gewusst hätte, dass es nur ein Landstreicher gewesen war. Andererseits hatte ihm dieser Gumpel das Spiel verdorben, ihm schon nach wenigen Zügen Matt angesagt. Schwerdtfeger würde Gumpel folgen und ihn mattsetzen, noch bevor seine Figuren strategisch relevante Felder auf dem Spielfeld eingenommen hatten.

Dollinger machte den Möhren seine Aufwartung. Im Gegensatz zu seinem Nachbarn und Kunrath griff er nicht hart durch. Die beiden Schwalbenschwanzraupen, die im Grün der Möhren lebten, ließ er gewähren. Sie störten ihn ebenso wenig wie die Königskerze, die sich für sein Bohnenbeet entschieden hatte und nun als Rankhilfe herhalten musste.

Nach seinem Rundgang und einem Blick auf die Gurken im Gewächshaus hielt er es nicht mehr aus. Er sah auf die Uhr, zog sein Handy aus der Tasche und rief den Lokalreporter Jens Nürnberger an. Dollinger erzählte ihm einfach die Geschichte von Schwerdtfegers Verdacht ihm gegenüber und seiner daraus resultierenden Neugier. Nürnberger, der auch noch anderen Berufen nachging, willigte umgehend ein, den Versuch zu unternehmen, ihn in die Pressekonferenz einzuschleusen. Er fand sogar Gefallen an der Idee.

»Sie könnten meine Fototasche tragen«, schlug er vor. »Dann habe ich endlich auch einmal einen Assistenten.«

»Genau das Richtige für einen Frührentner. So einen Job habe ich gesucht«, freute sich Dollinger. »Wann geht es los?«

»Um sechzehn Uhr. Wir treffen uns eine Viertelstunde vorher. Am Brunnen.«

»Ich bin pünktlich.«

Und Dollinger war pünktlich. Er trug eine beigefarbene, mit Taschen besetzte Weste über einem weißen T-Shirt, um wenigstens ansatzweise seiner Rolle als Kameraassistent gerecht zu werden. Nürnberger schüttelte zwar den Kopf, überließ ihm aber gleich drei Taschen, um sein Erscheinen ausreichend zu legitimieren.

»Sieht gut aus«, brummte der Lokalreporter.

Dollinger nickte und drückte sich noch schnell eine beigefarbene Baseballkappe ins Gesicht.

»Wie echt«, lachte Nürnberger. »Komm! Versuchen wir's.«

Vor dem großen Saal, in dem sonst Hochzeiten gefeiert wurden und am Wochenende lokale Rockbands spielten, kontrollierten gleich zwei Polizisten die Presseausweise. Der Andrang war groß, denn der Mord hatte für Aufsehen gesorgt. Neben Vertretern regionaler und überregionaler Zeitungen war auch ein Kamerateam des Bayerischen Rundfunks aus Nürnberg erschienen.

Schon von Weitem erkannte Dollinger einen der beiden Uniformierten und verkroch sich noch tiefer in sein Kostüm, das er schnell noch durch eine Sonnenbrille vervollständigte. Aber seine Sorge war unberechtigt. Der Mann warf nur einen kurzen Blick auf das Plastikkärtchen Nürnbergers, würdigte Dollinger keines Blickes und winkte sie beide in den schon gut gefüllten Saal. Während Nürnberger sich weiter vorne einen Platz suchte, ging Dollinger hinter der Kamera des Bayerischen Rundfunks in Deckung.

Keine Minute später erschien Schwerdtfeger und marschierte an seinem Publikum vorbei zur Bühne, gefolgt von drei Mitarbeitern. Unbeeindruckt von der großen Zahl der Journalisten, die sie gar nicht zu bemerken schienen, nahmen sie hinter vorbereiteten Tischen Platz und begannen sofort, bereitliegende Papiere auszutauschen und zu sortieren.

»Wichtigtuer«, tuschelte einer der Journalisten.

»Das macht der immer so«, ergänzte eine kaum hörbare weibliche Stimme.

Auf der Bühne, die sonst Dorfkapellen und lokalen Rockstars vorbehalten war, beendeten die vier Polizisten in Zivil ihr Papierspiel und hoben die Köpfe.

»Grüß Gott. Mein Name ist Schwerdtfeger. Ich leite die Ermittlungen im Mordfall Johann Kunrath und begrüße Sie zur heutigen Pressekonferenz. Ich möchte Ihnen kurz einige Ergebnisse unserer bisherigen Ermittlungen erläutern.«

Der Hauptkommissar blieb nüchtern, wirkte sonderbar unbeteiligt und spulte im Schnelldurchgang die längst bekannten Fakten ab, referierte kurz den Fund der Leiche und fasste die Ergebnisse der Obduktion zusammen, wobei er die Folterspuren hervorhob. Schwerdtfeger wies mit einer Handbewegung einen seiner Mitarbeiter an, die im Gegensatz zu ihm Namensschilder vor sich stehen hatten, den eigens aufgestellten Beamer zu aktivieren. Auf einer kleinen Leinwand, rechts neben dem Quartett, erschienen Kunraths Hände, die tiefe Fesselspuren aufwiesen. Ein leises Raunen ging durch den Saal. Es folgte ein Foto von einem Schnitt in die Wange des Opfers, dessen Augen nicht zu sehen waren.

»Als Todesursache wurde Ertrinken festgestellt.«

Schwerdtfeger betonte nach einer kurzen Pause die von der Gerichtsmedizin ermittelte Todeszeit. Mittwoch zwischen 18 und 24 Uhr.

Dollinger schüttelte den Kopf.

»Rätsel gibt uns noch das Radieschen auf, das wir im Mund des Opfers gefunden haben«, fuhr der Hauptkommissar fort, während der Beamer ein riesiges Radieschen mit deutlichen Bisspuren auf die Leinwand projizierte. Von einer möglichen symbolischen Funktion, wie er sie gegenüber Dollinger angedeutet hatte, sagte Schwerdtfeger kein Wort. Stattdessen sprach er nur von einem improvisierten Knebel.

Kein Wort von einer Liste, kein Wort vom Obst- und Gartenbauverein, kein Wort von Dollinger. Auch der Hauptkommissar beherrschte das Spiel. Nach weiteren, unbedeutenden Fakten über Kunraths Haus kam er endlich zur Verhaftung des Landstreichers, über den die beiden Polizisten mehr oder weniger gestolpert waren.

Peter Gumpel, 53 Jahre alt, ohne festen Wohnsitz, vorbestraft wegen Diebstahls und Einbruchs, klapperte regelmäßig die Dörfer und Städte zweier Landkreise ab. Ein Stammkunde, wie Schwerdtfeger meinte, während die Statisten, die ihn einrahmten, gelangweilt schwiegen.

Auf der Leinwand verschwand das Radieschen und machte nicht etwa Platz für den Landstreicher, sondern für Kunraths Wohnzimmer.

»Wie Sie sehen, hat Gumpel gründliche Arbeitet geleistet«, kommentierte Schwerdtfeger das Bild.

Dollinger nahm die Sonnenbrille ab. Was er sah, war zwar Kunraths Wohnzimmer, doch der Zustand war nicht der, den er vorgefunden hatte. Das Chaos auf dem Bild war ein gänzlich anderes als das ihm bekannte. Hier hatte niemand etwas gezielt gesucht und dabei nach und nach Schubläden und Fächer geleert, hier hatte jemand blind gewühlt. Ohne Rücksicht auf Verluste, aber vor allem ohne Rücksicht auf einen auch nur minimalen Überblick. Zwischen den Papieren lagen Tassen und Gläser, zum Teil zerschlagen, DVDs und Fotos, Servietten, Messer und Gabeln. Das waren nicht die Folgen eines Erdbebens der Stärke 4, das er gesehen hatte, das war mindestens eine 5,5 auf der Richterskala.

Die Duplizität der Ereignisse, schoss es Dollinger durch den Kopf. Der Landstreicher musste die bereits durchsuchte Wohnung ein zweites Mal durchsucht, durchwühlt, geplündert haben. Eine andere Erklärung gab es nicht. Und der Behauptung des Landstreichers, das Haus bereits durchsucht vorgefunden zu haben, schenkte natürlich niemand Glauben. Eine billige, eine absurde, eine lächerliche Ausrede. Dollinger konnte sich das Verhör und Schwerdtfegers Reaktion mühelos vorstellen.

Aber er, Dollinger, wusste ungefähr, was sich ereignet hatte. Fast war er erleichtert, als ihm klarwurde, dass der Schatten wohl tatsächlich dem Mörder gehört hatte. Seine Angst, sein Schweiß waren berechtigt gewesen. Außerdem bedeutete das Foto, dass er zu früh mit einer Mattansage gerechnet hatte.

Aber Schwerdtfeger hatte noch ein Ass im Ärmel.

»Die Brisanz der Festnahme liegt darin, dass sich Gumpel und das Opfer gekannt haben. Kunrath hatte den Landstreicher zweitausendzwölf und zweitausendvierzehn angezeigt, weil dieser offenbar mehrmals in der kleinen Scheune übernachtet und Lebensmittel gestohlen hatte. Kunrath hatte zwar das Schloss ausgetauscht, aber das hat Gumpel nicht aufgehalten. Ein Zeuge, ein Postzusteller, hat erst am heutigen Vormittag von einem heftigen Streit zwischen Kunrath und Gumpel berichtet. Es soll sogar zu Tätlichkeiten gekommen sein.«

»Ist Gumpel der Täter?«, rief einer der Journalisten in den Saal, ohne das Ende der Ausführungen abzuwarten.

»Er ist dringend der Tat verdächtig und befindet sich derzeit in Erlangen in Untersuchungshaft. Ob er tatsächlich den Mord begangen hat, wird sich im Laufe der Ermittlungen zeigen«, antwortete Schwerdtfeger. »In einem ersten Verhör hat Gumpel die Tat vehement bestritten. Wir gehen nach wie vor von einer Beziehungstat oder einem Racheakt aus. Dazu würde der Konflikt zwischen Gumpel und Kunrath wiederum gut passen.«

Finger schossen in die Luft, Fragen überlagerten sich. Die

Detailneugier war nicht mehr aufzuhalten. Der Hauptkommissar schien das Interesse zu genießen, arbeitete eine Frage nach der anderen ab, gab aber nicht viel preis. Schwerdtfeger war in seinem Element, seine Kollegen blieben Statisten, auch wenn sie jetzt hier und da auch mal eine Frage beantworten durften.

Die Fragen kreisten indes weiter um Gumpel, um dessen Leben am Rande der Gesellschaft, um sein wiederholtes Eindringen in Kunraths Scheune.

Das aber interessierte Dollinger nur am Rande. Ohne ein Wort mit dem Landstreicher gewechselt zu haben, fällte er ein Urteil und sprach ihn frei. Das Foto vom durchwühlten Wohnzimmer war ihm dafür Beweis genug. Außerdem konnte er sich nicht vorstellen, dass Gumpel, zwei Wochen nachdem er Kunrath auf grausame Weise getötet hatte, zurückkehrte, um dessen Haus zu durchwühlen. Das hätte er doch gleich haben können. Niemand hatte den Mord bemerkt. Zeit hätte er bestimmt genug gehabt.

Immer wieder spielte er den möglichen Tathergang durch, mal mit einer Beteiligung von Gumpel, mal ohne. Die skurrilsten Varianten feierten in seinem Kopf Triumphe. Doch immer wieder kehrte er zu einfachen Modellen zurück. Und zu der Frage, warum der Täter die Durchsuchung tatsächlich verschoben hatte. Im Gegensatz zu Gumpel hatte ihm offenbar die Zeit gefehlt. Oder er hatte einen Termin gehabt, den er unbedingt hatte wahrnehmen müssen, sei es auch nur, um ein Alibi zu haben. Die Zeit. Es war um die Zeit gegangen. Die Durchsuchung hatte der Mörder verschoben, hatte sie verschieben müssen, um nicht in Verdacht zu geraten. Oder war das doch zu spekulativ?

Jetzt war es Dollinger, dem die Zeit fehlte, denn die Pressekonferenz war beendet, die Journalisten erhoben sich, redeten, diskutierten. Schwerdtfeger und sein Gefolge marschierten durch den Saal, wie sie gekommen waren. Auf Höhe der vorletzten Reihe, in die sich Dollinger zurückgezogen hatte, blieb der Hauptkommissar abrupt stehen, wandte ihm langsam seinen großen, hochroten Kopf zu, beugte sich etwas vor und sagte trocken: »Da haben Sie aber noch mal Glück gehabt.«

Dollinger spürte, wie auch seine Wangen sich zu röten begannen. Noch während er nach Worten für eine passende Antwort suchte, setzte sich Schwerdtfeger wieder in Bewegung und verließ den Saal.

»Was war das denn?«, fragte Nürnberger, der sich als einer der ersten Journalisten der Polizeidelegation angeschlossen hatte.

»Ein Beweis dafür, dass man ihn nicht unterschätzen sollte.«

»Was hat er von Ihnen gewollt? Kommen Sie schon!«

»Er wollte mir nur Glück wünschen.«

»Glück?«, wiederholte der Lokalreporter skeptisch. »Wofür Glück?«

»Für eine kleine alternative Dokumentation«, erklärte er, als sie den Saal verließen. Es wusste, dass er Nürnberger nicht so leicht hinters Licht führen konnte. Er wählte daher eine Erklärung, die dicht neben der Wahrheit lag. Ganz ähnlich wie bei Monika Dietlein. »Diese Info gibt es aber nur unter Ausschluss der Öffentlichkeit. Versprochen?«

»Versprochen.«

»Schwerdtfeger hatte zu Beginn seiner Ermittlungen seine Augen kurz auf den Verein geworfen. Da habe ich mit meinen bescheidenen Mitteln versucht, den Verein da rauszuhalten. Ihn zu entlasten. Schließlich bin ich im Vorstand.«

»Verstehe«, sagte Nürnberger. »Der gute Ruf. Aber das ist ja jetzt wohl vom Tisch.«

»Das hoffe ich.«

»Darf ich fragen, wie Sie … vorgegangen sind?« Der kleine, drahtige Teilzeitreporter war neugierig geworden.

»Ich habe nur ein paar Alibis gesammelt. Soweit mir das möglich war. Ganz simpel«, erklärte Dollinger. »Und das auch gleich ab dem Wochenende, ab Freitag.«

»Warum denn das?«

»Na, weil noch immer noch offen ist, wer den Johann als Letzter lebend gesehen hat. Wie es aussieht, bin ich das wohl. Am Freitag war ich spazieren. Da stand Johann auf der Leiter und hat seinen Efeu beschnitten.«

»Verstehe«

»Sie haben ihn nicht … rein zufällig …?«

Nürnberger blieb mitten auf dem Gang stehen, der zu einem Hinterausgang führte. Zwei oder drei Journalisten drückten sich noch an ihnen vorbei, dann waren sie allein.

»Keine Chance. Ich war von Freitag bis Dienstag in Frankfurt zur Fortbildung.«

»Es hätte ja sein können. Sie, als rasender Reporter …«

»Gut, dass Sie mich daran erinnern. Ich muss mein Laptop füttern.«

»Sie haben es versprochen.«

»Keine Sorge. Das bleibt unter uns«, sagte Nürnberger und sammelte seine Fototaschen wieder ein, mit denen er seinen Statisten ausstaffiert hatte.

Dollinger sah dem kleinen Mann hinterher, der zu Fuß den Marktplatz überquerte. Er sah in ihm einen intelligenten, sozialen Jongleur, dem seit Jahren der Drahtseilakt gelang, halbwegs neutral über Gemeinderatssitzungen zu schreiben, obwohl er permanent von allen Fraktionen und insbesondere vom Bürgermeister bedrängt wurde. Er hatte sich nicht vereinnahmen lassen und wurde respektiert, auch wenn Dollinger sicher war, dass zumindest der Bürgermeister ihn als notwendiges Übel betrachtete. Über den Gartenbauverein hatte Nürnberger immer fair berichtet. Hätte er sich anders verhalten, wären seine dörflichen Quellen längst versiegt.

Nürnberger verschwand in der Bamberger Straße. Dollinger setzte sich erst jetzt und langsam in Bewegung. Es war eine Show, dachte er, eine gekonnte Inszenierung, zu der auch er beigetragen hatte. Je länger er darüber nachdachte, umso mehr beschlich ihn der Verdacht, dass Schwerdtfeger mit seinem Auftritt gerechnet hatte.

9

»Einen Nachruf, sagten Sie?«

»Ja, einen Nachruf. Für unsere Homepage. Das sind wir Johann doch schuldig oder?«

»Und wieso fragen Sie da ausgerechnet mich?«

»Das habe ich Ihnen doch schon am Telefon erklärt. Wir sammeln erst einmal verschiedene Stimmen von Menschen, die Johann gut gekannt haben, die mit ihm zusammengearbeitet haben. Auf Sie trifft sogar beides zu.«

Wilhelm Krautwurst nickte missmutig, stand langsam auf, verließ seinen Schreibtisch und wies mit der Hand auf den linken Gang.

»Gut. Ein paar Minuten. Gehen wir in die Kaffeeküche. Da sind wir ungestört.«

Sie verließen das Großraumbüro im Landratsamt, in dem noch vier weitere Schreibtische standen. Krautwursts Kollegen telefonierten oder gingen mit Besuchern Anträge durch. Die Luft war verbraucht und roch förmlich nach Bürokratie, nach Druckern, Stempelkissen, Akten, Staub, Muff, nicht enden wollendem Publikumsverkehr, durchgesessenen Bürostühlen und muffiger, seit Jahren nicht gewechselter Blumenerde.

Die Kaffeeküche wirkte freundlicher, heller, neutraler, obwohl der Raum winzig war.

»Ich kann Ihnen leider keinen Kaffee anbieten. Wir haben keine Plastikbecher mehr. Jeder muss seinen eigenen Becher mitbringen. Auf Gäste sind wir hier nicht eingestellt.«

»Macht nichts. Zum Kaffeetrinken bin ich ja auch nicht gekommen.«

Krautwurst, ein großer Mann um die fünfzig mit leichtem Bauchansatz, vollem, noch nicht ergrautem Haar, perfekt rasiert, mit weißem Hemd und blauer Krawatte, schob seinen Becher, auf dem »Willi« stand, unter die Kaffeemaschine und drückte ab.

»Das ist meine Mittagspause.«

»Ich weiß. Es tut mir auch leid. Aber Sie haben mich hierher bestellt«, bemerkte Dollinger, während die Maschine arbeitete.

»Ich kannte den Johann natürlich. Er hatte den Schreibtisch neben mir«, begann Krautwurst distanziert. »Er war ein netter, sehr korrekter und immer pünktlicher Kollege. Alle haben ihn sehr geschätzt.«

»Und wie war der Mensch Johann Kunrath?«

»Ich glaube, auch nett, korrekt und pünktlich. Privat hatte ich ja kaum etwas mit ihm zu tun.«

»Waren Sie nicht öfter bei ihm in Biberbach?«

»Wie kommen Sie denn jetzt darauf?«, reagierte Krautwurst erstaunt und setzte die Kaffeetasse wieder ab, die er gerade erst zum Mund geführt hatte.

»Monika Dietlein.«

»Ach so. Die Moni. Das hätte ich mir ja denken können«, sagte Krautwurst und hob die Tasse wieder an den Mund. »Die hat mich bestimmt mal bei ihm gesehen. Das kann schon sein. Im letzten Jahr war ich ein paarmal bei ihm. Aber immer nur dienstlich. Wir hatten da ein kleines Problem in unserer Abteilung. Das habe ich mit den Betroffenen lieber außerhalb des

Büros besprochen. Wände haben Ohren. Wenn Sie wissen, was ich meine. Nein, privat habe ich den Johann kaum gekannt. Da kann ich Ihnen wenig sagen.«

»Schade. Nichts über seine Hobbys? Seine Interessen?«

»Die müssten Sie doch am besten kennen. Das war sein Garten. Der hat immer ausgesehen wie sein Schreibtisch. Alles an seinem Platz. Auf den Millimeter genau. Für den gab es nur seinen Schreibtisch und seinen Garten. Das wäre doch was für Ihren Nachruf.«

»Unbedingt«, meinte Dollinger mit einem gequälten Lächeln. »Das ist genau das, was alle lesen wollen. Fällt Ihnen sonst wirklich nichts ein? Eine lustige Anekdote? Ein Streich? So etwas in der Art?«

Krautwurst sah ihn fragend an und blieb eine Antwort schuldig.

»Können mir vielleicht Ihre Kollegen weiterhelfen?«

»Das glaube ich kaum. Die Sigrid ist erst seit Kurzem bei uns, und mit der Helga hat er sich nicht verstanden. Eigentlich hat er immer nur mit dem Chef und mit mir gesprochen.«

»Kannten Sie eigentlich seine Frau?«

»Nein, das war vor meiner Zeit.«

Dollinger zog sämtliche Register, gab alles, was er rhetorisch zu bieten hatte, stellte subtile Fangfragen, baute Fallen auf. Aber Krautwurst erwies sich als uneinnehmbar. Am Ende war Dollinger froh, es beruflich mit Verhandlungspartnern wie Chen Shaoyu oder Sinjin Heard zu tun gehabt zu haben und nicht mit Wilhelm Krautwurst.

»Ich muss wieder an meine Arbeit«, beendete der Verwaltungsangestellte die kurze Unterredung und schob Dollinger zurück auf den Gang. »Ich hoffe, ich konnte Ihnen helfen.«

»Wirklich. Sehr. Vielen Dank. Auf Wiedersehen.«

Vor Krautwursts Schreibtisch hatten sich inzwischen zwei Besucher eingefunden, die artig der gut lesbaren Aufforderung gefolgt waren und sich Nummern gezogen hatten. Gebannt starrten sie nun auf das Display an der Wand und warteten geduldig auf die Ziehung ihrer persönlichen Glückszahl.

Dollinger glaubte sich indes vom Glück verlassen. Seine Hoffnungen, etwas mehr Licht in das Leben von Johann Kunrath bringen zu können, waren in der kleinen Kaffeeküche des Landratsamts verflogen. Während der Rückfahrt zerbrach er sich den Kopf darüber, ob Krautwurst die Wahrheit gesagt hatte oder nicht. Ein Ermittlungsbeamter hätte mit dem Aufbau einer Drohkulisse sicherlich schnell Erfolg gehabt. Aber er als verdeckter, als verborgener Ermittler verfügte über keinerlei Druckmittel. Als die Kirchturmspitze Biberbachs über der Aisch auftauchte, rätselte er noch immer. Johann Kunrath aber blieb für ihn weiterhin ein Unbekannter.

Nach der Aischbrücke bog er nach links in die Schillerstraße, um wenig später die Weißkopfstraße zu erreichen. Aus purer Neugier. Aus Frust über seinen Misserfolg. Als er sich dem Haus näherte, hatte er große Mühe, einen Parkplatz zu finden. Offenbar war nicht nur er von der Neugier überwältigt worden. Vor einem Flatterband hatte sich ein illustres Grüppchen zusammengefunden, um die Arbeit der Polizei zu verfolgen, deren Interesse erst jetzt so richtig geweckt zu sein schien. Fahnder in weißen Overalls erschienen in Fenstern und Türen wie Geister in einem B-Picture. Ein Uniformierter redete auf einen Schäferhund ein, der kein Interesse an den Wünschen seines Herrchens zeigte. Selbst im Garten und unter dem Foliendach stocherten Zivilbeamte herum.

»Meine Tomaten«, entfuhr es Dollinger.

»He! Der Walter!«, löste sich Monika Dietlein aus dem

Grüppchen und fiel ihm fast um den Hals. Nur mit Mühe konnte er den sozialen Angriff abwehren, dessen Ziel es wohl gewesen war, den Übrigen die neue Freundschaft zwischen ihnen zu verkünden.

»Hallo, Moni«, sagte er brav, lächelte, so gut es ging, und versuchte, sie auf Distanz zu halten.

»Bist du schon gut vorangekommen?«, posaunte sie vor den Neugierigen hinaus. »Hast du schon alle Namen?«

Dollinger gab die Distanz auf, zog sie an sich heran und flüsterte: »Moni! Das müssen doch nicht alle wissen! Du kannst doch ein Geheimnis bewahren, oder? Du hast es versprochen!«

»Na klar!«, flüsterte sie zurück, offenbar hochzufrieden mit der körperlichen Nähe und Vertrautheit, die natürlich auch dem Publikum nicht entging. »Niemand ist so verschwiegen wie ich. Das sagt auch mein Mann.«

Dollinger streifte sie vorsichtig ab und bemühte sich darum, die Distanz wiederherzustellen.

»Bist du schon länger hier?«

»Seit einer Stunde. Wann sieht man die schon mal bei der Arbeit. Das gibt es doch sonst nur im ›Tatort‹. Was die im Haus machen, kann man ja leider nicht sehen. Aber zum Glück haben die sich auch den Garten vorgenommen. Die suchen bestimmt nach Spuren von dem Mörder, von diesem Gumpel. Der hat sich da bestimmt bedient. Ist ja auch alles da. Tomaten, Möhren, Erbsen.«

»Es steht aber noch gar nicht fest, dass Gumpel der Mörder ist«, bremste Dollinger.

»Ach, komm schon!«, grinste sie und verpasste ihm einen kleinen, freundschaftlichen Stoß mit der flachen Hand auf die Brust. »Der war's. Wetten? Sonst hätten die den doch nicht in Erlangen eingelocht.«

Der Schäferhund hatte sich inzwischen dazu überreden lassen, zunächst den Komposthaufen zu überprüfen und dann die beiden Hochbeete unter die Nasenlupe zu nehmen.

»Wenn sie da etwas finden, dann seine Frau«, bemerkte eine Stimme aus der kleinen Schar der Neugierigen und erntete umgehend vehementen Widerspruch.

»Quatsch! Erzähl keinen Scheiß, Mann! Die Erika lebt! Halt bloß dei Gosch'n! Der Kunrath ist tot, schon vergessen?«

Die Stimme, die einem alten Mann um die siebzig gehörte, den Dollinger nicht kannte, reagierte mit einem spontanen Gegenvorschlag.

»Die Erika, die hat ihn hingemacht.«

»Ich dachte, die steckt im Kompost?«

Die Antwort des Mannes ging im Gelächter der Neugierigen unter. Auch Monika Dietlein stimmte mit ein. Nur Dollinger blieb stumm und fixierte den Komposthaufen. Aber der Hund verlor schnell das Interesse, sondern folgte einer anderen Spur, die ihn zum Holunder und schließlich hinter die Scheune und das Haus führte.

»Von da ist er gekommen, der Gumpel«, analysierte Dietlein. »Der schleicht sich immer von hinten an.«

»Und die Erika? War die wirklich nicht mehr hier?«

»In Biberbach? Das wüsste ich aber! Nee, die ist auf und davon und wohnt jetzt in Würzburg. Frag den Willi! Der hat sie dort mal getroffen.«

»Gute Idee«, stöhnte Dollinger. »Das muss ich wirklich mal machen.«

»Du, der weiß alles über den Kunrath«, unterstrich seine neue Freundin. »Aber ich muss jetzt gehen. Bin mit der Bibi verabredet und schon spät dran. Tschau, tschau!«

Schon nach wenigen Flügelschlägen war die Frau undefinierbaren Alters, die Schätzungen schwankten zwischen vierzig und Mitte sechzig, nicht mehr zu sehen. Dollinger näherte sich der Schar und dem Flatterband.

»Pass bloß auf, des sag i' dir«, empfing ihn der alte Mann. »Die Moni, die ist nicht ganz dicht.«

»Erst der Johann, dann seine Frau und jetzt die Moni! Jetzt reicht's aber, Otto«, mischte sich Andrea Cani ein, die wie Dollinger vom Vorsitzenden als Freiwillige eingeteilt worden war. Ihren Nachnamen verdankte sie ihrem aus Albanien stammenden Mann, der die erfolgreiche Biberbacher Fußballmannschaft trainierte. Die beiden Kinder waren noch nicht alt genug, um mit auf Torjagd zu gehen.

»Grüß dich, Walter. Haben sie dich auch vertrieben?«

Dollinger brauchte eine Sekunde.

»Nein, ich hatte Glück. Dafür durfte ich den Rasen mit der Hand mähen. Und jetzt trampeln die alles platt.«

»Mich haben die erst gar nicht auf das Grundstück gelassen. War ja auch eine Schnapsidee vom Axel. Oder?«

Er sah die junge Frau an und nickte. Ja, es war tatsächlich eine Schnapsidee gewesen, sie hatte schlicht recht. Es war eine PR-Aktion, weiter nichts.

»Das kann er jetzt vergessen«, setzte Andrea nach. »Wer hat sich eigentlich diesen blöden Paragrafen ausgedacht?«

»Ich habe keine Ahnung. Das war lange vor meiner Zeit. Die Grundidee ist ja gar nicht so schlecht, aber …«

»Blöd ist die. Einfach nur blöd. Wir helfen uns doch auch ohne Paragrafen. Wenn einer Hilfe braucht, sagt doch keiner nein.«

»Ja, ja, du hast ja recht. Aber wer stellt den Antrag, den Paragrafen zu streichen? Du?«

»Der Paragraf ist blöd. Nicht ich«, spottete die junge Frau.

»Wer das wagt, der kann sich gleich erschießen. Noch dazu, wo der Axel so auf Paragrafen steht. Sei mir nicht bös, aber der würde doch am liebsten die Abstände zwischen den Grashalmen auf dem Rasen vorschreiben.«

Jetzt musste Dollinger lachen, denn Andrea hatte ins Schwarze getroffen.

»Und wie geht's hier jetzt weiter?«, fragte sie.

»Gar nicht«, antwortete er. »Die lassen uns jetzt sowieso nicht mehr in den Garten. Irgendwann taucht dann die Schwester auf und verkauft alles.«

»Wenn sie das tatsächlich bekommt«, flüsterte Andrea.

Dollinger sah sie fragend an.

»Ich bin zwar nicht die Moni, aber ich habe gehört, der Johann war nicht geschieden. Der ist immer noch verheiratet. Wie das rechtlich ist, weiß ich natürlich nicht.«

In diesem Augenblick stieß der Schäferhund seine Schnauze vor ihnen durch den Blätterwald und bellte Dollinger an, dass ihm das Herz fast in die Hose rutschte.

»Lassie! Hier!«, rief das Herrchen von irgendwo, worauf der Hund wieder im Grün verschwand.

»Lassie? Das glaub ich einfach nicht. Das war doch ein Collie?«, lachte Andrea, während Dollinger nach Luft schnappte. Der Name war ihm egal. Hunden ging er grundsätzlich aus dem Weg, wie immer sie auch hießen oder aussahen.

»Alles in Ordnung?«, fragte die junge Frau, nachdem sie Dollingers Reaktion bemerkt hatte.

»Alles in Ordnung?«

»Ist das deine Allergie?«

»Ja. So was in der Richtung.«

Rund ums Haus waren die weißen und zivilen Frauen und Männer noch immer den Spuren auf der Spur, ohne dass zu erkennen war, ob sie dabei auch nur den kleinsten Fortschritt machten. Was im Haus geschah, war ohnehin nicht zu erkennen. Die kleine Scheune blieb anscheinend unbehelligt. Die Tür war geschlossen, und nicht einer der Spurensucher hatte sie geöffnet.

Die Neugierigen hatten genug gesehen, das Grüppchen löste sich auf. Nur Dollinger und Andrea blieben am Flatterband stehen.

»Glaubst du, der war's? Dieser Landstreicher?«, beendete Andrea die Gesprächspause.

»Ich weiß es nicht.«

»Hast du einen anderen Verdacht? Ich hab da etwas läuten hören.«

»Von der Moni«, riet Dollinger blind.

Die junge Frau nickte.

»Was hat sie erzählt?«

»Dass der Kommissar den Verein verdächtigt. Und ein bisschen auch wohl dich. Du sollst dich mit ihm gestritten haben.«

»Das habe ich«, gab er zu. »Weil mich seine Leute hier im Garten erwischt haben.«

»Bei der Gartenarbeit? Jetzt verstehe ich.«

»Die hatten mich in Verdacht, die Siegel zerstört zu haben. Dabei habe ich nur den Rasen gemäht und ein bisschen Unkraut gejätet.«

»Viel war bestimmt nicht da«, lächelte Andrea, die keine Schönheit war, ohne hässlich zu sein. Ihr fehlte etwas, das Dollinger nicht in Worte kleiden konnte. Sie war eine unauffällige, aber durchaus selbstbewusste Frau, die er nur in Jeans kannte. Wie sie es schaffte, sich neben ihrer Hausarbeit, ihren kleinen Kindern und ihren kranken Eltern auch noch um den riesigen Garten zu kümmern, der direkt an der Aisch lag, war ihm ein Rätsel. Ihr Mann konnte ihr nur selten helfen. Er war einem anderen Verein verpflichtet.

»Und was ist das mit den Alibis?«

»Wahrscheinlich auch so eine Schnapsidee«, antwortete er und verfuhr wie bei Krautwurst. »Der Zufall will es, dass ich den Johann am Freitagnachmittag beim Spazierengehen gesehen habe. Als Letzter, wie es aussieht. Das macht den Hauptkommissar natürlich neugierig. Auch wenn Kunrath wohl erst am Mittwoch ermordet wurde. Und da habe ich versucht ...«

»... einen anderen Letzten zu finden. Oder einen noch Besseren. Verstehe.«

»Ja, so ungefähr. Eine Schnapsidee, ich weiß.«

Andrea aber lachte. Offenbar gefiel ihr diese Idee.

»Am Wochenende? Da war ich selbst im Garten. Mit den Kindern. Und am Montag? War ich am Vormittag in Neustadt einkaufen und am Nachmittag mit den Kindern zu Hause. Abends auch. Am Dienstag war ich in Erlangen im Baumarkt und bei meiner Mutter. Am Mittwoch war ich zu Hause. Reicht dir das, Sherlock Holmes?«

Als Dollinger nach Hause kam, war es kurz vor vier. Bevor seine Frau eintraf, wollte er noch schnell die Spülmaschine leeren und den Biomüll entsorgen. Staubsaugen war auch noch zu schaffen. Er machte sich gleich an die Arbeit und fing mit dem Biomüll an, der in einer alten, weißen Emailleschüssel auf seinen Abtransport wartete. Es war nicht viel. Ein paar Kartoffelschalen, Zwiebelschalen, Tomaten- und Paprikareste. Nachschub für den stets hungrigen Komposthaufen.

Sein Weg führte an der blauen Regentonne vorbei. Sofort stach ihm der rote Farbtupfer ins Auge, der den schwarzen Deckel krönte. Noch bevor er die Tonne erreichte, konnte er das rote Ding als ein großes Radieschen identifizieren. Die Blätter fehlten. Es war nur ein großes Radieschen.

Dollinger stellte die Emailleschüssel auf den Rasen und sah sich um. Eine dicke Amsel flog vorbei. In der Hecke stritten sich kurz ein paar Spatzen. Schmetterlinge bedrängten den Schmetterlingsflieder. Der kaum spürbare Wind trug das ferne Fahrgeräusch eines Traktors in seinen Garten. Das war alles.

10

»Aber das kann er doch nicht einfach so machen! Hinter unserem Rücken!«

»Er hat sich für den Verein eingesetzt! Nicht mehr und nicht weniger!«

»Blödsinn! Der hat Stasi gespielt!«

»Hat er nicht! Sonst hätte er die Moni nicht gefragt!«

»Er hätte uns das sagen müssen!«

Hände wirbelten durch die Luft, beschrieben sonderbare Kurven. Winzige Speichelproben flogen durch den Raum. Mundwerke leisteten Schwerarbeit.

Zur außerordentlichen Versammlung waren deutlich weniger Mitglieder erschienen als beim letzten Mal, dafür aber offenbar die lautesten.

»Ruhe, verdammt noch mal!«, versuchte Baumeister, der Vereinsvorsitzende, die Lufthoheit zurückzuerobern, die ihm vor wenigen Minuten abhandengekommen war. Vor ihm hatten sich zwei Fraktionen gebildet: eine hatte sich gegen Dollingers eigenmächtiges Handeln ausgesprochen, die andere plädierte dafür.

Dollinger saß neben Baumeister auf dem Podium und verfolgte sprachlos den Kulturkampf in dem kleinen Versammlungsraum. Gerald Busch alias Gerald Bank und Dr. Pfannenmüller waren die Wortführer und hatten jeweils eine kleine Anhängerschaft hinter sich geschart. Matthias Randel und Bertram Meyer, der Leiter des Biberbacher Bauhofs, hatten sich auf die Seite des Filialleiters und somit der Kritiker geschlagen. Andrea Cani und Gudrun Berger stärkten dem Apotheker den Rücken, der wiederum der Arbeit der Polizei misstraute. Die anderen Anwesenden schwankten noch.

Dollinger nahm sich einen nach dem anderen vor, versuchte in den Gesichtern zu lesen, hinter mögliche Masken zu schauen. Die Frage, die seinen Blick leitete, war die, ob sich der Mörder im Raum befand. Aber er suchte vergeblich. Die Menschen, die sich vor ihm in Szene setzten, stritten, aufregten, schienen die Menschen zu sein, die er kannte, mehr oder weniger kannte, die er duzte, weil sich alle Vereinsmitglieder duzten. Fast alle. Der Professor zählte zu den wenigen Ausnahmen.

»Absolut korrekt!« Gabi Greifenstein hatte sich auf die Seite der Befürworter geschlagen. Holger Eberhardt wirkte weiterhin unentschlossen. Alfred Geismann und Jürgen Arnold schwiegen wie immer im Hintergrund. Von ihnen erwartete Dollinger keine Positionierung, keine Meinung. Aber auch keinen Mord. Eigentlich traute er keinem der Anwesenden einen Mord zu, obwohl ihm klar war, wie falsch er mit dieser Einschätzung liegen konnte. Außerdem gab es da noch das Radieschen, das ihm jemand auf die Regentonne gelegt hatte. Ein unmissverständliches Zeichen, aber auch eines dafür, dass sich Dollinger dem Täter genähert hatte.

»Jetzt reicht es aber!«, kämpfte Baumeister noch immer und konnte endlich einen Erfolg verbuchen. Der Sturm im Auditorium legte sich und wurde zum lauen Sommerwind. Selbst der Apotheker fand zu seinem Stuhl zurück und setzte sich.

»Ich verstehe ja eure Erregung«, suchte der Vorsitzende nach Worten, »aber das ist doch keine Art, mit dieser Krise umzugehen.«

»Der Walter hat die Krise!«, hielt ihm Bertram Meyer entgegen. »Er soll der Polizei die Arbeit überlassen. Außerdem haben die den Mörder längst erwischt.«

»Das steht keineswegs fest«, konterte der Apotheker, der dafür bekannt war, Behörden, Politikern und Beamten generell zu misstrauen.

»Aber, aber!«, rief Baumeister in den Raum und verhinderte so ein Auffrischen des Windes. »Der Walter hat nur versucht, die Ehre des Vereins zu retten.«

Das sah Dollinger zwar anders, aber er zog es vor, seine wahren Motive für sich zu behalten. Er nickte und bestätigte Baumeisters Sicht, für den der Verein das Zentrum der Welt war.

»Da seht ihr's!«, fuhr der Vorsitzende fort. »Walter geht es um den Verein, um seinen guten Ruf. Wir haben keinen Mörder in unseren Reihen. Stimmt's, Walter?«

Jetzt suchte Dollinger nach Worten.

»Wie ihr wisst oder gehört habt, hatte ich einen kleinen Disput mit dem Hauptkommissar. Er hat den Verein unter Generalverdacht gestellt. Ohne etwas in der Hand zu haben. Johanns Mitgliedschaft hat ihm gereicht.«

»Unerhört!«

»Eine Beleidigung ersten Grades!«

»Das ist aber noch nicht alles«, fuhr Dollinger fort. »Da ich für die offizielle Tatzeit kein Alibi habe und in Johanns Garten angetroffen wurde, ihr wisst ja, was ich da gemacht habe, hatte er mich ausdrücklich zum Kreis der Verdächtigen gezählt.«

»Eine Frechheit!«, kommentierte Andrea Cani.

»Blödsinn!«

Nicht zum ersten Mal war ihm ein Lapsus unterlaufen. Und nicht zum ersten Mal hoffte er, dass er nicht bemerkt wurde. Diesmal hatte er Pech. Matthias Randel hatte ihm besser zugehört als die anderen Mitglieder.

»Was hast du damit gemeint? Offizielle Tatzeit?«

»Ja. Stimmt. Weißt du da etwas, was wir nicht wissen?«, wandte sich ihm Baumeister zu. In dem kleinen Versammlungsraum wurde es still, auf den Wind folgte eine Flaute. Alle Augen waren auf Dollinger gerichtet, der in der Falle saß, die er sich selbst gestellt hatte.

»Es ist nur so eine Vermutung«, versuchte er der Falle zu entkommen. »Nichts von Bedeutung.«

»Jetzt komm schon!«, setzte Andrea nach. »Da war was im Garten. Stimmt's?«

Er hatte keine Wahl.

»Ja. Es war der Garten«, begann Dollinger und skizzierte mit wenigen Worten seine Beobachtungen. Die Flaute hielt an, die Blicke entließen ihn nicht.

»Das ist ja ein Ding!«, durchschnitt Baumeister die Stille. »Bist du sicher?«

»Ja. Sehr sicher.«

»Das musst du der Polizei sagen! Sofort!«, schlug Andrea umgehend vor.

Dollinger deutete ein Lächeln an.

»Er glaubt dir kein Wort«, erfasste Dr. Pfannenmüller dieses Lächeln und transponierte es in Worte. »Mit Kohlweißlingsraupen gegen einen Obduktionsbericht. Reichlich naiv, falls du mir dieses Urteil gestattest.«

»Und was jetzt?«, fragte Andrea ernüchtert.

Die Flaute kehrte zurück. Wie gelähmt saßen die Mitglieder auf ihren Stühlen. Hatten sie sich vor wenigen Minuten noch heftig gegenseitig attackiert, weil Dollinger auf eigene Faust ermittelt hatte, waren sie jetzt, da sie die Wahrheit hinter seinen Ambitionen kannten, ratlos. Bis auf den Apotheker.

»Der Walter macht weiter. Aber diesmal mit unserer vollen Unterstützung. Sonst wandert womöglich noch ein Unschuldiger hinter Gittern, während der wahre Täter auf Johanns Grab tanzt. Ich beantrage hiermit, Walter einen offiziellen Ermittlungsauftrag zu erteilen. Johanns Garten müssen wir der Polizei überlassen. Seinen gewaltsamen Tod nicht.«

Der Wind frischte wieder auf, sanfte Wellen schwappten durch das Auditorium. Eine flache Hand klopfte anerkennend auf die Schulter von Dr. Pfannenmüller. Selbst Alfred Geismann und Jürgen Arnold, die schweigende Minderheit, stimmten in den allgemeinen Lobgesang ein. Baumeister wartete noch eine Minute und beugte sich dann dem Willen des Volkes.

»Wer ist für diesen Antrag?«

Alle Hände ohne Ausnahme waren dabei. Baumeister folgte als Letzter.

»Walter?«

Mit dieser Entwicklung hatte Dollinger nicht gerechnet. Er sah in die Gesichter, sah die Hände und fuhr sich verlegen mit der Hand durchs Haar. Mit Widerspruch hatte er gerechnet, sogar mit Anfeindungen. Aber nicht mit dieser Idee.

»Walter!?«

Was nicht bedeutete, dass sie ihm nicht gefiel. Viel Zeit zum Nachdenken blieb ihm nicht, doch war ihm natürlich sofort klar, dass er nun über ganz andere Möglichkeiten verfügen konnte. Sein Social Graph würde faktisch von alleine wachsen, lange Erklärungen konnte er sich sparen. Seine Chancen würden steigen. Nur das Radieschen lag ihm im Magen. Es war ein guter Zeitpunkt, es den Mitgliedern zu servieren. Aber Dollinger entschied sich anders. Er hatte die ganze Welt bereist, hatte sich in mancher nicht ganz angenehmen Lage befunden, hatte sich Minen im Dschungel ansehen müssen, die regelmäßig von Aufständischen angegriffen wurden. Immer hatte er alles gut überstanden. Hinzu kam sein Entschluss, wieder mal eine Partie für sich zu entscheiden.

»Ich mach's.«

»Das habe ich von dir erwartet!«, triumphierte der Apotheker. Der Rest war nicht ganz so enthusiastisch, aber zufrieden. Und sei es auch nur, weil die Angelegenheit nun erledigt war, weil jemand die Aufgabe übernommen hatte.

»Womit fängst du an?«, fragte Andrea.

»Morgen bekommt jedes Mitglied per Mail einen Fragebogen, um den Montag und den Dienstag zu klären. Dann sehen wir weiter«, antwortete Dollinger.

»Montag ist wahrscheinlicher«, ergänzte Dr. Pfannenmüller. »Jedenfalls nach dem, was du erzählt hast. Montag. Es war am Montag.«

Als Dollinger auf dem Fahrrad nach Hause fuhr, hatte sich die Sonne hinter dunklen Wolken verkrochen. Einzelne Regentropfen trafen ihn, die Luft wartete mit einem anderen, einem frischen Geruch auf. Der Sommer legte eine Pause ein.

Er trat in die Pedale, wollte schneller zu Hause sein. Die Abstimmung im Vereinshaus würde schnell die Runde machen und nicht nur Schwerdtfeger ärgern. Dollinger brauchte sich nicht mehr verstecken, musste aber umsichtiger agieren, musste endlich seine Hintertür richtig und überhaupt abschließen und andere kleine Vorsichtsmaßnahmen ergreifen. Das galt auch für seine Frau. Intuitiv steigerte er nochmals seine Geschwindigkeit und hätte an der Kirche fast die alte Frau Pflügner erwischt. Nur dank eines schnellen Schlenkers konnte er einen Unfall vermeiden.

»Verkehrsrowdy!«, rief ihm die Greisin berechtigterweise hinterher. Ein Wort, das er schon lange nicht mehr gehört hatte.

Endlich erreichte er sein Hoftor, das nicht, wie gewöhnlich, geschlossen war. Der rechte Flügel war zur Hälfte geöffnet und bewegte sich knarrend im Wind. Es war zwar noch nicht wirklich dunkel, aber eigentlich hätte das Hoflicht bereits brennen müssen. Karin schaltete es immer sehr früh ein. Wie oft hatte ihn diese Angewohnheit geärgert, da er darin eine Energieverschwendung sah.

Er stieg vom Rad und schob es durch die Öffnung. In der Küche war es dunkel. Nur oben im Kleinen Salon war ein schwacher Lichtschein zu sehen. Die Scheune lag schon komplett in der kommenden Nacht, war nur noch ein schwarzes Etwas ohne Konturen, ohne Anfang und Ende, ohne Raum und Masse. Noch nie hatte er seiner nächtlichen Scheune so viel Aufmerksamkeit geschenkt, nie zuvor hatte er ihre Kraft gespürt, die plötzlich von ihr auszugehen schien. Er blieb einfach stehen, den Lenker in den Händen, und versuchte, das schwarze Loch zu ergründen. Die Scheune hatte ihr Wesen verändert, war eine andere als tagsüber.

Quatsch! Sagte er sich und stellte das Rad an den linken Flügel des Hoftors, der nun, da er im Hof stand, der rechte war. Er schloss das Tor und schob den alten, noch geschmiedeten Riegel bis zum Anschlag in den Beschlag, während ihn dicke Regentropfen trafen. Das Knarren der alten Scharniere verstummte, das der Büsche und Bäume nicht. Ihre Zweige und Blätter spielten mit den Tropfen, mit dem lauen Wind, der nicht viel Kraft besaß. Ein Konzert, das er schon oft genossen hatte, das es in der Stadt nicht gab. Doch heute gefiel ihm die Musik nicht.

Im Dunkeln ging er zur Hintertür. Sein Taschenlampenhandy hielt er dabei unbewusst wie einen Faustkeil in der Hand. Die Tür war nicht verschlossen, die Küche noch dunkler als der Hof. Mit der linken Hand ertastete er den Lichtschalter, der sich ihm jedoch verweigerte. In der Küche blieb es dunkel. Er versuchte es mit dem Schalter für das Hoflicht, das ebenfalls streikte. Ein Windstoß versuchte, die Tür aufzureißen. Reflexartig griff er zur Klinke und zog sie hinter sich zu. Im selben Augenblick verstummte die Außenwelt, während er endlich in das Haus hineinhorchen konnte. Seine Ohren fahndeten vergeblich, spürten nicht einmal die Katzen auf, die sonst gerne für kuriose Laute sorgten.

Der fahle, kalte Lichtkegel der Handytaschenlampe kämpfte sich durch die Küche. Warum er sie erst jetzt eingeschaltet hatte, konnte er sich selbst nicht erklären. Die Kaffeemaschine, der Toaster, der Mixer. Alles stand an seinem Platz. Die Geschirrspülmaschine war leicht geöffnet, damit die restliche Feuchtigkeit schnell entweichen konnte. Noch immer kein Laut. Der Name seiner Frau lag ihm auf der Zunge, brannte fast auf seiner Zunge, aber schaffte es nicht.

Seine Hand ertastete den Lichtschalter des Esszimmers, das sich links neben der Küche befand. Wieder verweigerte die Lampe ihren Dienst. Der müde Lichtkegel glitt über einen gedeckten Tisch, auf dem Tomaten, Brot, Käse, Meerrettich, Radieschen und Paprika warteten. Beide Teller und Weingläser waren unberührt.

Dollinger schlich sich mit gezielten Schritten über die Dielen, die sich dennoch das eine oder andere Knarren nicht verkneifen konnten. Im Wohnzimmer, das den gesamten vorderen Teil des alten Hauses einnahm, schien alles an seinem Platz zu sein. Das Buch, in dem er gerade las, lag aufgeschlagen auf dem kleinen Couchtisch. Die beiden Sofas hatte niemand benutzt, auch die Katzen nicht. Das konnte er selbst im kargen Licht der Handytaschenlampe sehen. Der Griff zum Schalter war erneut sinnlos, ebenso der Blick in die Toilette.

Auf den ersten Stufen der Treppe, deren Handlauf auf halber Höhe im Nichts zu verschwinden schien, kam ihm ein Geräusch entgegen, ein leises Scharren oder Kratzen. Wieder wollte sein Mund den Namen seiner Frau rufen, blieb aber geschlossen. Stattdessen schlich Dollinger am Bad, an seinem Arbeitszimmer und am Schlafzimmer vorbei zum Kleinen Salon. Dort hatte er schließlich Licht gesehen. Der Kleine Salon war eines der beiden ehemaligen Kinderzimmer, die längst nicht mehr benötigt wurde. Sie hatten es in eine Art Lesezimmer umgewandelt. Hier standen ihre Bücher und Schallplatten, die man auf bequemen Polstern und Kissen genießen konnte. Das zweite ehemalige Kinderzimmer unter dem Dach fungierte als Gästezimmer.

Ein Lichtpunkt. Es war das Schlüsselloch. Noch immer schnarrte und kratzte etwas hinter der Tür. Dollinger war ratlos. Wie sollte er die Tür öffnen? Langsam oder schnell? Sollte er anklopfen? Was machte er überhaupt hier? Im eigenen Haus? Auf leisen Sohlen wie ein Einbrecher?

Aus dem Scharren wurde ein Fauchen. Dollinger öffnete die Tür. Seine Frau saß bei Kerzenlicht auf dem Sofa, ein Buch in der Hand und schrie auf. Auf dem Teppich balgten sich zwei Katzen.

»Walter! Sag mal, spinnst du? Wie kannst du mich so erschrecken?!«

»Warum brennt im ganzen Haus kein Licht?«

»Weil der Sicherungskasten spinnt. Ich hab es ein paar Mal versucht, aber es geht einfach nicht. Und jetzt bin ich gespannt, was du mir zu erzählen hast!«

11

Die Mails gingen schneller ein, als Dollinger vermutet hatte. Er kam kaum mit der Auswertung hinterher. Die Vereinsmitglieder unterstützten ihn wirklich nach Kräften, erwähnten die unwichtigsten Details, füllten sein Postfach mit Fotos. Und dennoch wies seine Beziehungsgrafik große Lücken und fehlende Vektoren auf. Nicht wenige Pfeile schossen ins Nichts, hatten noch kein Ziel. Fast die Hälfte der Mitglieder konnte für das besagte Wochenende, insbesondere für den Freitagnachmittag und -abend, kein Alibi vorweisen. Viele Alibis waren ausgesprochen schwach oder kaum mit den Möglichkeiten eines Amateurs zu überprüfen.

»Die Gabi muss mich gesehen haben.«

»Ich habe dem Karl noch zugewinkt.«

»Das muss gegen acht gewesen sein. Oder um neun.«

Sätze wie diese verleideten ihm die nun offizielle Suche nach dem Täter. Erschwerend kam noch hinzu, dass noch immer einige Mitglieder fehlten. Für den Sonntag sah es besser aus, doch tendierte er, nicht zuletzt dank der Äußerungen des Apothekers, immer stärker zum Freitag. Plötzlich kam ihm Kunraths Urlaub in den Sinn. Eine Woche hatte er sich Urlaub genommen, hatte aber keine Reise angetreten. Natürlich konnte sich Kunrath einfach so ein paar Tage gegönnt haben. Der Garten war jedenfalls kaum der Grund, denn da gab es im Juli nicht allzu viel zu tun. Gartenausstellungen, Messen und Wettbewerbe, die Kunrath so liebte, fand Dollinger auch nicht im Kalender. Vielleicht war es schlicht ein Zufall. Andererseits war es möglich, dass Kunraths Urlaub bei seiner Ermordung eine Rolle gespielt hatte. Was hatte Kunrath für diesen Urlaub geplant?

Dollinger verfolgte die Vektoren auf seiner Grafik, die mehr und mehr einem modernen Kunstwerk glich. Noch lieferte sie Erkenntnisse, aber ihn beschlich die Befürchtung, dass sie bald einen Punkt erreichen könnte, an dem sie begann, Verwirrung zu stiften.

Die Tür öffnete sich.

»Wie kommst du voran?«, erkundigte sich seine Frau mit einem tröstenden Lächeln.

»Sehr gut. Ich habe schon zweiundzwanzig Verdächtige.«

»Mehr als genug. Na, dann ist der Fall ja bald gelöst.«

»Vielleicht sollte ich mir schon einen Termin für eine Pressekonferenz beim Sachtler sichern. Was meinst du?«

»Unbedingt«, stimmte ihm Karin zu. »Du kannst doch das Feld nicht diesem Schwerdtfeger überlassen.«

»Spaß beiseite«, sagte Dollinger frustriert. »Wenn ich ehrlich bin, habe ich nichts. Außer der richtigen Todeszeit.«

»Und Angst.«

»Ich habe keine Angst.«

»Und was war das gestern Abend?«

»Vorsicht«, antwortete er verlegen. »Einfach nur Vorsicht.«

Karin schüttelte den Kopf.

»Ich mache mir Sorgen, Walter. Wer auch immer das war, wir sollten ihn nicht unterschätzen. Der ist gefährlich. Der schreckt auch vor einem zweiten Mord nicht zurück. Überleg es dir doch noch mal.«

Aber Karin Dollinger kannte die Antwort bereits. Ihr Mann tat so, als habe er die Aufforderung überhört.

»Aber warum? Was hat er für ein Motiv?«, fragte er.

»Bei dir? Das weißt du doch wohl selbst. Du sollst ihm nicht in die Quere kommen.«

»Ich meine sein Motiv bei Johann. Warum hat er Johann Kunrath ermordet?«, sagte Dollinger mit leichter Wut in der Stimme. »Einen Erbsenzähler, einen Pedanten.«

»Vielleicht hat das Motiv ja genau damit etwas zu tun?«, gab Karin zu bedenken, stellte sich hinter ihn und legte ihm die Hände auf die Schultern.

»Wie meinst du das?«

»Na, er hat wieder einmal irgendwelche Erbsen gezählt und dabei gemerkt, dass es zu viele sind. Oder zu wenig. Jemand anderem wäre das nicht aufgefallen. Einem absoluten Profi wie Johann Kunrath aber schon. Dann ist er auf die Idee gekommen, seine Feststellung dem Besitzer der Erbsen … sagen wir mal … mitzuteilen. Der fand das aber gar nicht lustig und …«

»… hat das Zählen auf radikale Weise beendet«, fuhr Dollinger konzentriert fort. »Es müssen dann aber sehr wertvolle oder sehr gefährliche Erbsen gewesen sein.«

»Denk an das Landratsamt. Da hatte es Kunrath doch mit jeder Menge Erbsen zu tun.«

»Mit zu vielen Erbsen. An die kommen wir nicht ran«, schnaufte er.

»Was ist mit diesem Krautwurst?«, hakte sie nach.

»Der? Der will ja nicht einmal mehr Johanns Freund gewesen sein. Nee, der sagt kein Wort. Die Erbsen müssen wir schon selber finden.«

»Was ist mit Kunraths Frau?«

»Dazu bin ich noch gar nicht gekommen.«

Dollinger wandte sich wieder dem Monitor zu und fragte das Internet um Rat.

»Nicht eine einzige Erika Kunrath«, stellte er enttäuscht fest.

»Vielleicht benutzt sie ihren Mädchennamen? Oder hat sie wieder geheiratet?«

»Nicht einmal Moni kennt ihren Mädchennamen und schwört, dass sie sich nie hat scheiden lassen«, hielt ihr Dollinger entgegen. »Auch wenn wir das nicht ganz genau wissen.«

»Und wenn sie tot ist?«, dachte Karin laut. »Wer heute keine Spuren im Internet hinterlässt, den gibt es auch nicht. Der muss schon eine Weile tot sein. Jedenfalls lange genug, um nicht irgendwo im Netz aufzutauchen.«

Dollinger fuhr sich mit der Hand über den Mund. Was hatte der alte Mann vor Kunraths Haus gesagt? Was könnte man im Komposthaufen oder im Hochbeet finden?

»Ruf bitte mal die Moni an und frag sie, ob sie nicht doch noch etwas über Erika in Erfahrung bringen kann. Sprich du mit ihr. Bitte.«

»Okay«, lächelte Karin. »Ich hab ja ihre Handynummer. Warte, mir fällt da noch etwas ein: Gibt es eigentlich ein Testament? Oder erbt die amerikanische Schwester alles? So ein Erbsenzähler hat ganz bestimmt ein Testament gemacht.«

»Gute Frage. Laut Axel kommt nur diese Schwester in Frage. Aber von Johanns Frau weiß der vielleicht gar nichts.«

»Wer könnte das wissen?«

»Schwerdtfeger müsste es wissen. Cui bono. Wenn es ein Testament gibt, kennt er die Erben.«

»Na, dann weißt du ja, wen du anrufen musst«, unkte Karin.

»Aber ich kann doch nicht ...«

»Klar kannst du. Der offizielle Ermittler des Biberbacher Obst- und Gartenbauvereins kann das. Also, lass dir etwas einfallen. Du bist doch immer so einfältig.«

»Bin ich auch«, konterte Dollinger. »Was ist, wenn unser Einbrecher genau dieses Testament gesucht hat? Wenn Johann es nicht irgendwo hinterlegt, sondern es zu Hause aufbewahrt hat?«

»Dann wäre das Testament das Motiv. Aber das alles ergibt doch nur einen Sinn, wenn es noch ein weiteres Testament gibt, das für den Täter von Vorteil ist. Oder?«

»Die Raterei bringt uns nicht weiter«, stöhnte Dollinger. »Mit etwas Glück steht morgen alles in der Zeitung.«

»Keine Ausflüchte, du rufst den Kommissar an«, ließ Karin nicht locker. »Und ich frag die Elfie Bauer?«

»Wer ist das denn?«

»Das Einwohnermeldeamt. Du hast deinen neuen Pass von ihr bekommen.«

»Ach, die. Gute Idee. Aber zuerst die Moni.«

»Und du den Schwerdtfeger!«

»Aber ich kann doch nicht …«

Das Telefon, dem seit je ein Vorrecht eingeräumt wurde, beendete das Gespräch. Während seine Frau nach unten ging, um von dort aus Moni anzurufen, drückte Dollinger die grüne Taste.

»Hier ist der Alfons«, meldete sich der Apotheker mit ungewohnt leiser Stimme. »Hast du kurz Zeit? Ich muss dir etwas zeigen. Es ist sehr wichtig.«

»Hat es mit Johann zu tun?«, riet Dollinger und lag prompt richtig.

»Ja. Komm bitte. Zu mir nach Hause. Nein, nicht am Telefon. Du musst es sehen.«

Dollinger schwang sich auf sein Rad und trat in die Pedale. Um in die Dexheimer Straße zu gelangen, musste er eine immer wieder unterschätzte Steigung überwinden. Das Flusstal der Aisch fand hier, am nördlichen Rand von Biberbach, seine Grenze und ging allmählich in den Steigerwald über. Ausgerechnet dort, etwa höher gelegen, hatte sich der Apotheker vor vielen Jahren ein Haus gebaut. Ein modernes, ein sehr modernes Haus, das Dollinger durchaus gefiel. Nicht unbedingt die Form, die sich der Architekt beim Bauhaus abgeguckt zu haben schien, wahrscheinlich bei Walter Gropius höchstpersönlich, dafür aber überzeugte ihn die Energiebilanz. Denn die Pfannenmüllers heizten mit fast nichts, worum er sie beneidete.

Die letzten Meter hatten es wirklich in sich. Dollinger wählte den niedrigsten Gang und ärgerte sich, nicht doch schnell ins Auto gesprungen zu sein. Aber jetzt war es zu spät. Dafür würde er die Rückfahrt genießen können. Schweiß rann seine Wangen hinunter, als er sein Rad neben der Garage parkte. Dr. Pfannenmüller wartete bereits hinter dem Haus am geöffneten Gartentor auf ihn.

»Danke, dass du so schnell kommen konntest. Ich habe nur eine halbe Stunde Zeit. Dagmar vertritt mich in der Apotheke. Los, komm!«

»Jetzt lass mich erst mal Luft holen«, keuchte Dollinger. »Musst du unbedingt auf einem Berg wohnen?«

»Komm!«, sagte der Apotheker, ein gedrungener kleiner Mann mit fast kugelrundem, kahlem Kopf watschelte vor ihm über den Rasen. Dollinger blieb nichts anderes übrig, als ihm zu folgen und sich zeigen zu lassen, worüber der Apotheker am Telefon nicht hatte reden wollen.

»Hier ist es.«

Dr. Pfannenmüller hatte ihn zu einer kleinen Laube geführt, neben der eine Regentonne stand. Auf dem schwarzen Deckel posierte ein großes Radieschen. Das Grün fehlte.

Damit hatte Dollinger nicht gerechnet. Er hatte das Lüften eines Geheimnisses erwartet, aber nicht ein weiteres Radieschen.

»Was hältst du davon? Sag schon! Ist das ein übler Streich? Oder was soll das heißen?«, drängte ihn der Apotheker, der fast so stark schwitzte wie Dollinger, der sich langsam der Tonne näherte und das Radieschen respektvoll bestaunte, als habe er noch nie eines gesehen.

»Ist es aus deinem Garten?«

»Wie? Aus meinem Garten?«

»Alfons! Hast du Radieschen in deinem Garten?«

»Klar. Wir lieben Radieschen. Sie stehen ganz hinten.«

Dollinger blickte den Aufgeregten kurz an, drehte sich um und überquerte den Rasen. Im mittleren Beet wurde er fündig. Die Pfannenmüllers hatten mehrere Reihen eingesät. Diese Reihen hatten sich allerdings schon sehr gelichtet, und eine Nachsaat war nicht in Sicht.

»Wann habt ihr euch die letzten geholt?«

»Gestern Abend«, antwortete der Apotheker und ging hinter ihm in Deckung, als würden die Radieschen gleich schießen. »Was glaubst du denn zu finden?«

»Einen frischen Krater«, erklärte Dollinger und wischte mit der flachen Hand durch das Grün der Radieschen. »Hier ist er auch schon. Siehst du? Die anderen Löcher sind längst trocken. Nur dieses eine nicht. Dunkle, feuchte Erde. Ich wette, dass es hier vor gar nicht langer Zeit herausgerissen wurde. Aber wo hat er das Grün gelassen?«

Dollinger streichelte noch einmal die Blätter vor ihm, dann sah er sich auf den anderen Beeten um, bevor er zum Komposthaufen ging.

»Da ist es«, raunte er. »Dort, wo es hingehört, wenn man keine Suppe daraus kochen will. Unser Mann versteht etwas vom Garten, das muss man ihm lassen. Ein Vandale ist das nicht. Er hat auch keine Fußabdrücke hinterlassen, nichts zertrampelt. Er war vorsichtig.«

»Jetzt lass das endlich!«, ermahnte ihn Dr. Pfannenmüller. »Ich will wissen, was du davon hältst?«

Dollinger kehrte dem Kompost den Rücken zu und spazierte mit dem Apotheker über den Rasen zurück zur Laube und dem Radieschen.

»Aber das bleibt unter uns«, begann er. »Ich hatte auch ein Radieschen auf meiner Regentonne. Auch aus meinem Garten. Und das Grün war auch auf meinem Komposthaufen.«

Dr. Pfannenmüller sah ihn fassungslos mit weit aufgerissenen Augen an.

»Nein!«

»Es gibt ja nur zwei Möglichkeiten«, fuhr Dollinger fort. »Entweder handelt es sich wirklich um einen bösen Streich. Erinnere dich an das eingefärbte Wasser des Bürgermeisterbrunnens im letzten Jahr. Wir wissen bis heute nicht, wer das war. Oder …«

»Oder …?«, starrte ihn der Apotheker noch immer hilfesuchend an.

»Oder es ist tatsächlich eine Warnung des Mörders. Eher wohl eine Drohung.«

»Aber … aber wieso ich? Du bist doch unsere Detektiv!«, wehrte sich der kleine Mann gegen die mögliche Botschaft des Radieschens. Dollinger hingegen wuchs über sich hinaus, als er das Wort vernahm, das ihm gefiel, das ihm gefehlt hatte. Jetzt endlich hatte es jemand ausgesprochen.

»Gar nicht schlecht. Wenn die anderen Mitglieder nicht

auch mit Geschenken dieser Art bedacht werden, musst du auch eine Bedrohung für ihn darstellen.«

»Ich? Eine Bedrohung?«

Dollinger hatte in dem Apotheker bislang einen selbstbewussten, durchsetzungsfähigen Mann gesehen, der großen Einfluss auf die Entscheidungen des Vereins hatte. Im Gemeinderat kam ihm die Rolle des Intellektuellen zu, der mal angefeindet, dann aber wieder um akademischen Rat angegangen wurde. Ein Radieschen hatte ausgereicht, einen ganz anderen Mann zum Vorschein zu bringen.

»Jetzt denk mal nach! Wann hast du Johann zuletzt gesehen? Wann gesprochen?«

»Ich … ich habe keine Zeit mehr. Ich muss in die Apotheke«, entgegnete er mit wilden Augen, die nicht mehr wussten, wohin sie blicken sollten. »Dagmar wartet.«

»Jetzt beruhige dich, Alfons! Denk nach! Das klärt sich schon. Kein Grund zur Panik. Komm, setzen wir uns.«

Dollinger bugsierte den aufgelösten Mann in die Laube und öffnete die Tür eines kleinen Schranks, in dem erfahrungsgemäß immer ein Obstbrand stand. Schließlich gehörte auch der Apotheker zur Fraktion der Kleinbrenner. Er stieß auf einen Birnenbrand, den er auf den Tisch stellte. Nach kurzer Suche fand er ein Glas, das er bis zum Rand füllte.

»Medizinische Indikation. Los.«

»Ja, du hast recht. Medizinische Indikation«, stimmte ihm der Apotheker nach kurzem Zögern zu und verschlang fast das Glas. »Jetzt kann ich aber nicht mehr in die Apotheke. Selbst nach einem Glas nicht.«

»Gut. Dann kann ich ja nachfüllen«, sagte Dollinger und zückte anschließend sein Handy, um Frau Pfannenmüller in der Apotheke anzurufen.

»Alles erledigt. Los! Auf ein Neues!«

Dr. Pfannenmüller folgte ihm aufs Wort.

»Also. Was war?«

»Johann hat bei mir angerufen. Ein paar Tage vor seinem Tod. Am Donnerstag oder Freitag. Ich weiß es nicht mehr genau. Er wollte etwas bei mir deponieren.«

Dollinger sah ihn fragend an. »Wie? Deponieren?«

»Na, in meinem Tresor. Ich habe doch in der Apotheke diesen uralten Tresor. Von meinem Vorgänger. Ein wahres Ungetüm. Ein Monstrum aus Stahl. Aber ideal für meine Betäubungsmittel und anderes pharmazeutisches Gefahrengut. Und natürlich auch für Geld und Papiere. Johann hatte vor ein paar Jahren schon einmal eine Mappe in dem Tresor deponiert. Na und? Diese Möglichkeit nutzen andere auch. Der Axel. Der Gerch. Wenn sie einen Tresor brauchen, kommen sie zu mir. Da kommt ja auch sonst niemand ran. Außer meiner Frau natürlich.«

»Und? Was hat Johann dir gegeben?«, platzte Dollinger fast vor Neugier und hoffte, der Lösung einen Riesenschritt näher zu kommen.

»Nichts«, flüsterte der Apotheker wie betäubt. »Er hat nur gefragt. Mehr nicht. Aber er ist nicht gekommen. Und jetzt liegt da dieses Radieschen.«

12

»Dann hat der Mörder also in Johanns Haus nicht gefunden, wonach er gesucht hat«, dachte Karin Dollinger laut. »Also tippt er auf Alfons Tresor. Er muss demnach wissen, dass es diese Möglichkeit gibt. Am Ende hat er sie sogar selbst schon einmal genutzt.«

»Das habe ich mir auch schon gedacht«, nickte Dollinger. »Alfons hat mir die Namen gegeben.«

»Will er Anzeige erstatten?«, fragte Karin.

»Wegen eines Radieschens? Schwerdtfeger würde ihn sofort in eine Gummizelle stecken, und das weiß Alfons auch.«

»Wie geht es ihm?«

»Nicht gut. Das hat ihn unglaublich schwer getroffen. Der kennt ja nur seine kleine heile Welt hier. Der war immer reich und gesund, wurde immer respektiert. Soll ich dir was sagen? Ich glaube, der hat noch nie richtig Angst gehabt. Kann das sein?«

»Ich habe auch Angst. Und du auch.«

»Aber nicht so, Karin, nicht so. Das ist eine ganz andere Angst. Er kann damit überhaupt nicht umgehen.«

Karin sah ihren Mann an und wusste, was er meinte. Sie dachte an die Zugfahrt nach Mumbai, das damals noch Bombay hieß, an die Nacht in Belfast, als sie noch Studenten waren, an den Ausbruch der Allergie ihres Mannes und ihre Blinddarmentzündung, die sich beharrlich geweigert hatte, sich als solche diagnostizieren zu lassen, und die ihr fast das Leben gekostet hätte. Und dann waren da noch Georg und Bettina, ihre Kinder. Die Apotheker hatten keine Kinder, warum auch immer. Von dem untrennbar damit verbundenen Krisenmanagement hatten sie also keine Ahnung.

»Vielleicht hast recht. Bestimmt machen wir uns ein paar Illusionen weniger als sie.«

»Damit wären wir wieder beim Thema«, sagte Dollinger, »nämlich bei den Illusionen. Hast du Moni erreicht?«

»Hab ich. Sie weiß nicht mehr, als sie dir schon gesagt hat. Aber sie hat mir versprochen, sich umzuhören. Immerhin.«

»Und die Frau von der Meldebehörde?«

»Da sieht es nicht viel besser aus«, musste Karin eingestehen. »Um eine korrekte Melderegisterauskunft bearbeiten zu können, braucht die Elfi mehr Informationen. Zumindest ist eine Erika Kunrath nicht in Würzburg gemeldet. Bundesweit gibt es allerdings ein paar. Das Internet weiß eben doch nicht alles. Übrigens kostet jede Auskunft fünfundzwanzig Euro. Bei einer Archivauskunft über Verstorbene werden sogar rund hundert Euro fällig. Aber auch die kann nur bearbeitet werden, wenn die gesuchte Person eindeutig identifiziert ist. So ungefähr hat es mir die Elfi erklärt.«

»Mist!«, ärgerte sich Dollinger.

»Bleibt noch dein Kommissar«, grinste Karin.

»Lass mich wenigstens erst das Rad in die Scheune schieben«, sagte er und drehte sich um. Er ließ sein Rad ungern an der freien Luft, da er es hasste, sich nach einem Regen auf einen nassen Sattel zu setzen und nasse Griffe anzufassen. Selbst wenn man beides abwischte, waren sie noch immer feucht. Als er zurück über den gepflasterten Innenhof spazierte, kam ihm seine Frau mit großen Augen aus der Tür entgegengestürzt.

»Das war Moni. Sie bittet dich, sofort zu ihr zu kommen. Sie will dir etwas zeigen.«

»Mehr hat sie nicht gesagt?«

»Nein. Sie hat gleich wieder aufgelegt.«

Ihre Blicke tauschten sich kurz aus.

»Das nächste Radieschen«, hauchte Dollinger.

»Nimm das Auto.«

»Kommst du nicht mit?«

»Nein. Adrian wollte doch gleich anrufen. Ich hatte gerade schon gedacht, das er es ist.«

»Dann nehme ich das Rad«, entschied er und ging im Laufschritt zur Scheune und riss das Tor auf, das er gerade erst geschlossen hatte.

Diesmal musste er nicht gegen die Schwerkraft antreten, sondern erreichte sein Ziel, ohne Höhenunterschiede bewältigen zu müssen. Das Haus der Dietleins lag in der Raiffeisenstraße im Altort. Es besaß daher auch keinen Garten, sondern lediglich ein kleines Rasenstück. Dollinger lehnte sein Rad an die Hauswand und klingelte. In der Tür erschien jedoch nicht Monika, sondern ihr Mann Helmut. Er begrüßte ihn mit einem missmutigen Gesicht und einem kurzen Brummen, schloss die Tür hinter ihm und gab mit einem Handzeichen zu verstehen, ihm zu folgen. Dollinger war überrascht, dass er ihn nicht zu der kleinen Rasenfläche führte, sondern direkt ins Wohnzimmer. Monika saß auf einer schwarzen, wulstigen Ledercouch und hatte einen großen Karton auf ihrem Schoß.

»Besuch für dich«, brummte Helmut Dietlein und ließ ihn allein.

»Hallo, Walter! Schön, dass du gleich kommen konntest!«

Dollinger durchsuchte mit seinen Augen das relativ kleine und dunkle Wohnzimmer, konnte aber kein Radieschen ausfindig machen. Die Möbel schienen neu zu sein. Irgendwo in seinem Kopf tauchte das Gerücht auf, die Dietleins würden sich alle zwei, drei Jahre neu einrichten. Billig sahen die Möbel auch nicht aus, jedenfalls nicht im finanziellen Sinn. Der schmale Tisch war aus Eiche und besaß eine gebürstete Oberfläche. Die Schrankwand war hell und diente einem gigantischen, konkav gewölbten Fernsehmonitor, den größten, den er je gesehen hatte, als Rahmen. Der verbliebene Platz reichte gerade noch für einige DVDs und Videokassetten aus.

»Was stehst du da in der Tür? Los, komm her! Ich muss dir etwas zeigen!«

Dollinger setzte sich neben sie an den Tisch auf einen der beiden schwarzen Ledersessel, in dem er langsam versank. Monika verzichtete auf jedwede Begrüßung, sah ihn kaum an und reichte ihm ein altes Foto. Sofort zog er seine Lesebrille aus dem Etui.

»Da! Das sind der Johann und die Erika!«

Ihr Zeigefinger tanzte auf zwei Menschen hin und her, die mit drei weiteren für die Kamera posierten. Der Anlass für das Gruppenfoto erschloss sich ihm nicht. Aber jetzt war Erika Kunrath nicht mehr länger ein Phantom, eine Frau ohne Gesicht. Es hatte sie also wirklich gegeben. Eine schöne, eine zierliche, eine aparte Frau mit kurzen blonden Haaren. Und noch eine Person erkannte Dollinger. Direkt neben Erika lächelte Wilhelm Krautwurst den Fotografen an. Es war nicht zu erkennen, ob auch er, wie Johann, seinen Arm um ihre Hüfte gelegt hatte, doch es sah ganz danach aus.

»Wer ist das?«, fragte er und tippte auf den Mann, der rechts neben dem Trio stand.

»Na, der Fritz, dein Nachbar!«

»Das ist Friedrich Prechtel?«

Dollinger kniff die Augen zusammen. Trotz Brille war er sich nicht sicher.

»Bestimmt?«

»Ich kenn doch den Fritz«, entgegnete sie und hämmerte mit dem Finger auf dem Mann herum. »Todsicher. Das ist der Fritz.«

»Und wer ist die Frau links? Die Frau von Krautwurst?«

»Nein. Die kenn ich nicht. Mein Mann auch nicht. Die ist nicht aus Biberbach.«

Dollinger vergrub sich in das Foto, tastete die Unbekannte intensiv ab, vor allem ihr schmales Gesicht.

»Das könnte eine Schwester von der Erika sein. Vielleicht war sie an dem Tag, an dem das Foto gemacht wurde, zu Besuch?«

»Oder die Schwester vom Johann«, gab Monika zu bedenken.

»Auch keine schlechte Idee«, nickte er. »Wann wurde das Foto gemacht?«

»Wenn ich das wüsste«, antwortete seine neue Freundin. »Auf jeden Fall vor acht oder neun Jahren. Als sie sich kennengelernt und dann geheiratet haben. In dieser Zeit. Als ihr das Haus gekauft habt. Aber frag doch den Fritz. Der muss es wissen.«

»Habt ihr das Foto gemacht?«

»Bestimmt nicht. Daran könnte ich mich erinnern. Ich weiß gar nicht, wie das in meine Kiste gekommen ist.«

»Hast du noch mehr Fotos von Erika Kunrath?«

»Leider nicht. Dies ist das einzige, das ich finden konnte.«

»Darf ich es mitnehmen? Du bekommst es auch zurück.«

»Na klar«, flüsterte Monika sonderbar schüchtern. »Du bist doch der Detektiv.«

Dollinger lächelte spontan. Zum zweiten Mal an diesem Tag war das Wort gefallen, das ihm bislang gefehlt hatte.

»Sonst hast du nichts gefunden?«

Dietlein schüttelte den Kopf.

»Auch nicht draußen?«

»Wieso draußen?«

»Nichts. War nur so eine Idee. Danke, dass du gleich angerufen hast.«

»Hast du denn schon eine Spur?«, fragte sie vorsichtig.

»Das Foto hilft mir bestimmt weiter«, wich er einer ehrlichen Antwort aus.

»Wenn ich dir irgendwie …«

In diesem Moment öffnete Helmut Dietlein die Tür, noch immer mit missmutigem Gesicht. Auf einen Brummton folgte eine Frage, die zugleich eine Aufforderung enthielt: »Sind Sie fertig?«

»Ja. Ich muss jetzt sowieso nach Hause«, sagte Dollinger und musste beide Hände einsetzen, um sich dem weichen Abgrund des Sessels zu entziehen.

»Ich sag's Ihnen ganz ehrlich. Ihr Detektivspiel gefällt mir nicht. Das sorgt nur für Unruhe im Dorf. Am Ende verdächtigt jeder jeden. Glauben Sie mir. Überlassen Sie das der Polizei. Die wird den Mörder schon finden«, murrte Helmut Dietlein und hielt ihm die Tür auf.

»Frag den Willi«, flüsterte ihm Monika zu, als sich Dollinger verabschiedete, und blieb sitzen, den Karton auf dem Schoß.

Wortlos begleitete ihn Monikas Mann nach draußen, brachte dann aber doch einen kurzen Abschiedsgruß über seine Lippen. Dollinger fuhr an der Kirche vorbei zurück nach Hause, das rätselhafte Foto in der Jackentasche und im Kopf. Es beschäftigte ihn so sehr, dass er dem Lieferwagen eines privaten Paketdienstes keinerlei Aufmerksamkeit schenkte, der ihm auf der Bahnhofstraße entgegenkam.

Ein zweites Mal an diesem Tag schob er sein Fahrrad in die Scheune und schloss das Tor, und zwar von innen. So konnte er den großen Sperrriegel umlegen und das Tor fest verschließen. Das hatte er lange nicht mehr getan. Die Scheune verließ er durch die kleine Seitentür und dreht den Schlüssel zweimal im Schloss um. Ein altes und großes Schloss, das nicht schwer zu knacken war. Dennoch war er zufrieden und zog den rostbraunen Schlüssel ab, um ihn mit ins Haus zu nehmen. Auf halbem Weg über den Innenhof bemerkte er seinen Nachbarn, der irgendwo in seinem Garten sägte. Dollinger sah auf die Uhr. Der Nachmittag näherte sich bereits dem Abend, Prechtel war also von der Arbeit zurück. Er änderte seinen Kurs, ging ein paar Schritte in westliche Richtung und erreichte das kleine Gartentürchen, das zum Nachbargrundstück führte. Sein Nachbar kämpfte mit dem toten Ast eines seiner alten Apfelbäume.

»Grüß Gott, Herr Prechtel. Sind Sie unter die Heimwerker gegangen?«, fragte Dollinger, als er seinen Nachbar erreichte, der auf einer kleinen Trittleiter stand.

»Der ist im Frühjahr nicht gekommen, der Ast. Der ist tot«, antwortete Prechtel, dessen Fuchsschwanz nur widerwillig gehorchte.

»Aber warum quälen Sie sich so damit? Lassen Sie ihn doch einfach dran«, schlug Dollinger vor.

»Einen toten Ast? Auf diese Idee können auch nur Sie kommen. Was soll ich denn mit einem toten Ast?«

»Sie? Nichts. Aber Vögel und Insekten. Für die kann ein toter Ast zu einem Paradies werden«, argumentierte Dollinger.

»Mit anderen Worten, er soll Schädlinge anlocken.«

»Keine Schädlinge, sondern Bienen, Käfer oder sogar einen Specht. So ein Ast ist ein Totholzhabitat, ein Lebensraum für viele Tiere. Dabei ist totes Holz selten geworden.«

»Kein Wunder. Weil es Schädlinge anlockt«, sagte Prechtel und mühte sich weiterhin mit seinem Fuchsschwanz, der allerdings völlig ungeeignet war, den dicken Ast abzusägen. »Aber deshalb sind Sie ja bestimmt nicht zu mir gekommen.«

»Sie haben mich durchschaut. Aber ich habe nur eine kleine Frage.«

»Gut. Ich kann sowieso eine Pause gebrauchen«, keuchte Prechtel, ließ die Säge im Ast stecken und stieg von der Leiter. »Wie wär's mit einem Bier?«

»Gerne«, antwortete Dollinger, der eigentlich Wein bevorzugte.

Prechtel ließ seinen Nachbarn im Garten zurück, kehrte aber umgehend mit zwei bereits geöffneten Flaschen zurück.

»Ah, vom Sachtler«, stellte Dollinger fest.

»Man muss die heimische Wirtschaft stärken.«

»Und auch die heimische Wirtschaft«, scherzte Dollinger.

»Hab ich doch gesagt«, sagte Prechtel verwundert. »Prosit, Herr Nachbar!«

»Auf Ihr Wohl!«

»Also, um welches Alibi geht es heute«, fragte Prechtel, nachdem er die Flasche abgesetzt hatte.

»Um gar kein Alibi. Um ein Foto«, antwortete Dollinger und griff in seine Jackentasche. »Es ist ungefähr acht oder neun Jahre alt. Vielleicht können Sie mir etwas darüber sagen?«

»Na, dann geben Sie mal her.«

Prechtel stärkte sich noch mit einem kräftigen Schluck, dann nahm er Dollinger das Foto aus der Hand. Er drehte sich zur Seite, um besseres Licht zu erhalten, und sah es lange an.

»Wann wurde diese Aufnahme gemacht? Ich meine, bei welcher Gelegenheit?«

»Das kann ich Ihnen nicht sagen«, antwortete Prechtel. »Man sieht ja auch nicht, wo es aufgenommen worden ist. Die Hauswand im Hintergrund könnte zu vielen Häusern passen. Aber der da in der Mitte, das ist auf jeden Fall Johann Kunrath.«

»Der Mann ganz rechts auf dem Bild, das sind doch Sie, oder?«

Prechtel drehte das Foto, hielt es in die Sonne, legte seinen Kopf leicht zur Seite.

»Wie kommen Sie denn darauf? Nee, das bin ich bestimmt nicht. Dann könnte ich Ihnen ja sagen, wann und wo das Foto gemacht worden ist. Vor acht Jahren? Nee, das bin ich nicht.«

13

»Ich glaube, ich geh noch mal weg«, sagte Dollinger, nachdem er seiner Frau das Foto gezeigt hatte. »Bin aber gleich wieder zurück. Dauert nur ein paar Minuten.«

»Wohin?«

»Johanns Garten.«

»Warum denn das jetzt?«

»Unser Nachbar hat einen schönen Kräutergarten. Nicht so schön wie unserer, nicht so wild, nicht so artenreich. Dafür aber hat er eine Art, die bestimmt nicht in unseren Garten kommt. Wenn ich mich nicht irre, ist es Hundspetersilie.«

»Aber die ist giftig!«, staunte Karin.

»Eben.«

»Und was hat das mit Johann zu tun?«

»Wenn ich mich auch jetzt nicht irre, habe ich die dort auch gesehen. Das ist alles. Ich will es einfach wissen. Was immer es auch bedeuten mag.«

»Aber ich komme mit«, sagte seine Frau und trat ihm fast auf die Füße. »Los, noch ist es hell genug.«

Dollingers Fahrrad blieb diesmal in der Scheune, ihr alter Volvo, mit dem Karin täglich zur Arbeit fuhr, musste die Aufgabe übernehmen. Sie parkten in sicherer Entfernung und mimten harmlose Spaziergänger, die in Richtung Wald unterwegs waren. Das war gerade abends keine Seltenheit. Auch Jogger nutzen die Weißkopfstraße, um schnell vom Dorf in die Natur zu gelangen. Schon von Weitem sahen die Dollingers die Flatterbänder der Polizei, die nach wie vor den Zutritt zum Grundstück verwehrten. Ein Einsatzfahrzeug oder einen Uniformierten aber konnten sie nicht entdecken.

»Endlich sehe ich das Haus auch mal«, freute sich Karin. »Wie kommen wir in den Garten?«

»Lass uns noch ein Stück gehen. Vom Wald aus ist es ganz einfach.«

Sie passierten also das Grundstück und spazierten Hand in Hand auf den Wald zu. Bevor die Straße zum Waldweg wurde, hielten sie an und sondierten die Lage.

»Niemand zu sehen«, stellte Dollinger fest und zog seine Frau in die Büsche. Zwischen Holunder, Erlen und Weiden, die an einem kleinen Bach wuchsen, fanden sie mühelos einen Weg, um hinter die kleine Scheune zu gelangen. An dieser Stelle wurden sie von keinem Flatterband behindert. Sie brauchten nur über einen niedrigen Zaun zu steigen und standen in Johann Kunraths Garten.

»Ist ja irre«, strahlte Karin. »Und illegal. Du bist das ja inzwischen gewohnt. Aber für mich ist es ein neues Gefühl.«

»Also, so neu nun auch wieder nicht. Ich sage nur: Wackersdorf.«

»Das kannst du nicht vergleichen. Wir waren Studenten und die Zeiten ganz andere. Wo ist denn nun …?«

»Still!«, zischte Dollinger und hielt seine Frau zurück, die im Begriff war, die Blätter des ihm schon vertrauten Holunders zu verlassen. Mit einer weiteren Bewegung drückte er sie in die Hocke. »Wir sind nicht allein!«

»Wo?«, hauchte Karin.

»Links.«

Es dauerte viele Sekunden, bevor sie die Bewegung in den Zweigen wahrnahm und ein Knistern hörte, das nicht dem lauen Wind zu verdanken war.

»Vielleicht ein Hase?«

Dollinger schüttelte den Kopf.

»Was sollen wir machen?«

»Warten.«

Das war anscheinend auch der Plan des Unbekannten, der in der Nähe des Komposthaufens in den Büschen steckte. Dennoch verrieten ihn einige Zweige, die sich nicht konform verhielten.

»Wer könnte das sein?«

»Wenn ich das wüsste«, flüsterte Dollinger.

»Der Mörder?«

»Wer weiß. Wir sind ja auch hier.«

»Der hat Geduld, das muss man ihm lassen.«

»Wir aber auch.«

Ein Versprechen, dass dann doch nicht so leicht einzulösen war. Denn die Konkurrenz beim Komposthaufen war zäh. Minuten vergingen, die sich allmählich in ihren Gelenken bemerkbar machten. Karin begann ihr Gewicht von einem Fuß auf den anderen zu verlagern.

»Leise!«

»Leiser geht's nicht!«, entgegnete sie. »Glaubst du, dass er noch da ist?«

»Er ist noch da.«

»Warum sind wir noch mal gekommen? Ach ja, wir wollten Petersilie suchen.«

»Er hält nicht ewig durch.«

»Glaubst du!«, tuschelte sie.

»Aber wir haben Erfahrung mit Sitzblockaden«, gab er zu Bedenken.

»Ich wiederhole es nur ungern: Wir waren Studenten und die Zeiten ganz andere. Vor allem aber unsere Knochen.«

»Still! Es tut sich was. Aber beim Haus.«

Schritte näherten sich. Jemand ging mit harten Sohlen auf dem Granitweg.

»Ist hier immer so viel los?«, fragte Karin.

»Nur in der Rushhour.«

Inzwischen musste auch der Unbekannte die Schritte gehört haben, denn er gab sein Versteck auf. Ein Rascheln signalisierte seine Flucht. Kaum hatten sich die Zweige wieder beruhigt, erschien auf den Rasen ein Uniformierter, musterte kurz den Garten und ging zurück zum Haus.

»Der reinster Bahnhof«, kommentierte Karin. »Ich bin gespannt, wer jetzt noch auftaucht. Wahrscheinlich Schwerdtfeger.«

»Volltreffer«, flüsterte Dollinger, denn in diesem Augenblick erschien der Hauptkommissar auf dem Rasenstück, stilsicher im langen Trenchcoat, und musterte ebenfalls den Garten.

»Wir hätten Kaffee mitbringen sollen«, meinte Karin.

»Still!«

Schwerdtfeger schien etwas gehört zu haben. Er drehte sich um und richtete seinen Blick auf den Holunder, stocherte in dem Grün, ohne an einer Stelle hängenzubleiben. Schon nach wenigen Sekunden verlor er das Interesse und ging zurück zum Haus.

»Das war knapp«, meinte Karin, richtete sich langsam auf und schob ihren Kopf durch die grüne Grenze.

»Spinnst du? Komm wieder runter!«

»Ich muss mich aber mal ausstrecken. Sonst halte ich das nicht durch. Wer weiß, wer noch alles kommt?«

Dollinger zog seine Frau wieder in den Untergrund. Aber der Garten blieb leer. Dennoch mussten sie noch eine Weile ausharren, denn vom Haus her waren Geräusche zu hören.

»Was machen die da?«, fragte Karin.

»Das würde ich auch gerne wissen.«

»Sieh doch nach. Ich halte hier die Stellung.«

»Wieso ich?«

»Du bist doch der Detektiv!«

Dollinger wog kurz das Risiko ab und schlich sich davon. »Bleib, wo du bist. Auch wenn sie mich erwischen sollten.«

In gebückter Haltung erreichte er die kleine Scheune, arbeitete sich bis zur Ecke vor und schob den Kopf langsam in die Gefahrenzone. Obwohl es noch hell war, brannte im ganzen Haus Licht. Hinter dem Küchenfenster konnte er Schwerdtfeger ausmachen, der auf und ab ging, kurze Pausen einlegte, mit dem Polizisten sprach und sich dann wieder in Bewegung setzte. Die Geräusche schienen aber von oben zu kommen. Dollinger vermutete, dass mindestens ein zweiter Beamte an der Expedition teilnahm.

»Das gibt es nicht!« Schwerdtfeger wurde plötzlich so laut, dass man ihn bis in den Garten hören konnte. Nach einigen Wortfetzen, die nicht zu deuten waren, verschwand seine Silhouette hinter dem Fenster. Dafür wurde es nun oben lauter. Ein Schatten tauchte hinter dem Schlafzimmerfenster auf, der nur dem Hauptkommissar gehören konnte. Ein unruhiger und brüllend lauter Schatten.

Dollinger beobachtete das Schauspiel nur kurz und schlich sich zurück zu seiner Frau, die ihn trotz seiner Warnung aufrecht stehend erwartete.

»Und? Was machen sie?«

»Schwer zu sagen. Wahrscheinlich suchen sie etwas.«

»Wer tut das nicht.«

»Schwerdtfeger ist offenbar ein Choleriker. Der hat einen Anfall nach dem anderen.«

»Dann lass uns doch endlich verschwinden.«

»Ja. Ich gehe nur schnell rüber zum Kräutergarten«, sagte Dollinger und tauchte zwischen dem Grün unter. Karin folgte ihm, denn sie hatte keine Lust, noch länger im Holunder auszuharren. Je tiefer sie in den Garten eindrangen, desto weniger konnten sie sich möglichen Blicken aus dem Haus entziehen. Für ein paar Meter boten die großen Rhabarberblätter etwas Deckung, dann mussten sie sich mit Pfefferminze und Salbei begnügen.

»Da! Ganz hinten! Ich habe mich nicht getäuscht. Das ist Hundspetersilie«, triumphierte Dollinger. »Und was für ein prächtiges Exemplar!«

»Die hat doch niemand in seinem Kräutergarten«, wunderte sich Karin. »Das ist doch viel zu gefährlich. Nicht jeder kann sie von Gartenpetersilie unterscheiden.«

»Und trotzdem steht sie hier. Und auch bei Friedrich Prechtel. Was für ein Zufall.«

»Andererseits ist es nicht verboten«, bemerkte Karin. »Komm, lass uns verschwinden. Sonst gibt Schwerdtfeger uns noch die Schuld.«

Die Dollingers sahen zum Haus hinüber, dessen Fenster noch immer hell erleuchtet waren, dann gingen sie mit schnellen Schritten zum Rhabarber und von dort aus zurück in den grünen Untergrund. Kurz darauf verwandelten sie sich wieder in das Ehepaar, das Hand in Hand spazieren ging.

»Als wir Kinder waren, haben wir oft im Garten meiner

Oma Cowboy und Indianer gespielt. Richtige Geheimgänge haben wir in den Büschen angelegt«, erinnerte sich Karin.

»Dir hat das wohl Spaß gemacht, gerade?«

»Ja, hat es«, gestand Karin nachdenklich.

»Und der Unbekannte?«

»Der hat mir schon auch Angst gemacht. Aber wir waren ja zu zweit. Was glaubst du, wer das war?«

»Ich bin mir jetzt nicht mal mehr sicher, ob es wirklich ein Mensch war«, gab Dollinger zu.

»Aber du hast doch vorhin ...?«

»Ja, vorhin. Ich weiß es nicht. Der Wald ist nicht weit. Es könnte auch ein Tier gewesen sein.«

Vom Haus des Opfers konnten sie von der Straße aus nur den Giebel sehen. Der Rest verschwand im Grün. Direkt vor der Einfahrt parkten gleich zwei Einsatzfahrzeuge. Schwerdtfeger und seine Mannschaft waren also noch vor Ort.

»Ob die den Landstreicher noch immer inhaftiert haben?«, überlegte Karin. »In der Zeitung stand kein Wort.«

»Bestimmt sitzt der noch in Erlangen. Schwerdtfeger wird Probleme haben, ihm die Tat nachzuweisen. Vielleicht spielt er deshalb den wilden Mann. Der Staatsanwalt hat ihm Druck gemacht, und jetzt muss er liefern.«

»Und wann werden wir liefern?«

14

Hundspetersilie. *Aethusa cynapium.* Zunächst schlug Dollinger in einem Lexikon für Giftpflanzen nach. Anschließend suchte er im Internet nach Vergiftungsfällen und wurde tatsächlich fündig. Es war immer wieder die gleiche Geschichte. Gartenbesitzer hatten die Hundspetersilie mit der Gartenpetersilie verwechselt. Ein Unfall. Er stieß auch auf Aussagen von Ärzten, die verwundert waren, welch geringe Dosis bei einigen Menschen ausgereicht hatte, um schwerste Vergiftungssymptome hervorzurufen. Auch gaben mehrere Betroffene an, vom Geschmack her keinen Unterschied erkannt zu haben, obwohl die Fachliteratur diesen Unterschied betonte. Wahrscheinlich, so vermutete Dollinger, hatten die Autoren darauf verzichtet, die giftige Pflanze einem persönlichen Geschmackstest zu unterziehen.

Todesfälle waren ausgesprochen selten. Sofern sie überhaupt als solche erkannt wurden. Und wenn, dann wurden sie eben als Unfälle, als tragische Verwechslungen angesehen.

»Darf ich dich daran erinnern, dass Johann in Maische ertränkt worden ist?«, gab seine Frau zu bedenken und stellte ihm ein Glas Wein auf den Schreibtisch.

»Ich weiß, ich weiß«, gab er zu und setzte das Glas an

den Mund. »Aber stell dir vor, du willst jemanden umbringen, kochst ihm etwas Leckeres und gehst mit Petersilie verschwenderisch um, die in Wahrheit jedoch Hundspetersilie ist. Du selbst sorgst aber dafür, dass du echte Petersilie isst. Dir die Absicht nachzuweisen, ist dann gar nicht leicht. Sofern du die Leiche nicht ohnehin verschwinden lässt. Und du brauchst dir weder ein Gift zu beschaffen noch später Reste von dem Gift zu beseitigen. Du kannst sogar die Pflanzen in deinem Garten stehen lassen, denn Hundspetersilie ist keine seltene Pflanze.«

»Du denkst an Erika. Aber da begibst du dich in den Sumpf der wilden Spekulationen.«

»Ich will nur alle Möglichkeiten in Betracht ziehen.«

Karin stellte sich hinter ihn und legte ihre Hände auf seine Schultern.

»Wirklich? Ich glaube eher, du suchst nach einem Strohhalm, weil du nicht weiterkommst.«

Dollinger erwiderte die Berührung, indem er seine rechte Hand auf ihre linke legte. Zugleich gestand er mit dieser Geste ein, dass seine Frau nicht völlig falsch lag. Außer einem langsam unüberschaubaren Beziehungsgeflecht, das mehr und mehr einem Schnittmuster ähnelte, hatte er nicht viel erreicht.

»Wie wäre es, wenn du noch einmal von vorne anfängst? Ich meine, ganz am Anfang?«

»Wie? Ganz am Anfang?«

»Na, mit dem Fund der Leiche. Mit Matthias Randel.«

Dollingers Mund öffnete sich langsam.

»Der Randel. Genau. Den hätte ich fast vergessen. Vielleicht, weil er nur ein assoziiertes Mitglied ist. Ich weiß es nicht.«

»Dürfen assoziierte Mitglieder denn keine Leichen finden?«

»Da müsste ich in unserer Satzung nachsehen«, schmunzelte Dollinger und sah auf die Uhr. »Weißt du was? Ich ruf ihn gleich mal an. Es ist ja noch hell draußen.«

»Aber denk bitte an das Abendbrot. Es gibt Kressesuppe.«

Während Karin das Arbeitszimmer verließ, wählte er die Nummer der Brennerei. Randel meldete sich nach dem ersten Klingeln und war alles andere als überrascht.

»Ich hab mich schon gewundert, warum Sie sich nicht melden. Jetzt, wo Sie unser offizieller Detektiv sind.«

Da war es wieder, das Wort, das sich langsam durchzusetzen schien.

»Wann hätten Sie denn ein paar Minuten für mich?«

»Wie wäre es mit gleich? Ich bin gerade mit meiner Büroarbeit fertig. Kommen Sie doch vorbei. Einen guten Tropfen hätte ich da. Rein zufällig. Na, wie wär's?«

Dollinger überlegte nicht lange und sagte zu.

»Aber gehen Sie hinten rum. Über den Hof. Das Tor ist noch offen. Sie sehen dann schon das Licht von meinem Büro«, sagte Randel und legte auf.

»Jetzt noch?«, ärgerte sich Karin über sein Vorhaben. »Und was ist mit der Kressesuppe?«

»Kressesuppe kann man sehr gut warm halten. Außerdem bin ich ja gleich wieder zurück.«

»Fahr wenigstens mit dem Auto.«

»Die paar Meter?«

Seine Frau entließ ihn mit sorgenvoller Miene in die Abenddämmerung, die bereits bedrohlich und mit schweren Wolken nach dem Tag griff. Sie schloss die Tür und schaltete alle Außenlichter ein, sogar die Lampe über dem Scheunentor. Der Innenhof sollte hell sein, wenn ihr Mann zurückkehrte. Denn er würde nicht gleich wieder zurück sein, wie er es so vollmundig angekündigt hatte. Karin kannte ihren Mann. Und sie behielt recht, denn er kam nicht weit. Auf dem neu angelegten Fußweg entlang des Aischufers zwischen Altort und Wassermühle traf er Gudrun Berger, die an der Grundschule unterrichtete. Nach dem üblichen Begrüßungsritual kamen sie, wie konnte es anders sein, auf den Mord zu sprechen, denn er war nun einmal das beherrschende Thema.

»Dieser Landstreicher sitzt immer noch«, wusste die Lehrerin zu berichten, die sich auf Jens Nürnberger berief, der in Erlangen den Versuch unternommen hatte, mit dem Verdächtigen zu sprechen. »Aber das hat die Polizei natürlich nicht erlaubt.«

»Hat er noch etwas gesagt? Ich meine, der Nürnberger?«

»Dieser Gumpel wird Tag und Nacht verhört. Die Ermittler halten ihn für den Täter.«

»Und sie halten den Ball flach«, ergänzte Dollinger, »denn in der Zeitung stand kein Wort.«

»Das kommt schon noch. Wenn sie erst sein Geständnis haben.«

»Ich befürchte, dass sie das auch bekommen werden, wenn die so weitermachen.«

»Ich glaube, dass er es war«, bezog die Lehrerin eine klare Position. »Sie haben ja seine Fingerabdrücke. Und beim Sachtler sind sie auch nicht mehr. Nicht einen aus dem Dorf haben sie verhört. Also sind sie sich sicher, dass es dieses Subjekt war. Haben Sie den mal gesehen?«

Er schüttelte den Kopf.

»Eine furchterregende Gestalt, sage ich Ihnen. Der hat so einen wirren, um nicht zu sagen irren Blick. Bei uns war er einmal an der Tür und hat gebettelt. Mir ist es kalt den Rücken hinuntergelaufen.«

Dollinger verzichtete auf einen Kommentar, beendete das

Gespräch mit dem Hinweis auf die Kressesuppe und setzte seinen Weg fort. Rechts neben ihm, einen knappen Meter entfernt, floss die Aisch, deren Quelle sich bei Schwebheim befand. Seit einigen Jahren lebten wieder Biber in dem Nebenfluss der Regnitz, die Biberbach einst zu seinem Namen verholfen hatten. Einige ältere Weiden waren ihnen schon zum Opfer gefallen, sehr zum Missfallen des Bürgermeisters, für den die Natur vor allem dekorativen Zwecken zu dienen hatte.

Dollinger sah auf die Uhr und beschleunigte seine Schritte. Schließlich hatte Randel nicht von später gesprochen, sondern von gleich. Aber er hatte erneut Pech, seine nächste Etappe endete bereits nach gut hundert Metern vor der kleinen Aischbrücke. Ausgerechnet Alice und Frank Schnitzerlein stellten sich ihm in den Weg. Das Paar, noch keinen fünfzig, betrieb in der kleinen Biberbacher Wassermühle einen Bioladen, woran er nicht das Geringste auszusetzen hatte. Seine Frau kaufte dort sogar regelmäßig ein. Dollinger ging den beiden dennoch leidenschaftlich gerne aus dem Weg, denn die Schnitzerleins lebten in einer anderen, einer magischen, einer esoterischen Welt, zu der er ebenso wenig Zugang hatte wie sie zu seinem naturwissenschaftlichen Weltbild. Doch das war nicht der eigentliche Grund, Begegnungen zu vermeiden, es war die herablassende Art, mit der die Schnitzerleins Menschen wie ihn behandelten, die sie als Uneingeweihte bezeichneten. Kaum hatte ihn das Müllerpaar wahrgenommen, kam Alice im langen Kleid und mädchenhaftem langem blondem Haar auch schon auf ihn zugeweht.

»Hallo, Herr Dollinger, das ist aber eine seltene Überraschung!«

»Frau Schnitzerlein. Und ich dachte, für Sie gibt es keine Überraschungen.«

»Aber natürlich gibt es die«, lachte sie. »Sonst wäre das Leben ja langweilig.«

»Das beruhigt mich.«

»Wir waren gerade bei unseren Pferden auf der Weide. Kommen Sie doch mit zu uns mit und trinken Sie eine Tasse Tee«, schlug Frank Schnitzerlein vor, der nicht ganz so schnell war wie seine Frau.

Es gab kein Entrinnen. Dollinger konnte zwar mit viel Mühe die spontane Einladung abwehren, musste sich dafür aber auf einen Vortrag der Müllerin einlassen. Natürlich ging es wieder um den Mord. Ohne Vorwarnung und ohne sich mit lästigen Fakten aufzuhalten, servierte sie ihm mit singender Stimme eine verworrene Verschwörungstheorie, der er kaum folgen konnte. Im Kern ging es um Geheimbünde, die unerkannt im Hinter- und Untergrund ihr Unwesen trieben und das Schicksal der ganzen Menschheit beeinflussten, wenn nicht gar bestimmten. Wie der Mord an Johann Kunrath in diese Geschichte passte, hatte Dollinger zwar nicht ganz verstanden, nickte aber.

»Das können Sie alles im Internet nachlesen«, versicherte ihm die Müllerin. »Alles. Jedes Wort. Sie müssen nur die richtigen Seiten anklicken. Nicht die offiziellen Seiten. Die sind alle manipuliert.«

»Aber das ist noch nicht alles«, legte der Müller nach und beugte sich vor, als würde er ein Geheimnis offenbaren. »Fällt Ihnen zu dem Namen Kunrath nichts ein?«

»Nein, im Moment nicht. Tut mir leid.«

»Heinrich Khunrath.«

Dollinger hatte diesen Namen noch nie gehört und machte ein entsprechendes Gesicht.

»Der berühmte Alchemist.«

Frank Schnitzerlein sah ihn an, als spräche er von einer so bekannten Person wie Mozart oder Einstein.

»Das kann doch kein Zufall sein, oder? Der Name ist einfach zu selten. Googeln Sie ihn mal. Wir sind überzeugt, dass Johann Kunrath ein Nachfahre von Heinrich Khunrath ist. Verstehen Sie jetzt, was wir meinen? Die Polizei wird den Mord niemals aufklären können. Weil sie die Zusammenhänge nicht versteht, weil sie nicht weiß, mit welch dunklen Mächten sie es zu tun hat. Sie wird den Mord dem Landstreicher in die Schuhe schieben.«

»Da bin ich ganz bei Ihnen«, sagte Dollinger und reichte schon mal seine Hand. »Aber ich muss jetzt wirklich weiter. Meine Kressesuppe wird sonst kalt.«

»Denken Sie an den Tee!«

»Abgemacht. Ich werde ihn nicht vergessen.«

Während die Schnitzerleins von ihm unbekannten, positiven Kräften nach Hause geleitet wurden, galt sein Blick wieder einmal der Uhr. Die Begegnung mit den Eingeweihten hatte ihn fast eine halbe Stunde gekostet. Im Laufschritt umrundete er das alte Lagerhaus der Raiffeisenbank und erreichte endlich die Brennerei, die bereits in einer wolkenverhangenen Dunkelheit versank. Das Tor war zwar geschlossen, nicht aber abgeschlossen. Er zögerte kurz, denn ein gelbes Schild fiel ihm ins Auge, das vor einem Hund warnte. Davon hatte Randel nichts gesagt.

Im Hof war kaum noch etwas zu erkennen. In keinem der Fenster brannte das angekündigte Licht. Dollinger kannte sich nicht aus, denn er war noch nie bei Randel gewesen. Er war kein Kleinbrenner und trank auch nur selten einen Obstbrand. Mit zusammengekniffenen Augen und offenen Ohren suchte er den Hund. Wo war dieser Wachhund? Und wie gelangte er in die große, schwarze Wand, in das große Gebäude, das am anderen Ende des Hofs auf ihn wartete?

»Nicht schon wieder so ein schwarzes Loch«, murmelte Dollinger, zog sein Handy aus der Tasche und ließ es Randels Nummer wählen. Niemand meldete sich.

»So ein Mist!«, zischte er und überlegte, ob es nicht besser wäre, die Aktion am nächsten Tag nachzuholen. »Dann ist es Samstag und hell.«

Er ließ das Handy erneut wählen. Wieder bemühte sich die Technik vergebens.

»Was soll's. Also doch das schwarze Loch«, dachte Dollinger laut und betrat den Hof der Brennerei. »Inzwischen habe ich ja Erfahrung mit dunklen Mächten.«

Er schloss das Tor hinter sich und versuchte noch einmal, den Hund aufzuspüren.

»Hallo? Ich bin es! Walter Dollinger! Ist jemand zu Hause?«

Spätestens jetzt hätte der Hund aktiv werden müssen. Doch statt eines Bellens erreichte ihn ein dicker Regentropfen, der ihm mitten auf den Kopf klatschte. Weitere Einschläge folgten, ohne dass es wirklich zu regnen begann.

»Hallo!?«

Endlich vernahm er ein Geräusch, konnte es aber nicht identifizieren. Es klang wie ein ferner Donner, der zu den Tropfen passte, die ihn ab und zu trafen. Aus dem Donner wurde schnell ein dumpfes Rumpeln, in das sich auch helle Töne mischten. Die Architektur des Innenhofs machte es ihm unmöglich, die Herkunft des Geräuschs auch nur zu erahnen. Die kurzen Echos konkurrierten mit den Tönen, die der spärliche Regen mithilfe von Kisten, Dächern und Fässern erzeugte.

»Au!«

Etwa Großes traf sein rechtes Bein und riss ihn fast zu

Boden. Mit viel Glück gelang es ihm aber, sein Gleichgewicht schnell wiederzuerlangen. Schon schwoll ein neues Grollen an und drängte ihn zurück zum Tor. Metall traf auf Metall, gefolgt von einem weiteren Rumpeln. Der Boden vor seinen Füßen schien lebendig zu werden, schien sich zu bewegen und flammte plötzlich metallisch glänzend auf. Endlich hatte jemand das Hoflicht eingeschaltet. Keinen Meter von ihm entfernt kamen drei Bierfässer aus Aluminium zur Ruhe und verstummten. Nur der eine oder andere Einschlag eines Tropfens entlockte ihnen noch ein paar Töne, denen zu entnehmen war, dass die Fässer leer waren.

»He!? Sie! Was machen Sie da?«, rief ihn eine unbekannte Stimme an. In der Tür eines Lagerraums erschien im kalten Gegenlicht einer Neonröhre die Silhouette eines großen, breitschultrigen Mannes. Seine rechte Hand verschwand kurz hinter der Wand und kehrte mit einer Art Knüppel zurück.

»Wer sind Sie? Was wollen Sie?«

»Walter Dollinger! Ich will zu Herrn Randel. Er erwartet mich.«

»Bleiben Sie stehen!«, rief der Unbekannte, nahm den Knüppel in die linke Hand, zog mit der rechten etwas aus der Hosentasche und hielt es ans Ohr. Dollinger fasste sich an den Unterschenkel seines rechtens Beins, spürte aber kaum etwas. Nur der Schreck saß ihm noch in den Knochen.

»Kommen Sie!«, rief der Mann schließlich, stellte den Knüppel zurück und kam auf ihn zu. »Tut mir leid, aber seit dem Mord bin ich vorsichtig geworden. Man kann ja nie wissen. Herr Randel ist schon unterwegs.«

»Nein, kann man nicht«, stimmte ihm Dollinger zu.

»Gerling«, stellte sich der Mann vor, ohne ihm eine Hand anzubieten.

»Dollinger. Darf ich Sie fragen, was Sie in einer Brennerei mit Bierfässern machen?«

»Bierbrand. Das Bier dazu liefern verschiedene Brauereien aus dem Aischgrund.«

»Man lernt nicht aus.«

»Hier geht es lang«, sagte Gerling und führte ihn zu einer Tür des großen Gebäudes, das nicht mehr im Dunkeln lag. Hier und da trafen ihn noch immer die dicken Tropfen eines Sommers, der sich nicht entscheiden konnte.

»Warten Sie hier«, wies ihn Gerling an, drehte sich um und stiefelte zurück zu seinen Bierfässern. Keine Minute später setzte das Donnern wieder ein, nur dass Dollinger diesmal die Ursache kannte. Wie sehr ein bisschen Licht doch die Wahrnehmung veränderte, wie untrennbar Auge und Ohr doch zusammengehörten. Ein weiteres Fass rollte in den Hof, traf die anderen und blieb liegen.

Dollinger wollte gerade zu einem befreienden Lächeln ansetzen, als etwas auf seiner rechten Schulter einschlug und ihn kurz zusammenzucken ließ.

»Herr Dollinger. Ich habe Sie doch nicht erschreckt?«

Es war die Hand von Matthias Randel, die sich von hinten kurz seiner Schulter bemächtigt hatte.

»Nein«, log Dollinger und drehte sich um.

»Kommen Sie rein. Ich dachte schon, Sie kommen doch nicht mehr«, sagte Randel und ging voraus.

»Dunkle Mächte haben mich aufgehalten.«

»Dunkle Mächte? Wie meinen Sie das?«

»Nicht ernst. Vergessen Sie es.«

Randel führte ihn in ein kleines Büro voller Schränke, die mit großen Aktenordnern vollgestopft waren. Auf dem Schreibtisch warteten zwei Monitore auf ihren Einsatz.

»Bitte.«

Während Randel hinter dem Schreibtisch Platz nahm, blieb für Dollinger ein abgewetzter Bürosessel, dessen Federung sofort nachgab.

»Tut mir leid. Ich muss mir endlich mal einen neuen kaufen«, entschuldigte sich Randel, der nun fast einen Kopf größer war als Dollinger. »Was wollen Sie wissen?«

»Wann haben Sie Kunrath zum letzten Mal gesehen?«

»Warten Sie ... ungefähr zwei Wochen vor seinem Tod. Da war ich bei ihm, um mir seine Maische anzusehen. Da haben wir dann auch den Termin fürs Brennen vereinbart. Bei Vereinsmitgliedern mache ich das meistens kurzfristig. Nachdem ich mir die Maischen angesehen habe.«

»Danach haben Sie ihn nicht mehr getroffen?«, fragte Dollinger nach.

»Danach habe ich ihn erst wieder in seinem Fass gesehen. Und das war kein schöner Anblick, sage ich Ihnen. Nein, denn Kunrath hat man selten gesehen. Aber das wissen Sie ja selbst.«

»Ist Ihnen irgendetwas Besonderes, etwas Ungewöhnliches an diesem Tag aufgefallen?«

Randel dachte kurz nach. Schon aus seinem Blick schloss Dollinger, dass sich seine Hoffnungen nicht erfüllen würden.

»Nein«, antwortete dann auch Randel. »Wobei ich den Kunrath ja auch nicht wirklich gekannt habe. Es war alles wie aus dem Ei gepellt bei ihm. Wie immer, würde ich sagen. In dieser Perfektion gab es das ja nur bei ihm. Nein, der war, wie er immer war. Ein bisschen mürrisch. Und wortkarg natürlich. Der hat nur das Nötigste von sich gegeben.«

»Hat er regelmäßig bei Ihnen brennen lassen?«, lautete Dollingers nächste Frage.

»Ja. Jedes Jahr. Erst die Kirschen, dann die Zwetschgen. Ab

und zu auch Mirabellen. Die stammten aber nicht aus seinem Garten. Keine Ahnung, wo er die herhatte.«

»Warum haben Sie die beiden Fässer einfach so aus seiner Scheune geholt?«

»Das hat mich die Polizei auch gefragt«, lächelte Randel und strich sich über den Dreitagebart. »Der Kunrath war da keine Ausnahme. Ich weiß ja, wo die Fässer stehen. Ich mache einen Termin, und wenn dann niemand da ist, lade ich die Fässer einfach auf und nehme sie mit. Zum Warten oder Wiederkommen fehlt mir die Zeit. Das wissen auch alle und akzeptieren es.«

»Ist Ihnen an diesem Tag etwas Besonderes aufgefallen?«

»Auch das hat mich die Polizei schon gefragt. Nein. Abgesehen natürlich von diesem privaten Postler mit seinem Paket. Aber der hat nichts mit dem Mord zu tun. Das hat jedenfalls dieser Schwerdtfeger gesagt.«

Dollinger versuchte, sich so weit wie möglich aufzurichten, um nicht wie ein Bittsteller oder Untergebener vor Randel zu sitzen. Aber es gelang ihm nicht. Im Gegenteil, die defekte Federung des Bürostuhls gab weiter nach. Jetzt war sein Gegenüber sogar einen ganzen Kopf größer als er.

»Denken Sie bitte noch mal nach.«

»Höchstens die Maische, die auf dem Boden verschüttet war. Aber das wissen Sie ja längst.«

Dollinger nickte und hatte jetzt nur noch seine Standardfrage in petto: »Wo waren Sie am Freitag?«

»Das Alibi«, strahlte Randel. »Darauf hatte ich gewartet. Für die alternative Tatzeit. Die Sache mit den Tomaten.«

»Erraten.«

»Vormittags hier im Büro und unten im Betrieb. Nachmittags bei einem Kollegen in der Oberpfalz. Und abends …

wieder hier im Betrieb. Rudi und ich haben noch ein wenig geputzt. Nicht jedes Rohr glänzt von allein.«

»Rudi?«

»Rudolf Gerling. Er hat Sie im Hof … sagen wir … abgefangen.«

»Apropos Hof«, fiel Dollinger noch ein. »Wo ist eigentlich Ihr Hund? Ich habe das Schild auf dem Tor gelesen.«

»Hinten im Garten. Wo wir ihn vor zwei Jahren begraben haben.«

15

Am Samstag hatten die Meteorologen für Sonnenschein gesorgt und nur einige weiße Tupfer am Himmel zurückgelassen. Ein nicht zu heißer Tag mit leichtem Wind, den die Dollingers für einen ausgiebigen Spaziergang nutzten. Der erste Abschnitt führte sie an Kunraths Haus vorbei, dem sie jedoch keinen weiteren Besuch abstatteten. Dabei war kein Polizeifahrzeug in Sicht. Das Flatterband war der einzig sichtbare Hinweis auf die Fortdauer der Ermittlungsarbeit. Was die Dollingers abhielt, war der fehlende Anlass. Sie hatten alles gesehen, was es bislang zu sehen gegeben hatte. Und die erneute Suchaktion der Polizei würden sie doch nicht rekonstruieren können. Außerdem drückte Dollingers späte Heimkehr die Stimmung.

»Den Randel hätte ich mir sparen können«, bemerkte er, als er den Giebel von Kunraths Haus über dem Grün entdeckte.

»Ich mir die Kressesuppe auch«, ergänzte Karin.

»Aber ich hab dir das doch schon gestern Abend erklärt. Es war eine Verkettung unglücklicher Zufälle.«

»Und dann lässt du dich auch noch von dieser blonden Circe zum Pferdeapfeltee einladen.«

Sie bogen nach rechts in den Wald, der vorwiegend aus Fichten bestand, zwischen denen verschiedene Farne wuchsen.

An einigen wenigen Stellen behaupteten sich ein paar Steine und Felsen gegen die Nadeln von Jahrzehnten, gegen Moose und Blaubeeren. Typischer Nadelwaldgeruch empfing sie, Eichelhäher und Schwarzspecht waren zu hören.

»Ziemlich schattig«, meinte Dollinger.

»Keine Sorge, wir gehen gleich am Bach nach links. Da sind wir die Schatten los.«

Den Abschnitt bis zum Bach verbrachten sie schweigend, und das keineswegs, um die Ruhe des Waldes nicht zu stören. Dollingers Blick verirrte sich zwischen Farnen und Felsen, sprang von Stamm zu Stamm und von Ast zu Ast. Seine Frau wanderte in Gedanken, die ihn bedrängten, obwohl er sie allenfalls erahnen konnte. Ihre Miene gefiel ihm ganz und gar nicht.

Am Bach, der irgendwo in die Aisch mündete, erwarteten sie eine ungenutzte Weide und die Julisonne. Das Gras war nicht gemäht und einen halben Meter hoch. Ohne sich abgesprochen zu haben, wählten sie den Weg am Waldrand entlang, der den Hang hinunter zur Aisch führte. Obwohl sie den Blick über den Aischgrund schon oft genossen hatten, blieben sie stehen und betrachteten das einmalige Bild, das der Flusslauf und einige Nachbardörfer Biberbachs boten. Noch immer schwiegen sie. Noch immer belauerten sie sich und sorgten sich um die Laune des anderen.

»Ein schönes Fleckchen«, brach Karin schließlich das Schweigen.

»Ein Traum«, freute sich Dollinger, wobei ihm das Wort nicht gefiel. Aber ihm war so schnell kein besseres eingefallen. Das grelle Licht war ihm schlicht zu hell für einen Traum.

Während er mit dem Blick einen Storch verfolgte, der das Dorf anflog, glaubte er plötzlich, ein Déjà-vu zu erleben. Das sonderbare Donnern der Bierfässer schien sich zu wiederholen. Nur die Lautstärke und die Tonhöhe passten nicht. Dafür bestand kein Zweifel an der Richtung, aus der sich das Donnern näherte. Blitzschnell drehte er sich um. Hinter ihm rollten keine leeren Bierfässer den Hang hinunter, sondern ausgewachsene Baumstämme. Die ersten sprangen bereits über den Bach und waren bereit, sich auf sie zu stürzen.

»Karin!«

Dollinger warf sich zur Seite, packte seine Frau und riss sie zu Boden, von dem er sich mit beiden Füßen abstieß, um einen weiteren Meter zu überwinden. Der Kraftakt reichte nicht ganz. Etwas traf sein Schienbein, sein Knie, aber diesmal heftiger als am Vortag. Es war ja auch kein leeres Aluminiumfass. Dennoch konnte er mit dem linken Bein nachtreten und hinter einem großen Stein in Deckung gehen, seine Frau noch immer fest im Griff. Über ihren Köpfen tanzte und rumpelte das Holz, bespuckte sie mit Spänen, mitgebrachten Steinen, Erde und Rindenbröseln, traf sie aber nicht. Nach wenigen Sekunden war der Spuk auch schon vorbei. Der Donner verhallte irgendwo unterhalb von ihnen am Ufer der Aisch. Dennoch bewegten sie sich nicht, harrten in fast embryonaler Haltung hinter dem Stein aus, bis sie sicher waren, nicht doch noch von einem Nachzügler erwischt zu werden. Als die Ruhe anhielt, kehrten sie ins Leben zurück.

»Hast du dich verletzt?«, fragte Dollinger leise.

»Was war das denn?«

»Ob du dich verletzt hast?«

»Nein«, antwortete seine Frau und hob ihren Kopf aus der Deckung. Blut rann aus ihrem Haar über ihre Wangen. Als Dollinger ihr an den Kopf fasste, schlug sie seine Hand weg.

»Mir fehlt nichts«, sagte sie wie in Trance, verdrehte die Augen und verlor das Bewusstsein.

»Karin! Wach auf! Karin!«

Dollinger schüttelte sie und schlug ihr mit der flachen Hand sanft auf die Wangen. Langsam öffnete sie wieder die Augen.

»Was ist passiert?«

»Ein paar Baumstämme hatten es auf uns abgesehen«, erklärte Dollinger und fasste sich ans Knie. Sein Hosenbein war zerrissen und blutgetränkt, seinem Hemd fehlten drei Knöpfe. »Lass mich deinen Kopf ansehen.«

»Mir fehlt nichts.«

Vorsichtig arbeitete er sich durch ihr Haar.

»Aua! Lass dass bitte!«

»Eine Platzwunde. Ich fürchte, die muss genäht werden. Und mein Knie müsste sich auch mal jemand ansehen.«

»Wie konnte das denn passieren?«

»Das ist eine gute Frage.«

Dollinger blinzelte über den Stein wie ein Soldat über die Brustwehr eines Schützengrabens und beobachtete die Stelle am Waldrand, an der die Stämme aufgestapelt gewesen waren. Drei von ihnen lagen noch an ihrem Platz, über zwei Meter lang und bereits entrindet. Nichts rührte sich. Abgesehen von den Baumkronen, mit denen der Wind harmlose Spielchen trieb. Aber Dollinger hatte es nicht auf winkende Zweige abgesehen, sondern auf eine mögliche Bewegung im Unterholz. Der Wald verweigerte ihm jedoch jegliche Auskunft und stand da, als wäre nichts geschehen. Schnell gab er auf und wandte sich seiner Frau zu.

»Kannst du aufstehen?«

»Das werde ich gleich wissen«, antwortete Karin und stemmte sich gegen die Schwerkraft. Auch ihre Jeans hatte ein Loch. Aber sie standen und konnten Arme und Beine bewegen, wenn auch unter Schmerzen.

»Schwein gehabt«, stöhnte Dollinger und klopfte Erde und Holz von Kopf und Schultern.

»Ja, das war nah dran«, stimmte ihm Karin zu und fuhr sich mit der Hand vorsichtig über den Kopf. »Au!«

»Aber eines wissen wir jetzt.«

»Nämlich was …?«, fragte Karin und besah sich mit verzerrten Mundwinkeln das Blut an ihren Fingern.

»Dass unser Detektivspiel doch gefährlicher ist, als wir angenommen haben.«

»Das habe ich von Anfang an geahnt«, sagte Karin. »Wer einen Menschen in einem Maischefass ertränkt, der schreckt vor nichts zurück. Das mit dem Radieschen war ernst gemeint. Vielleicht haben wir doch die falsche Angst?«

»Die falsche Angst?«

»Ja, die falsche Angst. Wir haben uns etwas vorgemacht.«

»Und Alfons hat die richtige?«

»Komm, wir müssen zum Arzt«, beendete Karin die Diskussion. »Wir gehen unten entlang und nicht durch den Wald. Da stehen mir zu viel Bäume.«

Humpelnd und blutend verließen die Dollingers den Waldrand und kehrten am Ufer der Aisch ins Dorf zurück.

»Was sollen wir sagen, falls wir jemanden treffen? Was sollen wir dem Arzt sagen?«, überlegte Karin, als das erste Haus in Sicht kam und aus dem schmale Pfad ein breiter Weg und schließlich eine asphaltierte Straße wurde.

»Was hältst du von einem Unfall, von einem Sturz? Den Mordversuch nimmt uns sowieso niemand ab. Wir können nichts beweisen.«

»Und wenn wir doch den Schwerdtfeger anrufen?«

»Der glaubt uns auch nicht«, murrte Dollinger. »Und selbst wenn er uns glaubt, was sollen seine Spurensicherer im Wald finden? Schuhabdrücke auf der geschälten Rinde? Fingerabdrücke auf einem der Stämme?«

»Wie hat er das überhaupt angestellt? Er konnte doch nicht wissen, welchen Weg wir nehmen?«

»Er muss uns gefolgt sein. Oder er ist zufällig auf uns gestoßen. Dann hat er die Stämme gesehen. Vielleicht hat er sie sogar als Deckung benutzt. Die Idee muss ihm spontan gekommen sein. Bestimmt waren die Stämme nicht richtig gesichert. Ich wette, dass ein Fußtritt ausgereicht hat, sie auf den Weg zu bringen.«

Ein Auto näherte sich von hinten und hielt neben ihnen. Es war das weiße Cabrio von Monika Dietlein, die regelrecht von ihrem Sitz aufsprang und erschrocken auf sie zutippelte.

»Karin! Walter! Um Gottes willen! Was ist euch denn passiert?«

»Wir sind gestürzt. Oben im Wald. Von einem der Felsen am Bach«, log Karin, die mit der rechten Hand ein Taschentuch auf den Kopf drückte. »Sieht schlimmer aus, als es ist.«

»Wir müssen aber trotzdem zu einem Arzt«, fügte Dollinger hinzu.

»Steigt ein! Ich fahre euch!«

»Aber das Blut«, gab Dollinger zu bedenken und wies mit der Hand auf die weißen Sitze.

»Kein Problem«, sagte Dietlein aufgeregt, aber entschlossen, öffnete den kleinen Kofferraum ihres Cabrios, warf mit der Hand ein Paar Wanderschuhe zur Seite und zog eine Decke heraus, die sie kurz abklopfte und auf die schmale Rückbank legte. Für den Vordersitz opferte sie ihre Jacke.

»Los jetzt!«

Dollinger quälte sich auf den Rücksitz, während seine Frau vorne einstieg. Dietlein zögerte keine Sekunde und startete mit quietschenden Reifen. Dreck aus den Reifenprofilen prasselte in die Kotflügel. Erst auf der Hauptstraße verschwand das Geräusch. Grußlos fuhr Dollingers Chauffeurin am alten Sachtler vorbei, der vor seinem Wirtshaus stand und verwundert seine erhobene Hand sinken ließ. Ihr Ziel war die Notaufnahme der Klinik in Höchstadt.

»Also. Wie ist das passiert?«

Während Karin mit wenigen Worten eine halbwegs plausible Münchhausengeschichte entwarf, tauchte in Dollingers Kopf unvermittelt die Frage auf, von wo Monika Dietlein eigentlich gekommen war. Der Habichtsweg führte zu keinem Dorf, zu keinem Hof. Er löste sich auf, bevor er Tragelfürth erreichte, verwandelte sich nach und nach in zwei Feld- und zwei Waldwege. Einen davon hatten sie benutzt, am Ufer der Aisch entlang. Also musste Monika sich ihnen auf einem der drei anderen genähert haben. Eine weitere Möglichkeit gab es nicht.

Dollinger betrachtete ihr Haar, das permanent vom Fahrtwind umfrisiert wurde. Unwillkürlich begannen seine Augen nach Rindenbröseln und Fichtennadeln zu fahnden, blieben aber erfolglos.

»Blödsinn!«, dachte er laut und schüttelte den Kopf.

»Was hast du gesagt?«, fragte Karin.

»Nichts. Alles okay.«

Auf dem Parkplatz hinter der Klinik warf er einen kurzen Blick auf die Reifen. An den Wänden klebte Dreck. Es war nicht viel, nur ein paar Spritzer, die der schnellen Fahrt widerstanden hatten, aber sie waren da. Auch der hintere Kotflügel hatte etwas abbekommen.

Dietlein tippelte auf makellosen, weißen Pumps voran und lotste sie in die Notaufnahme, wo bereits vier Patienten warteten, von denen einer ein schmerzverzerrtes Gesicht machte und nicht wusste, wie er sitzen sollte. Eine freundliche Schwester kam und eröffnete das Ritual mit der Frage nach der Krankenkasse und dem entsprechenden Plastikkärtchen. Als sie dies nicht vorzeigen konnte, wurde ihr Ton ernster.

»Wir haben vor dem Unfall nicht daran gedacht«, entschuldigte sich Karin. »Beim nächsten Mal sind wir aber besser vorbereitet.«

»Kommt ihr klar? Ich muss noch ein paar Sachen einkaufen«, sagte Dietlein. »In einer Stunde bin ich zurück. Vielleicht seid ihr dann schon fertig. Ich könnt mich aber auch jederzeit auf dem Handy anrufen.«

»Danke!«, lächelte Karin, während Dollinger nickte. Schnell entfernten sich die Tippelschritte.

»Geht's dir nicht gut?«, fragte ihn Karin.

»Doch. Eigentlich sogar sehr gut. Ich glaube, mein Bein hat gar nicht so viel abbekommen.«

»Ich kenne doch dein Gesicht. Also, was ist los?«

»Wie gut kennst du eigentlich die Monika?«

»Hm. Gut genug, um zu wissen, dass sie okay ist. Sie ist ein schriller Vogel, eine Tratsche, ein Lästermaul, zugegeben. Aber sie ist auch zuverlässig. Wenn du sie brauchst, ist sie da. Das hast du doch gerade gesehen. Wieso fragt du eigentlich?«

»Als sie uns aufgelesen hat, kam sie aus dem Wald«, antwortete Dollinger.

16

Die Spatzen stritten sich, das Summen der Bienen kündete von ihrem Fleiß, der Wind verfing sich nur ab und zu in den Blättern des alten Apfelbaums, der für Schatten über dem Liegestuhl sorgte.

Dollinger hatte es sich bequem gemacht, hatte sein Bein ausgestreckt, auf dem ein langes Pflaster klebte. Sein Knie war kaum größer als sonst, dafür aber blaugrün verfärbt. Der Arzt im Krankenhaus hatte von großem Glück gesprochen, nachdem er die Röntgenbilder betrachtet hatte. Sein Bein würde also bald wieder in seinen ursprünglichen Zustand zurückkehren und die donnernden Stämme vergessen. Für seinen Kopf war dies nicht möglich. Immer wieder sah er das Bild vor sich, sah er den entfesselten Wald auf sich und seine Frau zukommen. Nach der Behandlung in der Notaufnahme hatte er noch gedacht, den Anschlag schnell wegstecken zu können. Aber er hatte sich geirrt.

Karin tat sich leichter. Sie hatte den möglichen Tod nicht kommen sehen. Wahrscheinlich war das der Grund für ihre Ausgeglichenheit. Sie war, wortwörtlich, mit dem Schrecken, mit der Erschrecken davongekommen.

Eigentlich hatte sich Dollinger vorgenommen gehabt, den

Schauplatz genau anzusehen. Aber er hatte bislang darauf verzichtet. Außerdem hatte der Besitzer der Stämme inzwischen aufgeräumt. Der *Fränkischen Landeszeitung* war der Vorfall immerhin acht Zeilen wert gewesen. Die Stämme hätten sich, unzureichend gesichert, von selbst auf den Weg begeben. Glücklicherweise sei niemand verletzt worden.

»Grüß Gott, Herr Dollinger. Wie geht es dem Bein?«

»Jeden Tag besser«, antwortete Dollinger und drehte sich nach rechts, um seinen Nachbarn sehen zu können.

»Das freut mich. Als Kind ist mir das auch schon passiert. Wir haben nämlich gerne im Wald gespielt, Cowboy und Indianer. Ich habe den Halt verloren und bin einen der Felsen hinuntergefallen. Mein Knie sah böse aus. Und zusätzlich habe ich von meinem Vater noch eine gelangt bekommen. Tja, wir hatten eine ganz andere Kindheit als die heutige Jugend.«

»Damit könnten Sie recht haben«, nickte Dollinger, der gänzlich ohne Schläge aufgewachsen war.

»Was machen Ihre Ermittlungen? Haben Sie schon einen Verdacht?«

»Leider noch keinen.«

»Kümmern Sie sich noch um den Garten? Ich meine, um den von Kunrath?«

»Nein. Das hat inzwischen die Polizei übernommen.«

»Na, dann sieht der ja bald so aus wie Ihrer«, lachte Prechtel.

»Das wäre allerdings wirklich ein Grund zur Freude«, konterte Dollinger.

Sein Nachbar überhörte seine Bemerkung und thematisierte einen anderen Aspekt.

»Was ist eigentlich mit der Erbin. Dieser amerikanischen Schwester?«

»Ich dachte, Sie kennen sie?«

»Johanns Schwester? Nein, nein, die hab ich nie gesehen. Die ist gleich nach der Schule in die USA. Ich hab sogar ihren Namen vergessen.«

»Helga«, wusste Dollinger inzwischen. »Helga Johnson. Aber wann sie hier eintrifft, ist noch offen. Ihr wurde die Gallenblase entfernt. Es gab jedoch Komplikationen.«

»Sie kommt aber?«, fragte Prechtel und lehnte sich dabei über seine Hecke. »Oder? Sie kommt.«

»Ja, sie kommt«, antwortete Dollinger langsam und verwundert. »Das hat mir Axel Baumeister gestern bestätigt.«

»Und sie erbt wirklich das Haus?«

»Das wiederum kann ich Ihnen nicht sagen, denn ich kenne das Testament nicht, niemand kennt das Testament. Ich weiß nur, dass es eines gibt. Als Erbin kommt ja auch noch Erika infrage.«

»Ja, ja, schon klar«, brummte Prechtel und versenkte seinen Blick für einen Moment in die Hecke.

»Sofern sie noch lebt. Aber das werden wir erfahren, wenn es so weit ist. Ich konnte sie jedenfalls nicht ausfindig machen.«

»Ja, ja«, brummte Prechtel erneut und vertraute sich dabei mehr seiner Hecke als Dollingers Blick an.

»Haben Sie mal über das Foto nachgedacht?«, ergriff Dollinger die Gelegenheit. »Das Foto, das ich Ihnen gezeigt habe?«

Sein Nachbar hob den Kopf aus der Hecke und sah ihn an.

»Ach ja, dieses alte Foto. Von Johann und Erika.«

»Genau das. Sind Sie immer noch sicher, nicht auch auf dem Foto zu sein? Wenn ich mir das unter der Lupe ansehe, dann …«

»Ganz sicher. Ich weiß nicht, wer der Typ ist. Aber ich bin es bestimmt nicht«, frotzelte Prechtel und verschwand in seinem Garten. Zurück blieb die von ihm fast täglich in Form gehaltene Hecke, die nun eine kleine Delle besaß. Eine Delle, die einem oberflächlichen Betrachter wahrscheinlich entgangen wäre. Nicht aber Dollinger.

Entgangen war ihm dafür seine Frau, die plötzlich neben ihm erschien.

»Was war das denn?«

»Hast du etwa gelauscht?«

»Natürlich. Das kann ich mir doch nicht entgehen lassen. Der hat doch eine Leiche im Keller. Oder?«

»Ja. Aber welche. Es muss etwas mit diesem Foto zu tun haben«, sagte Dollinger leise. »Und mit Erika Kunrath.«

»Der Mann auf dem Foto ist auf jeden Fall Friedrich Prechtel. Wie er leibt und lebt.«

»Hast du den Krautwurst erreicht?«

»Ja! Deshalb habe ich mich in den Garten geschlichen«, prahlte Karin, der man die mit drei Stichen genähte Verletzung nicht ansah. Geschickt hatte sie ihre Frisur abgeändert, sodass die Haare die Naht verdeckten. »Es hat ein bisschen gedauert. Aber ich konnte ihn überreden.«

»Ich wusste, dass du es schaffst.«

»Weil ich eine Frau bin«, triumphierte seine Frau.

»Deswegen habe ich ja dich auf ihn angesetzt«, freute sich Dollinger, der vergeblich mit dem Verwaltungsangestellten telefoniert hatte.

»Morgen. In seinem Büro im Landratsamt. In seiner Mittagspause.«

»Perfekt. Vielleicht ist er bei dir ja gesprächiger.«

»Wollen wir wetten?«

»Lieber nicht«, lachte Dollinger.

»Und lass mich mit ihm reden. Halte einfach deinen Mund und bleib im Hintergrund«, sagte Karin.

»Natürlich. Selbstverständlich. Klare Sache.«

»Vergiss es aber nicht!«

Dollinger vergaß die Bitte seiner Frau nicht. Und selbst wenn, sie wiederum vergaß nicht, ihn daran zu erinnern. Er wiederum erinnerte sie an etwas anderes, während sie sich am nächsten Morgen Neustadt an der Aisch näherten.

»Du bist doch krankgeschrieben? Sind dir in diesem Zustand eigentlich private Ermittlungsarbeiten erlaubt?«

»Mir ist nichts Gegenteiliges bekannt«, antwortete sie mit einer übertriebenen Unschuldsmiene. »Folglich ist es auch erlaubt.«

»Wir könnten ja auf dem Landratsamt nachfragen.«

»Könnten wir. Wollen wir aber nicht.«

»Dann ist die Sache für mich erledigt.«

»Für mich auch. Hast du das Foto?«

»Hab ich«, antwortete Dollinger. »Das habe ich dir schon vorhin gesagt.«

»Aber ich habe eins auf den Kopf bekommen«, hielt sie ihm entgegen. »Vergiss das bitte nicht. Da darf man zweimal fragen.«

»Also kein Alzheimer.«

»Wie war das Wort? Mannheimer? Herbolzheimer? Geröllheimer?«

Dollinger lachte und steuerte noch weitere Kalauer bei, deren Niveau ihm egal war. Ein paar Baumstämme hatten seine Maßstäbe verschoben. Sie saßen im Auto und lachten. Ihre Verletzungen waren nicht von Bedeutung. Platzwunden verheilten. Seine lachende Frau neben ihm ließ selbst lang gehegte Wünsche und langlebige Sorgen in den Hintergrund treten. Natürlich war es eine Binsenweisheit, eine triviale Erkenntnis, dass bestimmte Erlebnisse die Fähigkeit schärften, Wichtiges von Unwichtigem wieder besser oder überhaupt wieder trennen zu können. Doch deshalb war die Binsenweisheit nicht falsch.

Karin lachte. Karin machte Witze.

Ihr Mann beobachtete sie dabei, lachte mit ihr, vergaß den Anlass der Fahrt.

Sein Glücksgefühl währte nicht lange.

Es endete abrupt, als sie auf dem Parkplatz des Landratsamtes eintrafen und vor dem Eingang ein Polizeifahrzeug vorfanden.

»Krautwurst«, hauchte Karin, während ihre Heiterkeit erstarb. Dabei hätte es eine Vielzahl anderer Möglichkeiten gegeben.

Sie suchten sich einen Parkplatz und gingen zu Krautwursts Büro. Eine Nummer zogen sie nicht. Hinter einer Glastür sprachen zwei Polizisten mit mehreren Angestellten. Ihre Mienen waren ernst. Die beiden Kolleginnen von Krautwurst, deren Namen Dollinger vergessen hatte, kauerten vor ihren Schreibtischen, schnäuzten sich, wischten sich Tränen aus den Gesichtern, trösteten sich. Unschlüssig warteten in einer Ecke einige Besucher mit Papieren und Akten in ihren Händen und tuschelten leise.

Dollinger zögerte nicht, ging auf die beiden Frauen zu und fragte: »Was ist passiert?«

»Wilhelm Krautwurt hatte einen Unfall. Er ist tot«, schluchzte die Ältere.

»Ich hab's gewusst«, raunte Karin.

»Einen Unfall?«, hakte Dollinger nach.

»Er ist nicht zur Arbeit gekommen. Wir haben angerufen, ihn aber nicht erreicht. Dann kam die Polizei. Seine Frau hat ihn gefunden. Im Keller. Er ist die Treppe hinuntergefallen.«

»Sie waren doch vor ein paar Tagen bei ihm?«, bemerkte die Jüngere.

»Ja. Krautwurst wollte mir helfen, einen Nachruf für Johann Kunrath zu verfassen.«

»Den Ermordeten?«, fragte sie.

»Trotz aller Trauer, könnten Sie mal auf seinem Schreibtisch nachsehen? Er hatte uns extra hergebeten. Vielleicht hat er etwas für uns hinterlassen. Einen Umschlag. Mein Name ist Dollinger.«

Mit geröteten Augen stand die Jüngere auf und schlich zum Nachbarschreibtisch. So klein die Chance auch war, Dollinger wollte sie nicht verpassen. Die Frau sah die Akten auf der Arbeitsfläche durch und öffnete dann kurz die Schubläden.

»Tut mir leid«, sagte sie schließlich.

»Ist schon in Ordnung. Es hätte ja sein können. Danke.«

Wortlos kehrten die Dollingers zurück zum Auto, setzten sich, sahen sich an.

»Glaubst du das? Das mit dem Unfall?«, sinnierte Karin, ohne die Frage ernsthaft zu stellen.

»Nein«, antwortete Dollinger nüchtern. »Natürlich kann man das nicht völlig ausschließen. Unfälle passieren. Vor allem im Haushalt. Aber ich glaube es nicht. Kunraths bester Freund. Auch wenn er es geleugnet hat. Da hat jemand nachgeholfen.«

»Aber was könnte er gewusst haben?«

Dollinger blieb die Antwort schuldig.

»Was machen wir jetzt? Sollen wir einfach mal zu ihm fahren?«

»Genau das machen wir«, sagte er und startete den Motor. »Er wohnt im Mühlgründlein.«

»Wohnte.«

»Ja, wohnte.«

Die Fahrt dauerte nur ein paar Minuten, dann standen sie vor dem Nachbarhaus des Toten. Auch hier stießen sie auf ein Polizeifahrzeug. Die Haustür des Einfamilienhauses war geöffnet. Ein Mann in Zivil erschien und ging zu einem ebenfalls zivilen Wagen, kehrte aber umgehend wieder zum Haus zurück.

»Die sind noch nicht fertig«, stellte Karin erstaunt fest. »Ob sie ihn schon abgeholt haben?«

»Ich denke schon. Sonst würde hier noch ein Rettungswagen stehen. Nein, die gehen auf Nummer sicher. Schließlich muss jeder unnatürliche Todesfall untersucht werden.«

»Das hört sich ganz nach Krimihalbwissen an.«

»Ist es ja auch. Stimmt aber trotzdem. Die wollen feststellen, ob es wirklich ein Unfall war«, versicherte Dollinger und ließ die Tür nicht aus den Augen. Wieder erschien ein Mann in Zivil, verschwand aber gleich wieder. Dafür tauchte ein rundlicher Uniformierter auf, marschierte schwerfällig zum Einsatzfahrzeug, um eine Tasche zu holen.

»Da geht es ja zu wie im Bienenstock«, wunderte sich Karin.

»Ja, das können wir vergessen.«

»Hast du allen Ernstes gedacht, du kannst da jetzt rein? Zu seiner Frau?«

»Ich weiß nicht. Ja, doch. Ich habe mit dem Gedanken gespielt«, gestand Dollinger. »Außerdem wüsste ich gerne, zu welchem Ergebnis sie kommen.«

»Da. Sie fahren«, sagte Karin. »Und sie nehmen seine Frau mit.«

Ein Beamter in Zivil führte eine Frau zum Wagen, bei der es sich nur um die Witwe handeln konnte. Sie lief gebückt und hielt ein Taschentuch in der einen, eine klobige schwarze

Handtasche in der anderen Hand. Kurz darauf fuhren die Autos langsam davon.

»Schade«, ärgerte sich Dollinger.

»Die hätten dir sowieso nichts gesagt. Aber vielleicht das Haus.«

»Das Haus?«

»Ja. Los, komm schon.«

Karin stieg aus, schloss die Tür und wartete, bis ihr Mann neben ihr stand.

»Was hast du vor?«

»Frau Krautwurst einen Kondolenzbesuch abstatten.«

»Aber die ist doch gerade …«

»Also manchmal hast du wirklich eine lange Leitung«, rollte sie mit den Augen. »Genau das ist doch der Witz an der Sache. Komm jetzt.«

Dollinger hatte tatsächlich noch keine Vorstellung von ihrem Plan.

»Was immer du vorhast, denk an die Nachbarn.«

»Die Nachbarn. Die sehen nichts weiter als zwei Menschen, die Frau Krautwurst besuchen wollen. Und es werden nicht die Einzigen im Laufe des Tages sein. Jetzt komm endlich!«

Dollinger sah sich kurz um und wählte eine mittlere Geschwindigkeit.

»Nicht so schnell. Wir haben Zeit und wir kennen die Familie«, instruierte ihn seine Frau. »Deshalb können wir auch in den Garten, falls niemand öffnet. Und es wird niemand öffnen.«

Karin ging voraus und drückte auf den Klingelknopf. Eine Glocke ertönte, die den Klang von Big Ben knapp verfehlte. Sie ließen ein paar Sekunden verstreichen, klingelten erneut, besprachen sich kurz und gingen auf einem schmalen Fußweg in den Garten.

»Ach du dickes Ei!«, staunte Dollinger, als sie die Rückfront des kleinen Hauses erreichten. »Wenn das der Johann gesehen hätte.«

»Vielleicht hat er es ja gesehen«, meinte Karin.

»Aber wie hat er den Anblick überlebt?«

Die Dollingers betraten einen völlig verwilderten Garten. Hier hatte nur die Natur das Sagen, hatten robuste Pflanzen die Macht übernommen und die meisten Gartenpflanzen verdrängt. Der Rasen war seit Wochen nicht gemäht worden, falls überhaupt schon in diesem Jahr, denn Disteln und Königskerzen triumphierten über Halme und Rispen, Breitwegerich hatte sich breitgemacht, Löwenzahnrosetten unterdrückten weniger aggressives Grün. Dollinger überquerte die Wildnis und versuchte, mögliche Beete ausfindig zu machen, die er auch fand. Statt Kohl, Erdbeeren oder Bohnen wuchsen hier längst Klee, Disteln und Gundermann.

»Der Prechtel denkt, unser Garten sei nicht gepflegt«, schüttelte Dollinger den Kopf. »Wenn er das hier sehen würde, wüsste er, wie viel wir in unseren Garten investieren.«

»Wie ist das nur möglich? Zumindest den Rasen hätten sie ja ab und zu mähen können«, fragte sich Karin, die sich auf der Terrasse umsah. »Die Steine sind fast unter Unkraut verschwunden. Auch der Grill ist hin. Total verrostet. Gartenmöbel sind auch keine da. Merkwürdig. Fast unheimlich. Von hinten sieht das Haus aus, als wäre es schon seit Jahren unbewohnt.«

»Giftiges haben sie jedenfalls genug. Goldregen, Eisenhut, Oleander, Pfaffenhütchen, Nachtschatten. Alles, was man so braucht.«

»Und ein Radieschen«, ergänzte Karin auf den Resten der Terrasse.

17

Dollinger, bereits auf dem Rückweg durch das hohe Gras, brauchte nur Sekunden. Neben dem verrosteten Grill, in dem es sich ein Holundersämling bequem gemacht hatte, stand ein alter, umgedrehter Blumenkübel aus schwarzem Kunststoff, auf dem ein einsames, großes Radieschen ohne Grün lag. Dollinger griff sofort zu.

»Es ist noch sehr fest«, sagte er und reichte es seiner Frau.

»Ich glaube aber nicht, dass es von heute ist. Wahrscheinlich von gestern. Aber älter ist es nicht. Ob er es überhaupt bemerkt hat? Die scheinen ihren Garten ja schon lange nicht mehr betreten zu haben.«

»Eine gute Frage« grübelte Dollinger. »Ich glaube nicht. Sie hätten es kaum liegen gelassen.«

»Es stammt nicht aus dem Garten. Der Mörder muss es mitgebracht haben.«

»Er hat demnach gewusst, dass in diesem Garten keine Radieschen zu finden sind.«

»Ob die Polizei es gesehen hat?«, dachte Karin laut.

»Selbst wenn, warum hätten sie ihm Beachtung schenken sollen? Was hat ein Radieschen auf der Terrasse mit dem vermuteten Unfalltod von Krautwurst zu tun?«

Karin legte das Radieschen zurück, wandte sich der Terrassentür zu und zog schließlich am Griff.

»Du willst doch nicht wirklich …?«, sagte Dollinger und sah sich um. Von den Nachbarhäusern war fast nichts zu sehen. Rechts schielte ein Giebel in den Garten, links ein Dachfenster, hinter dem ein gelbes Rollo das Sonnenlicht fernhielt. Niemand schien sie zu beobachten.

»Es ist zu.«

»Es ist offen«, erwiderte Karin und zog die Tür zur Seite. »Die hat sie in der Aufregung vergessen.«

»Und genau darauf hattest du gehofft. Schon im Auto.«

»Genau«, lächelte Karin überlegen.

»Aber wir können hier nicht reingehen. Das ist Hausfriedensbruch, das ist ein Einbruch.«

»Das ist eine Gelegenheit. Außerdem sind wir gekommen, um Frau Krautwurst unser Beileid auszusprechen. Immerhin bist du mit ihm bekannt gewesen. Wollte er dir nicht bei dem Nachruf helfen? Na, also.«

Karin hatte ihn nicht überzeugt, sondern überrumpelt. Während er noch versuchte, sie aufzuhalten, stand er bereits im Wohnzimmer.

»Wir sollten wieder gehen.«

»Sollten wir auch. Sobald wir uns umgesehen haben. Aber fass bloß nichts an.«

Das Wohnzimmer war kleiner, als es von außen den Anschein gehabt hatte. Knappe 25 Quadratmeter, die bescheiden eingerichtet waren. Eine Couch, ein Sessel, ein Tisch, ein Schrank, ein Fernseher. Das war fast alles.

»Ein altes Röhrengerät«, bemerkte Karin. »Von Grundig. Eigentlich schon ein Museumsstück.«

»Genau wie das Bild«, stellte Dollinger fest und wies auf

eine Reproduktion von Jean-François Millets *Die Ährenleserinnen*, das über der Couch hing.

»Ist es ja auch. Musée d'Orsay. Das war mal sehr beliebt in Deutschland. Ein Klassiker, wenn man so will.«

»Die Möbel sind auch Klassiker. Ich wette, die findest du in einem Quelle-Katalog von neunzehnachtundachtzig.«

»Merkwürdig«, meinte Karin. »Der Garten nicht gemacht. Betagtes Mobiliar. So schlecht kann der doch gar nicht verdient haben? Und seine Frau?«

»Ich habe keine Ahnung. Ich weiß nur, dass wir hier schnell wieder verschwinden sollten. Ich will mich nicht schon wieder auf einem Dachboden verstecken.«

»Keine Sorge, wir gehen in den Keller«, antwortete Karin und öffnete die Tür zum Flur. Die geöffnete Kellertür fanden sie gegenüber der Haustür.

»Die haben sie auch vergessen«, kommentierte Dollinger. »Warum die Polizei sie überhaupt mitgenommen hat?«

Karin schaltete das Licht ein, das eine graue Treppe aus Beton filmreif in Szene setzte, die auf einem ebenfalls grauen Betonboden endete. Fast enttäuscht blickten sie in den Abgrund, der nichts zu bieten hatte. Langsam stiegen sie hinunter, wobei sie das Geländer mieden, um keine Fingerabdrücke zu hinterlassen.

»Keine Spur von dem Sturz«, wunderte sich Dollinger.

»Was hast du erwartet? Eine Kreideleiche? Kleine Schilder mit Nummern drauf?«

»Blut«, flüsterte Dollinger und lenkte den Blick seiner Frau auf die vorletzte Treppenstufe. An der Setzstufe, dem vertikalen Teil, war ein dünnes, dunkles Rinnsal zu erkennen. Auf dem Boden stießen sie auf zwei weitere Flecken, die sie ebenfalls als Blut ansahen.

»Sicher?«

»Ziemlich«, antwortete Dollinger. »Er ist die Treppe runter und hat sich unterwegs oder hier unten das Genick gebrochen. Größere Verletzungen hat er sich jedenfalls nicht zugezogen. Dann müsste hier mehr Blut sein. Nein, es war eine kleine, um nicht zu sagen harmlose Verletzung.«

Sie sahen sich noch kurz im Keller um, der mit Gerümpel vollgestellt war. Dann gingen sie wieder nach oben, nicht ohne jede Stufe genau unter die Lupe zu nehmen.

»Hier. Das könnte noch etwas sein«, meinte Karin auf halbem Weg und bei schlechtem Licht. »Sieht nach einem Stückchen Haut und ein paar Haaren aus.«

Oben angekommen, warfen sie einen letzten Blick zurück.

»Bestimmt kein Zufall«, dachte Dollinger laut. »Er kannte die Treppe, ist sie hundertmal gegangen. Und das Geländer ist ein dickes Stahlrohr.«

»Stürzen kann man trotzdem. Los, weiter.«

In der Küche hielten sie sich keine Minute auf, auch nicht im Schlafzimmer. Mit einem Taschentuch bewaffnet, öffnete Karin nur schnell die Schränke, während ihr Mann unter das Bett sah.

»Bescheiden.«

»Ärmlich.«

»Traurig, wenn du mich fragst.«

Neben dem Schlafzimmer befand sich ein winziges Arbeitszimmer. Dollinger vermutete einen zweckentfremdeten Abstellraum. Ein kleiner Schreibtisch, zwei Regale voller Aktenordner, ein gewöhnlicher Küchenstuhl, beigegraue Wände. Auf dem Schreibtisch stand ein neues Laptop.

»Fass bloß nichts an.«

Ihre Blicke eigneten sich den Raum an, vermaßen die Wände, die Regale, die Papiere auf dem Tisch.

»Der Ordner in der oberen Reihe«, flüsterte Karin.

»Was ist mit dem?«

»Er ist nicht mit den anderen bündig.«

»Du hast recht«, nickte Dollinger nach kurzer Inspektion. »Alles ist bürokratisch perfekt in Reih und Glied. Bis auf den einen.«

»Kannst du lesen, was auf dem Rücken steht?«

»Biberbach.«

»Vorsichtig!«

Mit dem Taschentuch in der Hand schob er seinen Zeigefinger in das Loch des Ordners und zog ihn ganz langsam heraus.

»Wenn jetzt einer kommt ...«

»Weiter!«

Gemeinsam legten sie den Ordner neben das Laptop auf den Tisch und öffneten den Deckel.

»Vergilbte Akten.«

»Kein Wunder. Siehst du? Neunzehnachtundsechzig.«

»Eine Art Exposé von einem Haus. Risszeichnungen. Lagepläne. Ein Finanzierungsangebot der Raiffeisenbank. Alles noch mit Schreibmaschine getippt«, stellte Karin blätternd fest. »Vielleicht wollten sie in Biberbach ein Haus kaufen?«

»Neunzehnachtundsechzig? Da waren das noch Kinder.«

»Oder die Eltern?«

Seite für Seite blätterten sie die Unterlagen durch, ohne den Grund für deren Archivierung nachvollziehen zu können. Folien mit Zeitungsausschnitten wechselten sich mit jahrzehntealten Matrizenkopien in der typischen violetten Farbe ab. Jahresabschlüsse. Vereinsprotokolle des TV Biberbach. Eine Todesanzeige. Der einzige gemeinsame Nenner war Biberbach. Auf die letzte Seite folgte ein gelochter hellbrauner Papierfetzen, der noch vom Klemmbügel festgehalten wurde.

»Das ist von einem großen Umschlag«, stellte Karin fest. »Aber warum wurde er herausgerissen?«

Dollinger versuchte sich am Bügel, doch der gab erst nach, als er seine Anstrengungen vervielfachte.

»Der hat nicht lange gefackelt«, meinte Karin. »Wenn es denn so war, wie ich mir das vorstelle.«

Dollinger las einige der Rückenbeschriftungen der anderen Ordner.

»Er hatte keine Zeit, die alle durchzusehen.«

»Genau wie wir.«

»Also hat er sich für den Biberbachordner entschieden und prompt etwas Passendes gefunden. Etwas, das in einem großen Umschlag steckte. C4 oder C5.«

»Wenn es denn so war«, wiederholte Dollinger ihre Worte, schloss den Ordner und stellte ihn wieder zurück. Was ihm jedoch misslang, da eines der Dokumente unten überstand und Widerstand leistete.

»Walter!«, entfuhr es noch seiner Frau, aber es war bereits zu spät. Der Ordner befreite sich aus seinem Taschentuchgriff, stürzte ihm entgegen, prallte an seinem Gesicht ab und landete polternd auf dem Schreibtisch, riss dort liegende Papiere mit sich in den Abgrund.

»So ein Mist!«, fluchte er und ging in die Knie.

»Nichts anfassen!«, mahnte Karin und folgte ihm in den Untergrund. »Nimm das Taschentuch!«

»Der Bügel ist hin«, stellte Dollinger fest. »Er schließt nicht mehr.«

»Macht nichts. Weiß ja niemand.«

Vierhändig rafften sie die Papiere und Dokumente zusammen und stopften sie in den Ordner, ohne auf die Reihenfolge zu achten, die sie ohnehin nicht mehr rekonstruieren konnten.

»Los! Rein damit!!

»Wie denn? Ich kann das nicht mit Taschentüchern an den Fingern!«

Karin griff sich den Ordner und spielte ihre feinmotorische Überlegenheit aus. Sie hatte es fast geschafft, als sie mitten in der Bewegung stoppte.

»Bloß das nicht.«

Ein Auto mit lautem Dieselmotor fuhr vorbei und parkte. Das Motorengeräusch erstarb.

»Was hab ich dir gesagt?«, meckerte Dollinger.

»Still!«, sagte Karin und lauschte. Die Geräusche, die von außen ins Haus drangen, waren nur schwer zu deuten.

»Jetzt lass doch mal das Papier!«, zischte sie.

»Das geht aber nicht.«

Der Motor wurde gestartet, der Wagen entfernte sich. Eine Weile harrten sie noch aus, dann setzten sie sich langsam wieder in Bewegung.

»Schwein gehabt«, sagte Dollinger und schloss den Bügel, so gut es ging. »Es wird nicht halten.«

»So etwas kann immer kaputtgehen«, erwiderte Karin, packte den Ordner mit beiden Händen und stellte ihn an seinen Platz. »Überlass mir die Sachen vom Schreibtisch. Schade. Für den Computer fehlen uns Handschuhe, Zeit und wahrscheinlich auch ein Password.«

»Ja. Sehr schade«, nickte Dollinger, richtete sich wieder auf und öffnete nacheinander die drei Schubladen des kleinen Schreibtisches, die aber nur frische Umschläge und Büromaterial enthielten. Auch die Unterseiten vergaß er nicht.

»Jetzt sieh dir das an!«, rief Karin plötzlich und hielt ihm ein Foto unter die Nase. »Erika Kunrath und Wilhelm Krautwurst.«

»Eine Ausschnittsvergrößerung von Monikas Foto«, raunte Dollinger. »Wo hast du das gefunden?«

»Es war zwischen den Papieren. Aber ich weiß nicht, ob es vom Schreibtisch gefallen ist oder aus dem Ordner stammt. Es könnte in einer der Folien gewesen sein. Für die Zeitungsausschnitte.«

Dollinger beugte sich über seine Frau hinweg, streckte den Arm aus und holte den Ordner zurück. Gezielt durchsuchte er die wenigen Folien.

»Du hast richtig getippt. Hier sind Fotos. Fünf Stück. Versteckt hinter Todesanzeigen.«

Karin kehrte aus dem Untergrund zurück und legte einen Stapel Papiere auf den Tisch.

»Erika Kunrath«, stellte Dollinger trocken fest. »Alles Ausschnittsvergrößerungen. Kein Datum auf der Rückseite. Aber alt sind die nicht. Die muss er erst kürzlich gemacht haben.«

»Dieses kleine Geheimnis ist dem Mörder wohl entgangen.«

»Oder er hat gar nicht danach gesucht, sondern nach dem fehlenden Umschlag.«

Dollinger nahm die Fotos, lieh sich aus einer der Schubläden einen Umschlag und steckte sie ein. »Die sind sowieso nur noch für uns von Nutzen. Und für seine Frau ist es besser, sie findet sie erst gar nicht.«

Mit größter Vorsicht bugsierten sie den sensiblen Ordner zurück ins Regal, machten hier und da noch eine Stichprobe, spürten aber immer intensiver das Adrenalin, das sie zum Aufbruch drängte.

»Gehen wir«, entschied Karin schließlich.

Ihre Blicke huschten noch schnell in die eine oder andere Ecke, dann standen sie auch schon wieder im Wohnzimmer und sondierten die Lage im Garten.

»Kein Nachbar in Sicht«, sagte Karin und öffnete die Terrassentür, deren lockerer Griff ihr erst jetzt auffiel. Zweimal schloss und öffnete sie die Tür, die nicht richtig einrastete.

»Die Tür schließt nicht. Frau Krautwurst hat nicht vergessen, die abzuschließen, sie lässt sich gar nicht abschließen.«

»Oder nicht mehr abschließen«, ergänzte Dollinger, bückte sich und näherte sich dem Schloss mit seiner Lesebrille. »Hier ist etwas verbogen oder herausgebrochen worden. Mit einem großen Schraubenzieher oder etwas Ähnlichem. Man kann den Griff bewegen, aber die Tür schließt nicht. So ist er also ins Haus gekommen.«

Sie zogen die Terrassentür hinter sich zu und gingen zurück zum Wagen, als wäre nichts passiert. Kein Nachbar stand an einem Zaun oder war hinter einem der Fenster auszumachen. Ohne jede Hektik spazierten sie zu ihrem Wagen.

»Siehst du, hat doch alles bestens geklappt«, lächelte Karin und stieg ein.

»Falls nicht doch jemand etwas gesehen hat.«

»Es fehlt ja nichts. Und der Einbruch? Das waren nicht wir.«

Sie wollten sich gerade anschnallen, als jemand an die Scheibe der Beifahrertür klopfte.

Der Schreck erwischte sie zur selben Zeit, ließ ihren Atem stocken, denn hinter der Scheibe bewegte sich der große Kopf von Hauptkommissar Schwerdtfeger.

Karin drückte den Knopf und versenkte die Scheibe

»Jetzt bin ich aber gespannt«, brummte Schwerdtfeger schlecht gelaunt.

»Grüß Gott, Herr Kommissar«, lächelte Karin mit den wenigen ihr zur Verfügung stehenden Möglichkeiten der Schauspielkunst. »Wir kennen uns noch nicht. Ich bin Karin Dollinger.«

»Hab ich mir gedacht. Was machen Sie hier?«

Dollinger verkroch sich hinter dem Lenkrad und kämpfte gegen die Röte, die er in seinem Gesicht spürte.

»Wir hatten eigentlich vor, Herrn Krautwurst zu besuchen«, antwortete Karin. »Wir schreiben einen Nachruf für den Gartenbauverein. Er wollte uns dabei helfen. Immerhin hat er den Johann gut gekannt.«

»So? Wollte er das? Das können Sie vergessen. Krautwurst ist tot. Ein Unfall.«

»Was?!«, erschien Dollinger auf der Bühne, noch nicht vollständig vom Schreck genesen, aber bereits wieder konzentriert. Er und seine Frau gaben, was sie konnten, legten alles in ihre Rollen, boten amateurhafte Mimik vom Feinsten.

»Tot? Das kann doch nicht sein? Ich habe gestern noch mit ihm telefoniert«, tat Karin überrascht und versuchte es mit einer Betroffenheitsmiene, wie sie von Politikern bekannt war.

»Das gibt es doch nicht!«, legte Dollinger nach, war aber mit seiner Leistung nicht ganz zufrieden.

»Kannten Sie ihn gut?«

»Überhaupt nicht«, antwortete Karin. »Ich habe gestern zum ersten Mal mit ihm gesprochen.«

»Um welche Uhrzeit?«

»So gegen achtzehn Uhr.«

»Sie oder Ihr Mann?«

»Ich. Denn ich mache bei uns die Termine.«

»Ein Unfall, sagten Sie?«, übernahm wieder Dollinger. »Was machen Sie dann hier?«

Schwerdtfeger ließ sich mit der Antwort Zeit und brummelte schließlich mürrisch: »Fahren Sie nach Hause, Herr Dollinger. Hier gibt es nichts für Sie zu gewinnen.«

Der Hauptkommissar erhob sich und stapfte zu einem

schwarzen BMW, der auf der gegenüberliegenden Straßenseite in einiger Entfernung parkte. Beim Wagen angekommen, wandte er sich um und warf ihnen einen demonstrativen Blick zu. Dollinger wollte ihn nicht enttäuschen, startete den Motor und fuhr los, vorbei an der regungslosen Miene des Hauptkommissars.

»Na, das ist vielleicht ein Typ«, wunderte sich Karin. »Jetzt weiß ich endlich, wie du dich gefühlt hast. Also der geht doch zum Lachen in den Kohlenkeller.«

»Er hat meine Frage nicht beantwortet«, stellte Dollinger nachdenklich fest.

18

»Axel ist hinten im Garten«, sagte Irmtraud Baumeister. »Du kennst ja den Weg.«

Natürlich kannte Dollinger den Weg. Aber er kannte auch Irmtraud, deren Begrüßung ungewöhnlich kühl ausgefallen war. Er hatte die Lehrerin noch nie schlecht gelaunt erlebt, vielmehr schien sie den Frohsinn gepachtet zu haben, sie liebte die Ironie und alles Hintergründige. Und sie liebte es, sich über ihren Mann lustig zu machen, der lange Zeit als Rektor der Grund- und Hauptschule Biberbach ihr Vorgesetzter gewesen war.

Der Espresso fehlte auch. Sobald man das Haus der Baumeisters betrat, hatte man normalerweise auch schon einen Espresso in der Hand. Dollinger verließ also Flur und Küche ohne das kleine obligatorische Tässchen.

Axel Baumeister, seit zwei Jahren Pensionär, kniete auf einem Stück Schaumstoff vor einem Beet und pflanzte Erdbeeren für die nächste Saison. Sein Garten war noch jung, das kleine Einfamilienhaus hatten die Baumeisters erst vor ein paar Jahren am Südrand von Biberbach gebaut. Mit unverbaubarem Blick. Das hatte ihnen der Bürgermeister zumindest erzählt.

»Vielleicht habe ich im nächsten Jahr mehr Glück«, sagte Baumeister und stand auf.

»Mögen dich die Erdbeeren nicht?«

»Das wäre eine Erklärung. Sonst bin ich zufrieden. Sieh dir mal die Bohnen an. Oder dahinten die Rote Bete. Alles wächst gut. Aber die Erdbeeren …«

»Nicht alles kann man beeinflussen«, versuchte Dollinger, den Vorsitzenden des Obst- und Gartenbauvereins zu trösten. »Bei mir ist es der Porree. Zu klein und zu fest. Da kann ich machen, was ich will. Ich hab ihn einfach rausgeschmissen und Mangold gesät. Der fühlt sich bestens bei uns.«

»Aber Irmi liebt nun mal Erdbeeren.«

»Dann komm nächstes Jahr zu uns. Wir haben genug.«

Baumeister, mit kahlem Kopf und unrasiert, mit einer dunklen Cordhose bekleidet, die von Hosenträgern gehalten wurde, sah ihn anders als sonst an. Sein Blick verriet, dass er nicht ganz bei der Sache, nicht bei den Erdbeeren war, sondern sich seine Gedanken an anderen Orten aufhielten. Er strich sich mit der Hand über die grauen Stoppel und stützte sich auf seinen Spaten.

»Danke. Darauf komme ich zurück.«

»Vergiss es nicht«, sagte Dollinger.

»Keine Sorge, ich bin noch nicht vergesslich.«

Der Ton missfiel Dollinger, ohne dass er genau hätte sagen können, warum. Es war nicht der gewohnte Tonfall. Wahrscheinlich hatte er einen schlechten Tag der Baumeisters erwischt.

»Wie kommst du voran?«, fragte der Pensionär.

»Ehrlich gesagt, tappe ich noch ziemlich im Dunkeln«, musste Dollinger zugeben. »Ich habe einfach nicht die Möglichkeiten, die die Polizei hat. Andererseits weiß ich auch einiges mehr als die Polizei.«

Baumeister reagierte nicht auf dieses Angebot, sondern konfrontierte ihn mit einer anderen Frage, die er nicht erwartet hatte.

»Und was ist, wenn du dich irrst? Wenn wir uns irren? Wenn dieser … dieser … Gumpel nun doch der Täter ist?«

»Er ist es nicht.«

»Bist du dir da so sicher?«

»Ganz sicher«, ließ Dollinger keinen Zweifel zu.

Der Rektor a. D., seinen Spaten fest im Griff, ließ ihn nicht aus den Augen, beobachtete ihn, befragte ihn stumm.

»Was ist los, Axel?«, widerstand Dollinger dem Lehrerblick. »Soll ich mich nicht mehr darum kümmern? Soll ich aufhören?«

In dem Lehrerblick glaubte er, ein Ja aufblitzen zu sehen, doch aus dem Mund des Vereinsvorsitzenden kam ein Nein, wenn auch ein zögerliches.

»Ich hätte so oder so weitergemacht«, gab ihm Dollinger unmissverständlich zu verstehen. »Es ist längst etwas Persönliches geworden. Ich kann jetzt nicht aufgeben. Dafür ist es inzwischen zu spät.«

Baumeister behielt ihn unter Beobachtung, behielt seinen fragenden, skeptischen Blick bei.

»Und du glaubst, du schaffst das?«

»Ja, das glaube ich. Ich kann dir nicht sagen, wie lange es dauern wird, aber ich erwische ihn.«

»Was sagst du zu Krautwurst?«

Für die Antwort ließ sich Dollinger Zeit. Auf keinen Fall wollte er seine Karten auf den Tisch legen.

»Tragisch. Da muss ich den Zeitungen zustimmen. Stolpert über die eigenen Füße und fällt die Kellertreppe hinunter.«

»Ich brauche dir ja nicht zu sagen, dass er Johanns Freund war.«

»Nein, das brauchst du nicht«, sagte Dollinger, nutzte die

Gelegenheit und holte Monikas Foto aus der Tasche. »Wenn wir schon bei Krautwurst sind, kennst du das zufällig?«

Baumeister ließ den Spaten los und nahm das Foto in seine kleinen und eher zarten Hände. Jetzt war es Dollinger, der genau beobachtete und auf die Reaktion des Pensionärs gespannt war. Er wurde nicht enttäuscht. Die Augen und die Mundwinkel verrieten ihm, dass Baumeister überrascht war.

»Nein, das Foto kenne ich nicht. Aber das ist der Johann, keine Frage. Und dieser Mann, das könnte der Fritz Prechtel sein. Die anderen Gesichter sagen mir nichts«, erklärte Baumeister, dem Dollinger anmerkte, dass er etwas verschwieg.

»Der dritte Mann, das ist Krautwurst. Zwischen ihm und Johann steht Erika, Johanns Frau«, half Dollinger nach.

»Ach ja, der war ja mal verheiratet. Das hätte ich fast vergessen. Stimmt. Ja, das ist seine Frau«, murmelte Baumeister, mit unbekannten Gedanken ringend. »Das ist die Erika. Aber die lebt schon lange nicht mehr hier. Die hab ich auch nie mehr hier gesehen. Die Erika.«

»Wer ist die andere Frau?«

Der Rektor a.D. befragte das Bild mit zusammengekniffenen Augen.

»Nie gesehen. Die kenn ich nicht. Wo hast du das Foto eigentlich her?«

»Ausgegraben«, erklärte Dollinger, der seine Informantin nicht preisgeben wollte, und nahm das Foto wieder an sich.

»Was hat das Foto mit dem Mord zu tun?«

»Ich bin mir ziemlich sicher, dass es der Schlüssel zum Motiv ist«, antwortete Dollinger und bemühte sich um ein passendes Pokerface, war aber wieder einmal mit seiner Leistung unzufrieden. Zum Schauspieler fehlte ihm einfach das Talent. Baumeister hatte er dennoch überzeugt.

»Und das nennst du im Dunkeln tappen?«

»Noch kenne ich das Motiv nicht. Vielleicht, wenn ich wüsste, wer die unbekannte Frau ist.«

»Niemand aus Biberbach«, sagte Baumeister.

»Ich werde es schon noch herausfinden. Sag mal, hast du eigentlich auch Radieschen in deinem Garten?«

»Radieschen?«, wiederholte der Pensionär erstaunt. »Wie kommst du denn jetzt darauf?«

»Die haben auch etwas mit dem Mord zu tun.«

Baumeister hob den rechten Arm und zeigte auf das letzte Beete vor einer Buchenhecke, hinter der Getreidefelder lagen.

»Du hast nicht zufällig ein Radieschen gefunden? Ohne Blätter? Auf deiner Wassertonne? Nein?«

Baumeister sah ihn irritiert an. So irritiert, dass Dollinger den Blick nicht zu deuten vermochte.

»Was ist denn das für eine Frage?«, wunderte sich der Pensionär. »Wer sollte mir denn ein Radieschen schenken?«

»Nichts. Nur ein blöder Witz«, rechtfertigte sich Dollinger. »Vergiss es. Ich muss jetzt los.«

»Das war alles? Weshalb bist du eigentlich gekommen?«

»Nur wegen des Fotos«, sagte Dollinger, reichte ihm die Hand und verließ den Garten, in dem sich ein konsternierter Vereinsvorsitzender an seinem Spaten festhielt. Dollinger aber war nicht unzufrieden, denn er war sich fast sicher, dass Axel alle Personen auf dem Foto kannte, vielleicht sogar das Foto selbst. Auch gefiel ihm die Unsicherheit, die seine Befragungen mitunter hinterließen. Sie brachten eine gewisse Dynamik in die Ermittlungen, sorgten für Unruhe und hielten auch den Mörder in Atem. Es war in gewisser Weise Dollingers Antwort auf die Radieschen. So sah er es zumindest und war in Gedanken schon bei seinem nächsten Zeugen.

An der Vordertür wartete bereits Irmtraud Baumeister auf ihn, kühl, distanziert und wortkarg wie bei der Begrüßung, auch diesmal ohne Espresso.

»Alles geklärt?«

»Selbstverständlich. Alles bestens«, lächelte Dollinger betont gelassen. »Der Axel hat mir sehr geholfen. Ich komme gut voran.«

Die zweite Konsternierte. Doch auch bei ihm stellte sich ein mulmiges Gefühl ein, denn für einen Augenblick, in dem Irmtraud der Verunsicherung anheimfiel, glaubte er, in ihrem Gesicht das der unbekannten Frau auf dem Foto zu erkennen. Im nächsten Augenblick war dieser spontane Eindruck auch schon wieder verflogen, war das vertraute Gesicht zurückgekehrt, wirkte die Assoziation fast absurd. Sie entließ ihn ohne den üblichen Auftrag, Grüße an Karin auszurichten. Er entschied sich für das längst bundesweit akzeptierte Tschüss.

Dollinger schwang sich auf sein Rad und wollte aus der Einfahrt fahren, als sich ihm ein ebenso großer wie breiter Mann in den Weg stellte.

»Ich muss Ihnen etwas zeigen, Dollinger. Lassen Sie Ihr Fahrrad stehen.«

Er überlegte kurz, ob er die Einladung ablehnen sollte, willigte dann aber doch ein. Der Hauptkommissar war alleine unterwegs, sodass Dollinger neben ihm Platz nehmen konnte.

»Wo geht es denn hin?«

»Abwarten«, antwortete Schwerdtfeger, der zwischen Rückenlehne und Lenkrad steckte wie ein Champagnerkorken in der Flasche. Dollinger hatte nur mit einem Auge beobachtet, wie er eingestiegen war, und war gespannt, wie später das Aussteigen ausfallen würde.

Zunächst sah es so aus, als würden sie nach Neustadt fahren. Doch Schwerdtfeger wählte lediglich einen anderen Weg, um zu Kunraths Haus zu gelangen. Erst hinter der Tankstelle bog er rechts ab in die Weißkopfstraße und parkte einfach vor dem Tor. Der Korkenknall blieb aus, der Hauptkommissar schlüpfte mühelos aus dem Flaschenhals.

»Kommen Sie, Dollinger!«

Dollinger folgte und spielte Gedankenspiele, die zu nichts führten.

Der Hauptkommissar stapfte auf dem Granitweg hinter das Haus und blieb vor der Hintertür stehen. Er fuhr seinen rechten Finger aus, der fast das durchtrennte Siegel berührte.

»Waren Sie das?«

»Definitiv nicht!«

»Sicher?«

»Absolut sicher! Wie kommen Sie eigentlich auf mich?«

»Blöde Frage. Weil wir Sie hier schon einmal erwischt haben. Und weil Sie hier herumschleichen. Also?«

»Ich war es trotzdem nicht. Wann ist es denn passiert?«

»Wenn ich das wüsste«, brummte Schwerdtfeger, der Dollinger entfernt an den englischen Schauspieler Sydney Greenstreet erinnerte. »Ich habe es vor einer guten Stunde entdeckt. Und gestern war keiner meiner Leute hier.«

»Sehen Sie mich nicht so an. Ich bin der falsche Mann. Was ist mit den anderen Siegeln?«

»Kommen Sie!«, sagte der Hauptkommissar und stapfte zur Scheune. Wie an der Hintertür bot ihm der Zeigefinger ein durchtrenntes Siegel dar. »Mit einem Messer. Meistens wird es einfach abgerissen. Aber er benutzt ein Messer.«

»Warum zeigen Sie mir das?«, fragte Dollinger, den die Ahnung beschlich, dass Schwerdtfeger ihn nicht wirklich verdächtigte.

»Weil Sie hier herumschleichen. Das habe ich Ihnen doch schon gesagt. Weil Sie überall herumschleichen. Oder denken Sie, ich weiß nicht, was in diesem Provinznest vor sich geht?«

Dollinger ließ sich nicht provozieren, denn er hatte sich längst auf einen Angriff dieser Art vorbereitet. Schwerdtfeger war kein neuer, kein unbekannter Geschäftspartner mehr, und auch nicht der erste unangenehme. An Sinjin Heard etwa reichte der Hauptkommissar noch lange nicht heran.

»Was geht denn in diesem Provinznest vor?«, konterte er.

Schwerdtfeger taxierte ihn, versuchte, seine Gedanken zu lesen. Der Nächste, dachte Dollinger, und erinnerte sich an Baumeister. Der Polizist holte tief Luft, nieste, schnäuzte sich und kehrte mit weicheren Gesichtszügen zu ihm zurück.

»Etwas sehr Finsteres. Das wissen Sie doch. Und es ist noch immer da.«

»Ich dachte, dieser Landstreicher ist ihr Täter?«

»Der Gumpel? Können Sie vergessen. Wir können ihm nichts nachweisen, und er war es auch nicht. Aber behalten Sie das für sich. Er wird noch für ein paar Tage unser Gast sein.«

»Warum sagen Sie mir das?«, fragte Dollinger erstaunt.

»Zum letzten Mal: Weil Sie hier überall herumschleichen und herumschnüffeln. Ich kann Ihnen das natürlich nicht verbieten. Was ich aber gerne täte. Sehr gerne sogar.«

Schwerdtfeger legte eine Pause ein, blickte kurz auf den Garten und in die Wolken.

»Sie riskieren viel, Dollinger. Wer Menschen misshandelt und in Maische ertränkt, meint es ernst.«

»Dessen bin ich mir durchaus bewusst.«

»Wirklich? Na, dann ist ja alles in Butter«, sagte der Hauptkommissar und öffnete das kleine Tor der Scheune. Der Raum war in Licht getaucht, da das Fenster nicht mehr abgedunkelt war.

»Das waren wir«, erklärte Schwerdtfeger und kam gleich zur Sache: »Was hat er gesucht? Sie kennen doch die Scheune. Also los. Schleichen Sie herum! Das tun Sie doch so gerne.«

Mit diesem Angebot hatte Dollinger zwar nicht gerechnet, nahm es aber an. Er vermied es trotzdem, irgendetwas zu berühren. Man konnte ja nie wissen.

Die Scheune sah unverändert aus. Die Gartengeräte hingen oder standen an ihren Plätzen. Die Maischefässer warteten auf die Destille, der kaputte Rasenmäher parkte noch immer rechts neben dem Tor. Auch den Maischefleck hatte niemand beseitigt.

»Was hat er hier gesucht?«, wiederholte Schwerdtfeger seine Frage. »Dass er etwas sucht, wissen Sie ja auch schon lange. Aber was? Das wissen Sie nicht, oder?«

»Leider nicht«, gab Dollinger zu. »Dann wäre der Fall ja wahrscheinlich gelöst.«

»Wäre er. Ist er aber nicht.«

Dollinger ging durch das Licht, erfasste jeden Gegenstand, zog Erinnerungen zurate, verglich sie mit dem, was er sah. Aber es führte zu nichts.

»Sehr beruhigend, dass Sie nicht schlauer sind als wir. Kommen Sie. Wir gehen ins Haus. Auch wenn es sinnlos ist.«

Schwerdtfeger hatte recht, denn das Chaos im Haus hatte sich noch gesteigert. Kaum etwas war noch an seinem Platz. Selbst in der Küche hatten suchende Hände und Augen alles umgepflügt und sogar Mehl- und Zuckerdosen ausgeleert. Keine Frage, hier hatte ein Verzweifelter gewütet, hatte seine Hoffnungen in das letzte nur denkbare Versteck investiert.

»Er, Sie, Gumpel und wir«, erklärte Schwerdtfeger. »Aber

er war gestern wieder hier. Wenn Sie mich nicht anlügen. Nach Fingerabdrücken brauchen wir gar nicht erst zu suchen. Der trägt Handschuhe und ist auch sonst vorsichtig. Nicht so ein Tollpatsch wie Sie. Also. Geben Sie mir einen Tipp, Sie Amateur. Was ist das Objekt seiner Begierde?«

19

»Nein, er weiß es wirklich nicht«, versicherte Dollinger seiner Frau. »Er weiß es ebenso wenig wie wir. Es ist etwas Existenzbedrohendes, hat er gemeint, nichts objektiv Wertvolles. Kein Geld, keine Diamanten.«

»Meint Schwerdtfeger.«

»Ja, das meint er. Und das klingt nicht verkehrt.«

Karin füllte die beiden Teetassen mit grünem Tee. Sie hatten sich in eine Ecke hinter ihrer Scheune zurückgezogen, die von Friedrich Prechtel nicht einsehbar war. Das Wetter war sommerlich, aber einem sinkenden Luftdruck unterworfen. Dunkle Wolken lauerten bereits hinter dem Garten des Nachbarn und fingerten ab und zu kühn und kühl über die Hecke.

»Also ein Datenträger«, analysierte Karin. »Eine Dokument, ein USB-Stick, ein Foto. Etwas, womit man jemanden erpressen kann.«

»Genau das vermutet auch unser Hauptkommissar.«

»Dein neuer Freund.«

»Ganz bestimmt nicht«, wehrte sich Dollinger. »Ich kann mir sein Verhalten noch immer nicht erklären.«

»Ein undurchsichtiger Typ, wenn du mich fragst. Das ist jemand, der seine Karten nicht auf den Tisch legt.«

»Genau wie wir«, grinste Dollinger.

»Du meinst unseren Besuch bei Krautwurst?«

Dollinger nickte. »Mit keinem Wort hat er ihn erwähnt.«

»Eben. Weil er seine Karten nicht auf den Tisch legt. Abgesehen von der Erpressung natürlich. Und der Erpresser war Johann.«

»Das glaubt zumindest Schwertfeger.«

»Der Mörder muss es ja wohl auch geglaubt haben«, warf sie ein.

»Es könnte aber auch Krautwurst gewesen sein. Oder beide zusammen.«

»Oder jemand von Monis Foto.«

»Das Schwerdtfeger nicht kennt«, freute sich Dollinger und kratzte sich am Bein. Der Schmerz war einem gelegentlichen Jucken gewichen.

»Oder jemand ganz anderes, den wir nicht kennen«, spottete Karin sanft. »Johann und sein Freund könnten nur Nebenfiguren gewesen sein.«

»Du hast es schon immer verstanden, mir Mut zu machen«, kommentierte Dollinger.

»Das ist eben wahre Liebe.«

»Was sonst.«

»Still«, hauchte Karin. »Die Hecke hat Ohren.«

Das Rascheln war nicht zu überhören. Prechtel konnte zwar die Ecke nicht einsehen, aber sie ohne Weiteres belauschen. Dazu musste er allerdings in die Büsche, was er jedoch nur ungern tat.

»Vielleicht nur ein Vogel?«

»Den Vogel kenne ich«, flüsterte Dollinger. »Und dessen Leiden auch. Morbus Curiositas. Dörfliche Neugier im Endstadium.«

»Wie gut, dass wir uns nicht angesteckt haben.«

»Das ist etwas anderes. Ist noch Tee da?«

Der grüne Tee reichte gerade noch für zwei nicht ganz volle Tassen. Die dunklen Wolken wurden mutiger, der leichte Wind frischer.

»Es könnte noch regnen«, prognostizierte Dollinger mit schallgedämpfter Stimme.

»Ich glaube, er ist weg«, meinte Karin mit ebenfalls reduzierter Lautstärke und fand den Anschluss an das eigentliche Thema. »Es geht also um Erpressung.«

»Das ist das bislang plausibelste Motiv.«

Karin lehnte sich zurück, trank einen Schluck Tee und betrachtete nachdenklich die heraufziehenden Wolken.

»Also sind wir wieder bei Krautwurst. Dem Erbsenzähler, dem Erbsen aufgefallen sind, mit denen etwas nicht stimmt. Der hat beim Landratsamt doch Zugang zu allen möglichen Daten und Dokumenten gehabt. Der hat etwas gefunden, mit dem man jemanden wunderbar erpressen kann. Geld konnte der bestimmt gebrauchen.«

»Und den Johann hat er mit ins Boot geholt. Weil er die Erpressung nicht allein durchziehen wollte. Oder weil er den Johann dafür gebraucht hat«, führte Dollinger das Szenario fort.

»Denk an die Fotos von Erika.«

»Und wenn der sich doch nur verguckt hat?«

»Das Foto. Übersehen wir da irgendetwas? Jeder erkennt den Prechtel. Er selbst aber leugnet es. Und wer ist diese unbekannte Frau?«, ärgerte sich Karin. »Nein, da fehlen noch ein paar Puzzleteile.«

»Die könnten im Tresor von Alfons liegen«, überlegte Dollinger.

»Ich dachte, Johann ist nicht gekommen und hat nichts einschließen lassen?«

»Aber vielleicht jemand anderes? Oder Alfons hat etwas vergessen, etwas übersehen? Etwas, was da schon länger liegt?«

»Und wie willst du da herankommen? Der lässt uns doch nicht seinen Tresor durchsuchen!«, erwiderte Karin.

»Bestimmt nicht. Und seine Frau schon gar nicht. Für die ist die Apotheke ein heiliger Ort, ein Tempel, in dem sie die Hohepriesterin ist. Nein, da kommen wir nicht rein. Nicht ohne Schusswaffen und Schneidbrenner.«

»Wir könnten doch etwas deponieren!«, schlug Karin spontan und mit leuchtenden Augen vor.

»Wenn Dagmar nicht in der Apotheke ist«, verstand Dollinger auf Anhieb und sah sich bereits in den alten Tresor greifen.

»Nicht so laut!«, ermahnte ihn Karin, der ein erneutes Rascheln hinter der Hecke nicht entgangen war.

»Jetzt reicht mir das aber!«, sprang Dollinger auf, sprintete an der Scheunenwand entlang und versuchte, die Hecke zu durchschauen. Was er sah, ließ ihn zusammenzucken, denn nur wenige Zentimeter von seiner Nase entfernt wähnte sich eine Amsel in akuter Lebensgefahr, krakeelte ihren Alarmruf und kämpfte sich flügelschlagend aus dem grünen Labyrinth aus Zweigen und Blättern.

»Ich hab doch gewusst, dass wir belauscht werden«, kommentierte Karin den Zwischenfall mit sanfter Ironie. »Nur nicht, von wem.«

Mit rotem Kopf kehrte Dollinger an den kleinen Tisch zurück, setzte sich aber nicht. »Ich glaube, wir sehen langsam Gespenster.«

»Wir haben es ja auch mit Gespenstern zu tun«, gab seine Frau zu bedenken. »Nur dass sie real sind. Sie teilen aber einige

Eigenschaften mit Gespenstern. Fast immer sind sie unsichtbar.«

»Ich glaube, ich gehe noch in den Garten«, sagte Dollinger, nun wieder mit normaler Gesichtsfarbe. »Räumst du ab?«

»Mit deiner Hilfe? Gerne!«

Karin drückte ihm das Tablett in die Hände und stellte das Geschirr darauf.

»Ich zeige dir auch den Weg.«

Wortlos folgte ihr Dollinger in die Küche.

»Denkst du an eine Gurke fürs Abendessen?«

»Wird gemacht.«

Er begann beim Kohlrabi und zupfte hier und da ein paar Halme, die ihm nicht gefielen. Denn trotz der Kritik seines Nachbarn war sein Garten keineswegs verwildert. Selbstverständlich stand er seinen Pflanzen bei, wenn sie bedrängt wurden. Aber er sah in seinem Garten auch einen Lebensraum, der mehr einschloss als Kohl und Bohnen. Im Gegensatz zu Prechtel fühlte er sich nicht als Gartengott, sondern als eine Art Mitbewohner. Jedenfalls hatte er sich dieses Wort dafür zurechtgelegt. Auch ging es ihm nicht um Ertragsmaximierung, nicht um die frühesten Tomaten oder Kartoffeln, die dicksten Kohlköpfe oder Kürbisse. An vergleichbaren Rennen hatte er jahrzehntelang in seiner Firma teilgenommen. Das reichte ihm. In seinem Garten wollte und konnte er auf den ewigen Wettbewerb, dem sich die Welt unterworfen und ausgeliefert hatte, verzichten. Schon beim Hauskauf hatte er sich das geschworen. Raus aus dem ewigen Wettbewerb. Zumindest im Garten hatte er dieses Ziel erreicht.

Der Erde war trocken. Zu trocken. Er würde gießen müssen. Es sei denn, die Wolken eilten ihm doch noch zu Hilfe. Nach einem Blick nach oben verschob er das Gießen und entfernte noch eine kleine Distel aus dem Bohnenbeet. Mehr gab es nicht zu tun. Außer vielleicht einem nächtlichen Rundgang, um die ein oder andere Schnecke einzusammeln. Von Bierfallen und anderen Maßnahmen hielt er nichts.

Er hatte sein kleines Gewächshaus schon passiert, als ihm die Gurken wieder in den Sinn kamen. Die Gurken hatte er, wie jedes Jahr, selbst veredelt und eine junge Kürbispflanze mit einer Gurkenpflanze kombiniert. Irgendjemand hatte für das gar nicht schwierige Prozedere den Namen »Gegenzungenveredelung« erfunden. Dollinger wählte zwei Gurken aus und sah, dass er im Gewächshaus auf jeden Fall gießen musste, zumal die Gurken sehr durstig waren.

Als er sich umdrehte, stellte sich ihm eine mittelgroße, schwarz gekleidete Gestalt in den Weg und versperrte die kleine Tür. Dollinger kassierte den zweiten Schreck des Tages.

»Das bist du ja!«, sah ihn Monika Dietlein mit großen Augen an.

»Gerade noch«, pustete er, »denn fast hätte mich der Infarkt erwischt.«

»Sorry, das war keine Absicht. Aber ich …«

»Schon gut, schon gut.«

»Ich hab neue Fotos!«, platzte es aus ihr heraus, wobei sich ihre Augen noch einmal zu vergrößern schienen. Umrahmt wurde ihr Auftritt durch die ersten Tropfen, die auf dem Glas aufschlugen.

»Komm erst mal rein«, sagte er, legte die Gurken zur Seite und schloss gegen den Willen des zunehmenden Windes die Tür.

»Und ich weiß jetzt, wann das andere Foto aufgenommen wurde. Vor fast neun Jahren auf der Sachtler-Kerwa.«

Dollinger blickte sie fragend an.

»Der Sachtler feiert doch im September immer seine eigene kleine Kirchweih. Tradition eben.«

»Das war mir entgangen.«

»Hast nichts verpasst. Da ist das Foto aufgenommen worden. Im Biergarten vom Sachtler«, erklärte Dietlein, zog ein paar Fotos aus ihrer Handtasche, wählte eines aus und reichte es ihm. Dollinger setzte seine Lesebrille auf.

»Hier«, fuhr Dietlein fort, entriss ihm das Foto und drehte es um. Auf der Rückseite verkündete ein Stempel das Aufnahmedatum: 14.09.2006. Die Vorderseite hatte ein Paar zu bieten. Johann Kunrath und Erika, frisch verliebt, Arm in Arm, in die Kamera strahlend.

»Tatsächlich«, nickte er. »Derselbe Ort, dieselbe Kleidung, dieselben Gesichter.«

»Derselbe Tag«, ergänzte Dietlein.

»Wo stammt das her?«

»Na, vom alten Sachtler. Ich hatte da so eine Ahnung und hab ihn einfach mal gefragt. Der hat vielleicht einen Haufen Kerwa-Fotos. Aber nur diese sind interessant. Hier!«

Sie entriss ihm das Foto und reichte ihm ein neues. Drei Paare tanzend im Biergarten, eingerahmt von Biertischen und Bierbänken, auf denen Durstige und Hungrige saßen, von denen nur die Rücken zu sehen waren. Dietleins Finger tippte aufgeregt auf das Paar am rechten Bildrand.

»Johann und Erika.«

Viel interessanter fand Dollinger allerdings das mittlere Paar.

»Wilhelm Krautwurst und die Unbekannte. Oder weißt du inzwischen, wer sie ist?«

»Ich hab den alten Sachtler gefragt. Er hat nur mit dem Kopf geschüttelt. Aber jetzt pass auf!«

Das nächste Foto zeigte wieder tanzende Paare auf engstem Raum im Biergarten. Erika lacht in die Kamera, eng geführt von einem Unbekannten, den man nur von hinten sah. Kunrath konnte es nicht sein, denn der hatte die unbekannte Frau im Arm. Von Krautwurst hatte der Fotograf lediglich einen Teil des Gesichts erwischt. Aber er war zu erkennen.

»Und jetzt!«

Ein verliebtes Paar. So sah es zumindest aus. Erika und der Unbekannte mit breitem Kreuz und dunkelblondem Haar, aber ohne Gesicht.

»Noch ein Unbekannter«, stöhnte Dollinger. »Was sagt der alte Sachtler?«

»Er kennt ihn auch nicht.«

»Na toll!«, maulte er.

»Was? Ist das etwa nichts? Dafür habe ich stundenlang seine Fotos durchgeblättert. Mensch, Walter!«

Dietlein machte ein mitleiderregendes Gesicht. Dollinger war ratlos und sah sich schließlich genötigt, sie in den Arm zu nehmen. Bereitwillig nahm sie sein Angebot an und griff zu.

»Nein, das hast du ganz fantastisch gemacht!«, tröstete er sie. »Wirklich, ganz toll!«

Mit vereinten Kräften öffneten Karin und der Wind die Tür. Jetzt wurde es langsam eng in dem kleinen Glashaus.

»Darf ich mitmachen? Oder störe ich?«

»Wir gucken Fotos«, erklärte Dietlein.

»Das sehe ich.«

Dollinger entzog sich vorsichtig dem Klammergriff und reichte seiner Frau die Fotos. Er zwinkerte mit dem rechten Auge in der Hoffnung, verstanden zu werden.

»Monika hat sie vom alten Sachtler. Jetzt haben wir noch einen Unbekannten.«

»Ich habe den ganzen Tag danach gesucht«, erklärte Dietlein, während der Regen richtig loslegte.

Karin blickte den beiden nacheinander in die Augen und sah sich dann stumm die Fotos an. Mit einem Donner outete sich der Sommerregen als Sommergewitter.

»Wollen wir nicht lieber ins Haus gehen«, schlug Dollinger vor und griff sich die beiden Gurken.

20

»Uhrenvergleich.«

»Gib nicht so an«, schüttelte Karin den Kopf. »Wir wissen doch noch gar nicht, ob es heute klappt.«

»Dienstags geht sie immer zum Chor«, sagte Dollinger. »Und das schafft sie nur, wenn sie die Apotheke etwas eher verlässt.«

»Sagt deine Moni.«

»Meine Moni? Es ist deine Moni!«

Sie hatten einen Parkplatz gewählt, von dem aus man die Apotheke gerade noch im Auge behalten konnte. So hofften sie, den Blicken von Dagmar Pfannenmüller zu entgehen. Die Apotheke selbst war ein stattliches Fachwerkhaus aus dem 18. Jahrhundert, in dem, so behauptete der Volksmund, schon im Mittelalter ein Alchemist residiert habe. Den Hinweis, dass dies aus rein historischen Gründen gar nicht möglich sei, ließ der Volksmund nicht gelten.

»Wusstest du, dass es einen berühmten Alchemisten namens Khunrath gegeben hat?«

»Wie kommst du denn jetzt darauf?«, fragte seine Frau.

»In der Apotheke soll doch früher mal ein Alchemist laboriert haben.«

»Sagt deine Moni.«

Dollinger entschied sich, die Beobachtung des Fachwerkhauses zunächst schweigend fortzusetzen. Lange brauchte er sein Gelübde allerdings nicht aufrechtzuerhalten. Gut zwanzig Minuten vor Ladenschluss huschte die Apothekerin aus der Tür und verschwand aus ihrem Blickfeld. Kurz zuckten sie zusammen und verkrochen sich hinter dem Armaturenbrett, aber ihre Mühen waren umsonst. Dagmar Pfannenmüller war längst auf dem Weg zur Chorprobe.

»Los jetzt! Hast du den Umschlag?«

»Ja«, antwortete Dollinger und verkniff sich eine erneute Frage nach dem Uhrenvergleich.

Sie stiegen ohne Hast aus dem Wagen, überquerten die Straße und betraten die Apotheke. Hinter dem Tresen lächelte sie eine Helferin in einem weißen Kittel an.

»Ich müsste es bestellen«, empfing sie die junge Frau und sah ihn an.

»Bestellen?«, wiederholte Dollinger.

»Ihr Antiallergikum.«

»Ach so. Nein, wir sind aus einem anderen Grund gekommen. Ist der Chef da?«

»Einen Moment«, sagte die Helferin und schlüpfte durch eine Tür. Sekunden später stand Dr. Pfannenmüller vor ihnen, ebenfalls im weißen Kittel.

»Ist etwas passiert?«, fragte er nervös.

»Nein. Alles in Ordnung«, beruhigte ihn Dollinger und hielt seinen großen Umschlag hoch. »Wir würden nur gerne deinen Tresor benutzen. Du hast mir doch neulich davon erzählt. Brisante Dokumente. Aus meiner alten Firma. Ich will da auf Nummer sicher gehen. Du verstehst?«

Der Apotheker nickte und winkte sie hinter den Tresen. Seine Helferin ließ er wortlos zurück.

»Gibt es etwas Neues?«, fragte Pfannenmüller in seinem Arbeitszimmer. »Hast du schon eine Spur? Einen Namen?«

»Eine Spur schon, einen Namen nicht«, antwortete er. »Aber ich erwische ihn. Du kannst dich darauf verlassen.«

»Gut, gut«, lächelte der Apotheker gequält. »Dokumente, sagtest du? Brisante Dokumente?«

»Ja, aus meiner alten Firma.«

»Walter hat sie gerade beim Aufräumen gefunden«, erklärte Karin. »Er will sie auf keinen Fall im Haus haben.«

»Die sind mir zu heiß. Mehr kann ich dir nicht sagen.«

»Verstehe, verstehe«, sagte der Apotheker, der auf die Dollingers keinen guten Eindruck machte. Er war blass und wirkte gehetzt. Sein ansonsten sicheres Auftreten hatte merklich gelitten.

»Geht es dir gut?«, fragte Karin.

»Doch, ja, alles bestens«, antwortete Pfannenmüller und drehte sich um. »Hier steht das gute Stück.«

Erst jetzt bemerkten sie den Tresor, der hinter einem Schreibtisch auf dem Boden stand.

»Was hab ich gesagt? Ein Monstrum!«

Der Apotheker hatte nicht zu viel versprochen. Das holzfarben lackierte Ungetüm war gut eineinhalb Meter hoch, etwa achtzig Zentimeter breit und ebenso tief. Das Alter war ihm mühelos anzusehen.

»Er steht auf einem Betonsockel, mit dem er fest verschraubt ist. Mein Vorvorgänger hat dafür eigens ein Loch in den Boden graben lassen. Das Haus hat ja keinen Keller. Wegen des Grundwassers. Moderne Tresore haben natürlich ein Zahlenschloss, dafür aber hat diese Antiquität eine massive Rückwand, die man nicht einfach so abschlagen kann. Und mitnehmen kann man ihn auch nicht. Na, dann wollen wir mal.«

Dr. Pfannenmüller zog einen Doppelbartschlüssel aus einer Tasche, beugte sich vor und schob ihn in das obere Schlüsselloch. Im unteren Schlüsselloch steckte der Schlüssel bereits. Es gab ein klickendes Geräusch, und die Tür war offen.

Die Dollingers zwinkerten sich zu. Karin stieß einen gequälten Laut aus und setzte sich auf einen Sessel, der vor dem Schreibtisch stand.

Der Apotheker richtete sich auf und wandte sich Karin zu. »Was hast du?«

»Ihr geht es schon den ganzen Tag nicht gut«, übernahm Dollinger die Antwort. »Der Kreislauf. Die ganze Anspannung. Das kannst du dir ja denken.«

Karin presste einen weiteren, sehr glaubhaft klingenden Ton heraus und fasste sich an den Kopf. Ihr hilfesuchender Blick zielte direkt auf den Apotheker. Dollinger war von dem Auftritt seiner Frau begeistert.

»Aber, aber«, sagte Pfannenmüller besorgt und vergaß von einer Sekunde zur anderen den Tresor. Auf diese Reaktion des als zerstreut bekannten Pharmakologen hatten sie gesetzt, der vor ihren Augen zum Rettungssanitäter mutierte. Mit verblüffender Sportlichkeit entfloh er dem Arbeitszimmer, erteilte seiner Helferin Befehle und kehrte mit einem konventionellen Blutdruckmessgerät zurück.

Kaum kniete er vor Karin und wandte ihm den Rücken zu, wurde Dollinger aktiv. Mit dem rechten Fuß öffnete er langsam die Tresortür, die ihm gewogen war und keinen Laut von sich gab. Das Monstrum aus dem letzten Jahrtausend war nicht nur äußerlich gepflegt, die wulstigen Scharniere waren auch geölt.

Pfannenmüller hatte die Manschette des Blutdruckmessgeräts angelegt und begann mit dem Aufpumpen. Seine Ohren waren bereits mit dem Ohrbügel versehen.

Die Helferin klapperte irgendwo im Verkaufsraum.

Dollinger ging langsam in die Knie und ließ seinen Blick zwischen dem Apotheker und dem Tresor hin- und herpendeln. Oben und in der Mitte lagen Schachteln und Packungen, die ihn nicht interessierten. Seine Neugier galt dem Erdgeschoss, in dem sich verschiedenfarbige und verschieden große Umschläge stapelten. Rechts entdeckte er zwei Päckchen.

»Komisch«, meinte Pfannenmüller. »Dein Blutdruck ist nicht zu niedrig, sondern leicht erhöht.«

»Trotzdem ist mir flau«, entgegnete Karin und spielte mit Hingabe die Geschwächte.

»Vielleicht liegt es an dem alten Ding. Ich hole schnell etwas Modernes.«

Dollinger sprang auf und stellte sich vor die geöffnete Tür. Aber seine Aktion wäre gar nicht erforderlich gewesen, denn der Notarzt würdigte ihn keines Blickes, nicht einmal bei seiner Rückkehr. Seine ganze Aufmerksamkeit galt der Patientin, der er nun mit einem digitalen Gerät zu Leibe rückte.

Wieder im Erdgeschoss angelangt, griff Dollinger zu und stand gleich wieder, einen Packen Umschläge in der Hand. Vertraute und unbekannte Namen. Meidel, Stolbinger, Baumeister, Bittner, Siebert.

»Du musst den Arm ruhig halten!«, mahnte Dr. Pfannenmüller und kämpfte mit dem kleinen Gerät und seiner Patientin, die ihm die Arbeit erschwerte.

Schon war Dollinger wieder im Souterrain und legte die gut verpackten Geheimnisse zurück. Nach einem Absicherungsblick griff er sich den nächsten Stapel und tauchte auf. Müller, Achtelstetter, Gebhard, Winter, Fischer, Hoffmann. Dicke und Form ließen bei Müller auf Notgroschen oder Schwarzgeld schließen.

Während sich der Apotheker über seine Messergebnisse

wunderte und einen weiteren Versuch unternahm, legte Dollinger den zweiten Stapel zurück und holte sich den dritten. Griesebach, Pöhlmann, Wagner, Grohne. Dollingers Enttäuschung währte nur kurz, denn unter dem letzten Umschlag ertastete er einen weiteren, kleinen, sehr dünnen, der an dem größeren, dicken klebte, aber leicht zu entfernen war. Kunrath. Natürlich der letzte Umschlag. So, wie es Murphy's Law vorsah.

»Nein, dein Blutdruck ist in Ordnung«, diagnostizierte Dr. Pfannenmüller. »Ich gebe dir ein leichtes Beruhigungsmittel. Geh aber bitte morgen zum Arzt. Ja?«

Dollinger schaffte es gerade noch, die Umschläge hinter seinen Rücken zu verbergen.

»Du brauchst dir keine Sorgen machen«, sprach ihn der Apotheker an. »Es ist nichts Gravierendes. Also schau nicht so.«

»Ich mache mir aber Sorgen.«

»Bin gleich wieder bei euch«, sagte Dr. Pfannenmüller und huschte aus dem Arbeitszimmer. Dollinger ging sofort in die Hocke, legte die Umschläge zurück und schob die Tür zu. Triumphierend und kurz auf der Stelle tanzend hielt er den kleinen Umschlag in die Luft, um seiner Frau den Erfolg des Unternehmens zu signalisieren. Karin atmete erleichtert auf.

»Ah, die Dokumente«, sagte der Apotheker, der plötzlich in der Tür stand, und zielte mit dem Finger auf den in der Luft schwebenden Umschlag. »Die hätte ich jetzt fast vergessen. Am besten wir erledigen das gleich. Sabine bringt das Mittel. Sie schließt nur schnell ab.«

Schon war Pfannenmüller bei ihm. Dollinger und seine Frau tauschten schnelle Blicke, Karin presste einen fragwürdigen Laut heraus, der ohne Wirkung blieb. Auf halber Höhe fing der Apotheker den kleinen Umschlag ab.

»War der nicht viel größer?«

»Er ist auch größer«, antwortete Dollinger und reichte ihm den vorbereiteten Umschlag, der Altpapier enthielt. »Dies ist der richtige, der andere … der … der soll gleich noch in den Postkasten. Ich wollte dich fragen, ob du rein zufällig eine Briefmarke hast?«

Dollinger angelte sich Kunraths Umschlag zurück und drückte dem Apotheker das größere Exemplar in die Hand.

»Eine Briefmarke? Ja, die hab ich. Lasst mich erst die Dokumente wegschließen«, sagte Dr. Pfannenmüller, zog die Tresortür auf und übergab den dicken Umschlag dem Erdgeschoss. Als er die beiden Schlüssel abzog, hatte Dollinger seine Beute längst verstaut.

»Wo ist die Patientin?«, fragte die Helferin, steuerte auf Karin zu und reichte ihr eine Tablette und ein Glas Wasser. »Nehmen Sie das. Es ist völlig harmlos.«

»Gleich geht es dir besser. Es sind bestimmt nur die Nerven. Deinem Kreislauf geht es gut«, versicherte Dr. Pfannenmüller. »Ach ja, die Marke. Hier, bitte.«

»So eine Pille hätte ich auch gebraucht«, sagte Dollinger, als sie die Apotheke verließen und die Straße überquerten.

»Du hast ja die Briefmarke bekommen.«

»Stimmt. Das hatte ich vergessen.«

Sie gingen zum Wagen, stiegen ein und betrachteten den unscheinbaren Umschlag.

»Warum hat Alfons ihn nicht erwähnt?«, fragte Karin.

»Er wird ihn schlicht vergessen haben. Außerdem klebte er an einem größeren Umschlag fest.«

»Alfons wird ihn also nicht vermissen.«

»Bestimmt nicht. Zumal Johann nicht mehr kommen wird, um ihn abzuholen.«

»Diebstahl war es trotzdem«, warf sie ein.

»Aber das hatten wir doch schon. Wir können keinen Durchsuchungsbeschluss erwirken. Wir haben eben andere Methoden. Nennen wir es ... Sicherung von Beweismitteln. Und jetzt bin ich gespannt.«

Dollinger fummelte sein Schweizer Messer aus der Hosentasche und öffnete mit einem vorsichtigen Schnitt den Umschlag. Mit spitzen Fingern zog er zwei Blätter im DIN-A4-Format heraus und entfaltete sie.

»Eine Excel-Tabelle«, brachte Karin den Inhalt des ersten Papiers treffend auf den Punkt.

»Tatsächlich«, sagte Dollinger. »Sieht wie eine Kopie aus. Das Original ist es jedenfalls nicht.«

»Vierundzwanzig-Nadel-Druck auf Endlospapier«, setzte Karin die Analyse fort. »Die Perforation ist noch zu sehen. Eine aktuelle Excelversion ist das auch nicht. Das ist also schon älter. Und gelocht ist es auch. Vermutlich aus einem Aktenordner. Seite drei.«

»Zahlensalat. Wirst du daraus schlau?«

»Nicht im Ansatz«, gab Karin zu. »Der Kopf fehlt. Nicht mal die Einheit ist abzuleiten. Es könnten Euro, Meter, aber auch Kartoffeln sein. Was ist auf dem zweiten Blatt? «

»Ein Grundriss, ein Bauplan oder etwas Ähnliches. Ist auch eine Kopie, aber keine gute. Ein Ausschnitt. Drei Räume oder Zimmer. In einem ist als Detail ein Kreis eingezeichnet. Es ist aber nicht Johanns Haus, und unseres ist es auch nicht.«

Karin nahm sich das Blatt, betrachtete es ratlos und drehte es schließlich um. Auf der Rückseite klebte ein schmaler Zeitungsausschnitt, vergilbt und nur ein paar Zentimeter groß.

»Tödlicher Unfall auf B 470. Fahrer hatte 2,3 Promille und saß allein in seinem PKW«, las sie vor. »Kein Name, kein Datum.«

Ihre enttäuschten Blicke trafen sich über den beiden Papieren. Jedes sank in einen Schoß.

»Was ist das denn?«, raunte Dollinger.

»Und dafür der ganze Stress.«

»Na, du hast ja wenigstens eine Beruhigungspille genommen. Was soll ich denn sagen?«

»Du bekommst zu Hause ein Glas Rotwein.«

Auf der Hauptstraße suchte der Fahrer eines privaten Postzustellers eine Adresse.

21

»Das ist also Johanns Schwester«, stellte Dollinger fest, seine Frau im Arm einhakt. »Sie ist gestern in Nürnberg gelandet«, bestätigte Axel Baumeister, der ebenfalls mit seiner Frau erschienen war.

Die Grauhaarige, die unmittelbar neben dem Biberbacher Pfarrer stand, war definitiv nicht die Unbekannte von den Fotos. Ihr Alter war schwer einzuschätzen. Ob sie älter oder jünger war als Johann Kunrath, war nicht zu sagen. Sie wirkte verschlossen, verirrt, hilflos. Ihre Blicke mieden die der anderen Trauergäste, die den Friedhof gleich hinter der Kirche bevölkerten. Ganz Biberbach war gekommen, ganz gleich, wer Johann Kunrath gekannt hatte und wer nicht. Sogar aus den Nachbarorten waren Voyeure angereist, die sich das Schauspiel nicht entgehen lassen wollten. Auch Schwerdtfeger und seine Leute hatten sich eingefunden und geeignete Beobachtungspositionen gesucht. Der Landstreicher saß noch immer in Untersuchungshaft, sodass ihn viele noch immer für den Täter hielten. Aber es gab genügend Biberbacher, die Dollinger inzwischen vom Gegenteil überzeugt hatte.

»Er ist also hier?«, fragte Baumeister leise.

»Ich bin davon überzeugt«, antwortete Dollinger. »Er ist

hier und er wird auch am Grab vorbeigehen. Wir wissen nur nicht, wer es ist.«

»Aber er könnte sich verraten.«

»Könnte er«, nickte Dollinger.

»Ist deswegen der Kommissar hier?«

»Weswegen sonst?«

Während der Pfarrer die üblichen tröstenden Worte sprach und rhetorisch geschickt die überirdische Gerichtsbarkeit ins Spiel brachte, vor der es seiner Überzeugung nach kein Entkommen gab, ließen die Dollingers die Trauergäste nicht aus den Augen. Dabei brauchten sie ihre Neugier nicht zu verbergen, da sie bei Weitem nicht die Einzigen waren. Eine Beerdigung war ein Ritual, war Teil der Trauerarbeit, war Abschied, war aber immer auch soziale Bühne. Sehen und gesehen werden. Das alte, aber niemals veraltete Spiel.

Dollinger wandte seinen Blick von Helga Johnson ab, die früher Helga Kunrath geheißen hatte. Sie war allein gekommen, hatte ihre Familie in den USA gelassen.

Schräg gegenüber entdeckte er das Apothekerpaar in teurer schwarzer Robe, vielleicht sogar eigens für die Beerdigung gekauft. Dagmar Pfannenmüller traute er diese Entscheidung zu, da sie großen Wert auf alles Repräsentative legte. Beim Friseur war sie natürlich auch gewesen, und sie war nicht die Einzige. Dollinger registrierte eine ganze Reihe frisch gestylter Haarpracht, in der sich der Wind verfing.

Eine dieser tagesaktuellen Frisuren gehörte Luise Prechtel, der Frau seines Nachbarn, die man nur selten zu Gesicht bekam. Sie teilte nicht die Gartenobsession ihres Mannes, sondern hielt sich lieber hinter verschlossener Tür auf, und das auch im Sommer. Eine schüchterne, zurückhaltende Frau, die er noch nie hatte lächeln sehen.

Einen Platz in der ersten Reihe hatten sich auch Alice und Frank Schnitzerlein gesichert, die Betreiber der esoterischen Wassermühle, deren Motive Dollinger allenfalls ahnen konnte, sofern es nicht simpler Voyeurismus war. Die Müllerin hatte sich in tausendundein Tücher gehüllt, sodass man nicht genau sehen konnte, ob sie es wirklich war. Etliche Männerblicke hatten sich in ihren Tüchern verfangen. Ihr Mann stand schräg hinter ihr und hatte sich für ein schmutziges, zerknittertes Grau entschieden.

Neben den Schnitzerleins hatten sich die Randels platziert, die von vielen Trauergästen regelrecht angestarrt wurden, hatte der Obstbrenner doch Kunraths Leiche gefunden. Monika Dietlein samt Mann, der Bürgermeister, der Zahnarzt, Familie Sachtler, Andrea Cani und Mann, Familie Achtelstetter und natürlich Jens Nürnberger, der unauffällig Fotos machte, konnte er in dem Aufgebot orten.

Weiter hinten, halb verdeckt von einigen Wacholderbüschen, erspähte er weitere Mitglieder des Gartenbauvereins, etwa Gabi Greifenstein, Holger Eberhardt, Alfred Geismann und Jürgen Arnold. Andere suchte er hingegen vergeblich, was aber noch lange nicht zu bedeuten hatte, dass sie nicht erschienen waren.

Fast noch interessanter fand er allerdings die unbekannten Gesichter, unter denen er nach der unbekannten Frau auf den Fotos fahndete. Auch Erika Kunraths Gesicht hatte er sich eingeprägt. Doch sein Vorhaben erwies sich als schwierig. Zu weit verteilt standen die Menschen, zu dicht gedrängt in der Mitte rund um das offene Grab. Abseits von der Masse, kurz vor der Friedhofsmauer, entdeckte er eine einsame Gestalt, deren Gesicht nicht zu erkennen war.

»Hab ich auch schon gesichtet«, flüsterte Karin. »Die gibt

es in jedem besseren Krimi. Die Frau im Hintergrund. Pass auf, gleich ist sie verschwunden.«

Der nächste Blick, den die Köpfe freigaben, gab ihr recht. Als hätte sie sich in Luft aufgelöst.

»Hast du eine Ahnung?«

»Nein«, antwortete Karin.

»Irgendetwas Auffälliges.«

»Negativ. Was hältst du von seiner Schwester?«, fragte Karin.

»Schwer zu sagen. Wirkt ein bisschen teilnahmslos. Das kann aber auch an den vielen Gaffern liegen.«

»Zu denen wir zum Glück nicht gehören.«

Der Pfarrer kam zum Schluss, die Zeremonie näherte sich dem Ende. Die Versammlung wurde wieder lebendig, die Menschen bewegten sich, fanden zurück zur Sprache, die sie vorübergehend verloren hatten. Der Zug am Grab vorbei setzte ein.

Die Dollingers folgten einem der menschlichen Rinnsale, ordneten sich ein. Kaum hatte das Mäandern begonnen, stockte der Fluss auch schon wieder. Es waren schlicht zu viele Trauergäste, die den Weg zum Grab suchten. Hinter den Dollingers wurden leise Proteste hörbar. Ein wuchtiger Mann drängelte sich vor.

»Etwas bemerkt?«, fragte Schwerdtfeger.

»Nein«, antworteten die Dollingers im Chor.

»Wir auch nicht. Ich kümmere mich jetzt um seine Schwester. Nicht Sie. Verstanden?«

»Dann sagen Sie mir wenigstens, ob sie die Erbin ist«, konterte Dollinger.

»Ach ja, das Erbe. Viel ist es nicht. Kein Barvermögen. Und das Haus ist noch mit einer Hypothek belastet.«

»Aber wer erbt?«, hakte er nach.

»Sie«, antwortete Schwerdtfeger lapidar.

»Und seine Frau geht leer aus?«, warf Karin ein.

»Geht sie. Die Kunraths sind seit einem halben Jahr geschieden.«

Ohne ein weiteres Wort zu verlieren, beschleunigte der Ermittler seine Schritte und marschierte an der Menschenschlange vorbei auf Helga Johnson zu. Hinter der Schlussszene am Grab zerfielen die drei Riesenschlangen, auf die sich die Trauergäste geeinigt hatten, in viele kleine, von denen eine das Wirtshaus Sachtler anvisierte. Ein letzter Handschlag vom Pfarrer, dann war Johanns Schwester ansprechbar. Schwerdtfeger gönnte ihr keine Minute, zog sie vom Grab weg, um das bereits zwei Männer mit Schaufeln schlichen.

»Unmöglich«, urteilte Karin. »Ein ungehobelter Kerl.«

»Der geborene Diplomat und Verhandlungsführer«, meinte Dollinger.

»Aber Erika lebt. Wir haben sie nur nicht gefunden.«

»Doch warum ist sie nicht hier?«

»Vielleicht ist sie ausgewandert und lebt jetzt irgendwo in Australien oder Brasilien? Am Ende weiß sie es noch gar nicht? Auf jeden Fall können wir sie von der Liste der Verdächtigen streichen. Welches Motiv hätte sie gehabt?«

»Ja, welches?«, wiederholte Dollinger und beobachtete aus sicherer Distanz, wie Schwerdtfeger sein Opfer zum Reden brachte. Rückendeckung erhielt er von zwei seiner Getreuen, die an der Friedhofsmauer Position bezogen hatten. Weiter hinten warteten noch geduldig die Baumeisters.

»Die offizielle Delegation des Ost- und Gartenbauvereins Biberbach«, spottete Karin. »Was täte der nur ohne den Verein?«

»Er wäre Chef eines anderen.«

Am Grab flogen plötzlich die Fetzen. Offenbar war Kunraths Schwester nicht mit den Methoden des Hauptkommissars einverstanden. Sie fuchtelte mit den Händen in der Luft herum und ignorierte die Friedhofsruhe mit leichtem amerikanischem Akzent.

»Unbelievable! Unverschämtheit! Was fällt Ihnen ein?!«

Während der Pfarrer aus dem Nichts angeflogen kam, versuchte Schwerdtfeger die Frau zu beruhigen. In der Luft strich er mit seinen Pranken etwas Waagerechtes, Imaginäres glatt. Helga Johnson blieb stur und wies die Friedensbemühungen des Riesen energisch zurück. Schon landete der Pfarrer am Grab und bestand eindringlich auf Ruhe und Nächstenliebe. Schwerdtfeger zückte seinen Ausweis und bezweifelte lauthals die Gefahr, den einen oder anderen Toten aufwecken zu können. Jetzt wurde auch der Pfarrer laut und drohte mit der gnadenlosen Anwendung der Friedhofsordnung. Die beiden mit Schaufeln bewaffneten Männer ließen vom Grab ab, um dem Pfarrer Beistand zu leisten. Sekunden später gaben auch die beiden Assistenten Schwerdtfegers ihren Posten auf und wechselten an die Front.

»Er hätte wirklich Diplomat werden sollen«, kommentierte Dollinger.

»Unser sensibelster Mann«, legte Karin nach. »Wie gut, dass wir ihn haben.«

Helga Johnson hatte genug und klinkte sich aus dem Trio aus, bevor die Verstärkung eintraf. Schwerdtfeger wollte ihr folgen, wurde aber vom Pfarrer zurückgehalten, der seinen Ärmel packte. Gewalt lag in der Luft. Schwerdtfeger hatte allerdings mit seinen beiden im Nahkampf ausgebildeten und zudem bewaffneten Kollegen die besseren Karten. Andererseits machten die beiden Schaufelmänner einen überaus entschlossenen Eindruck. Das Knistern war weithin spürbar.

»Vielleicht sollten wir die Polizei rufen?«, meinte Karin.

»Keine schlechte Idee. Lieber wäre es mir aber, du würdest dich um Johanns Schwester kümmern.«

»Alleine?«

»Ja. Von Frau zu Frau. Los, ehe sie weg ist!«

»Bin schon unterwegs«, stimmte Karin zu und wählte einen geeigneten Kollisionskurs. Noch vor dem Friedhofstor trafen sie aufeinander. Die ersten Worte waren leise und für Dollinger unverständlich. Nach einem Blick zurück im Zorn verschwand Helga Johnson durch das Tor und schloss sich Karin an.

Zuerst wollte Dollinger den Frauen in gebührendem Abstand folgen, dann entschied er sich aber, noch zu bleiben und dem Finale beizuwohnen. Er blieb nicht lange allein, denn die Baumeisters gesellten sich zu ihm. Sie hätten Kunraths Schwester ohnehin nicht mehr einholen können. Vor dem Grab tobte inzwischen ein heftiger Disput über Sinn und Unsinn von Friedhofsordnungen. Schwerdtfeger brachte auch noch den Friedhofszwang ins Spiel und schwor, sich niemals auf einem Friedhof beerdigen zu lassen.

»Niemals!«, donnerte es mehrmals über die Grabsteine und Birken, gefolgt von dem Schlagwort »Seebestattung!«, auf das der Pfarrer besonders heftig reagierte und mit »Blasphemie!« konterte.

»Ich hoffe, Johann hört das nicht«, schüttelte Baumeister betroffen den Kopf.

»Keine Sorge. Wo der ist, ist nichts mehr«, meinte Dollinger. »Nicht einmal Schall.«

»Trotzdem«, beschwerte sich Irmtraud. »Das ist doch völlig pietätlos! Eine ... eine Entweihung! Eine ... Entwürdigung! Eine ... «

Während Irmtraud nach geeigneten Worten suchte, fanden

die Bestattungsexperten allmählich wieder zur Friedhofsruhe zurück. Der Ton wurde leiser und versöhnlicher, das Knistern war kaum noch zu spüren. Sicherstes Anzeichen für eine Deeskalation war jedoch der Rückzug der Verstärkung. Die Schaufelmänner verließen die Zusammenrottung und wandten sich wieder dem Grab zu. Schwerdtfegers Assistenten zogen sich hinten einen Grabstein zurück. Der Hauptkommissar und der Pfarrer brauchten noch ein paar Minuten, um ohne Gesichtsverlust vom Schlachtfeld zu gelangen. Kollateralschäden mussten sie allerdings in Kauf nehmen, denn Dollinger und die Baumeisters waren nicht die einzigen Zeugen des Schlagabtauschs gewesen. Hinter der Friedhofsmauer, hinter Büschen und Grabsteinen hatten verstreute Trauergäste ausgeharrt und den Fauxpas verfolgt.

»Kommt ihr mit?«, sagte Dollinger. »Ich möchte nicht das nächste Opfer sein.«

»Zum Sachtler?«

»Ja, zum Sachtler. Bestimmt vermissen uns schon einige.«

Am Grab kippte die Stimmung dermaßen, dass sich Schwerdtfeger und der Pfarrer die Hände reichten. Kunraths Sarg war längst unter der Friedhofserde verschwunden.

22

Nach einer Stunde Biernebel im nun wieder der Öffentlichkeit zugänglichen Biberzimmer hatte Dollinger genug. Er hatte genug von der gedämpften Stimmung, genug vom zu süßen Kellerbier am Samstagnachmittag, genug von den Gesprächen, die natürlich um den Mord, um Johann und seine Schwester gekreist waren. Und er hatte genug von wild wuchernden Verschwörungstheorien, die sonst nur im Internet zu finden waren. Den Schnitzerleins war es tatsächlich gelungen, den Alchemisten Heinrich Khunrath als Vorfahre des Mordopfers ins Spiel zu bringen. Den vom Publikum eingeforderten Zusammenhang mit dem Mord waren sie allerdings schuldig geblieben. Auf der Suche nach Antworten hatten sich einige hilfesuchend an Dr. Pfannenmüller gewandt.

»Dein Vorgänger war doch Alchemist. Irgendwann im Mittelalter«, hatte jemand vorgebracht. Und nicht zum ersten Mal hatte der Apotheker vergeblich versucht, den Unterschied zwischen Mittelalter und 18. Jahrhundert herauszuarbeiten. Zwar hatten ihm nicht wenige der Trauergäste beigestanden, darunter Randel, Andrea Cani und die Baumeisters, ein harter Kern von Verschwörungsanhängern hatte sich jedoch als immun gegen jedes Argument erwiesen.

Vor der Tür des Gasthauses zückte Dollinger sein Handy.

»Na, wie ist der Stand der Dinge?«

»Wir haben uns gerade verabschiedet«, antwortete Karin. »Eine nette Frau. Aber erwarte keine Sensationen. Im Garten?«

»Im Garten. Bin gleich da.«

Als Dollinger eintraf, hatte seine Frau bereits einen Korb in der Hand und erntete Wachsbohnen.

»Jedes Jahr Wachsbohnen. Können wir nicht einmal andere Bohnen pflanzen? Stangenbohnen zum Beispiel.«

»Okay. Im nächsten Jahr gibt es Stangenbohnen. Was hat sie dir gesagt?«

»Wo treibt sich unser lieber Nachbar rum?«

»Der hat noch ein paar Bier beim Sachtler vor sich«, schätzte Dollinger die Lage ein.

Karin stellte den Korb auf den Boden.

»Eine toughe Frau., die weiß, was sie will. Hat einen tollen Job bei einem Zulieferer für Flugzeugteile. Kein Wunder, dass die sich von Schwerdtfeger nichts hat gefallen lassen.«

Dollinger griff sich die schmale Hacke, die am Gewächshaus stand, und rückte halbherzig unerwünschten Halmen zu Leibe.

»Wie hat sie es geschafft, zur Beerdigung zu kommen?«

»Mit Tabletten und gegen den Willen ihrer Ärzte. Wenn die Leiche früher freigegeben worden wäre, hätte sie es nicht geschafft. Dabei trägt sie die Kosten für die Beerdigung.«

»Welches Verhältnis hatte sie zu ihrem Bruder?«

»Kein besonders gutes, aber auch kein wirklich schlechtes. So ungefähr hat sie es beschrieben. Trotzdem wollte sie unbedingt kommen. Das auch, weil es ihr letzter Verwandter hier war. Die Kunraths gibt es nicht mehr. Nicht mehr in Biberbach.«

»Wann war sie zum letzten Mal hier?«, fragte Dollinger und stellte die Hacke mit der scharfen Klinge wieder zurück, um sich die Bohnen anzusehen.

»Zu seiner Hochzeit. Also vor acht Jahren.«

»Dann kannte sie also Erika.«

»Natürlich. Aber gemocht haben sich die beiden Frauen nicht«, wusste Karin. »Viel konnte sie mir nicht über Erika sagen, die sie ja nur dieses eine Mal gesehen hat. Eine kleine Hochzeit mit wenigen Gästen. Aufgefallen ist ihr übrigens eine Frau, die unsere Unbekannte sein könnte. Sie kann sich deshalb so gut an sie erinnern, weil sie sich offenbar um Johann bemüht hat. Richtig umgarnt hat sie den. Diesen Eindruck hatte sie jedenfalls.«

Dollinger griff erneut zur Hacke und schlug zu.

»Nicht die Melde!«, rief Karin. »Sonst hast du morgen kein Gemüse!«

»Sorry. Ich hab nicht aufgepasst. Der Johann hat also eine Leiche im Keller.«

»So sieht es aus. Dieser unscheinbare Pedant hatte eine Phase als Womenizer. Schwer vorstellbar, aber das Leben schreibt ja bekanntlich die absurdesten Geschichten.«

Dollinger verschonte die Melde, die sich selbst ausgesät hatte, und wandte sich der Roten Bete zu, deren Größe noch unbefriedigend war. Erst recht, wenn er sie mit den stattlichen Kugeln im Nachbargarten verglich, was er allerdings nur heimlich tat.

»Aber wer sie ist, weiß sie nicht.«

»Nein. Sie weiß auch nicht, wo Erika abgeblieben ist. Sie konnte mir nur sagen, dass die Scheidung Johann finanziell an den Rand des Ruins gebracht hat. Der war faktisch pleite und konnte das Haus nur mit Mühe halten.«

»Ein gutes Motiv«, sagte Dollinger.

»Ihn zu ermorden?«

»Jemanden zu erpressen. Johann muss jemanden erpresst haben.«

»Mit dem Excel-Ausdruck und der Risszeichnung«, ergänzte Karin. »Wenn wir die deuten können, haben wir den Mörder.«

»Wahrscheinlich«, sagte Dollinger nachdenklich. »Er muss beides von Krautwurst haben.«

»So weit waren wir schon mal«, merkte Karin an. »Der hat beim Erbsenzählen ein paar Bohnen entdeckt.«

»Stangenbohnen oder Wachsbohnen?«

»Walter!«

»Wahrscheinlich. Ja. Er hat sich seinem Freund Johann anvertraut, und der hat die Chance gesehen, die Bohnen zu Geld zu machen«, resümierte Dollinger. »Klingt gut.«

»Wir müssen nur noch wissen, wer es ist«, lächelte ihn Karin an.

»Aus den Kopien werden wir nicht schlau. Er wird sie absichtlich auf das Nötigste eingedampft haben, sodass nur Insider Bescheid wissen. Als Druckmittel reicht das ja aus. Er brauchte dem Opfer nur zu sagen: Ich habe auch den Rest. Gar nicht so dumm, wenn du mich fragst.«

»Um den muss es gehen. Um den Rest«, sagte Karin. »Die Kopien sind wertlos. Niemand kann etwas damit anfangen. Selbst wenn sie gefunden werden. Sie reichen, um Druck auf den Erpressten auszuüben. Der hat eines Tages genug und bringt seinen Erpresser um. Was ihm fehlt, ist der Rest. Das eigentliche Druckmittel. Und das hat ihm Johann nicht gegeben. Und noch dazu hat er es an einem anderen Ort versteckt als in Alfons Tresor. Erst als er kalte Füße bekommen hat, wollte er alles in der Apotheke deponieren. Aber da war es schon zu spät.«

»Klingt noch besser.«

»Halt! Es geht noch weiter«, hatte sich Karin warmgedacht. »Der Mörder vermutet die Unterlagen bei Krautwurst, dem Entdecker der Bohnen. Der sich nur deshalb nicht bei der Polizei meldet, weil er das Geschäft nun allein fortsetzen will. Also bringt der Mörder auch ihn um. Erledigt. Bis auf die belastenden Unterlagen. Die er immer noch nicht hat.«

Dollinger stocherte ohne jeden Elan zwischen der Roten Bete herum.

»Ja, so ungefähr könnte es sich abgespielt haben. Klingt plausibel. Ich vermisse allerdings die Fotos. Wie passen sie in diese schöne, beinahe klassische Story?«

»Jetzt muss ich passen«, gestand Karin.

»Den Verkehrstoten haben wir auch noch nicht untergebracht. Ein Unfall auf der Bundesstraße. Was hat er damit zu tun? Der Fahrer war betrunken.«

»Vielleicht ist vorher etwas passiert, was nicht in der Zeitung steht?«, gab Karin zu bedenken. »Vielleicht hat er einen Unfall verursacht? Hat jemanden angefahren?«

»Etwas in der Art. Ja, das könnte sein.«

»Pass doch auf! Jetzt hast du eine Rote Bete geköpft!«, schimpfte Karin. »Wo sie doch dieses Jahr ohnehin so klein sind! Jetzt lass doch mal das Gehacke! Wir suchen einen Mörder.«

Dollinger stellte die Hacke zurück an die Wand vom Gewächshaus, wo sie den Sommer über griffbereit stand. Auch im Regen, wie ihr Nachbar bereits bemängelt hatte.

»Wie ermitteln wir diesen Verkehrstoten? Kein Datum, keine Name. Die Polizei hat es da einfacher.«

»Nürnberger! Jens Nürnberger«, schlug Karin vor. »Ich wette, der Artikel stammt aus der *Landeszeitung.* Lass ihn doch suchen. Die haben doch ein Archiv.«

»Fantastisch! Ich mache eine Kopie und erzähle ihm eine ergreifende Geschichte«, lächelte er. »Warum alles immer selber machen, wenn man es delegieren kann? Uraltes Managerwissen.«

»Bleiben noch die Fotos. Und Erika Kunrath.«

»Erika?«, wunderte sich Dollinger und nahm die Radieschen ins Visier, die vor Kraft strotzten. »Ich glaube, die können wir zu den Akten legen.«

»Meinst du? Ich habe da so ein komisches Gefühl«, murmelte Karin und zog seinen Blick auf sich. »Die Scheidung hat ihn ruiniert. Vergiss das nicht. Wir wissen nichts über sie, aber vielleicht hat er etwas über sie gewusst? Oder Krautwurst?«

Dollinger griff sich Hacke und zielte auf eine kleine Distel, die sich zwischen die Bohnen gemogelt hatte. Seine Hiebe waren heftig und ließen nicht nur die dornigen Blätter der Distel fliegen, sondern auch die der harmlosen Wachsbohnen.

Hinter dem Küchenfester des Nachbarhauses beobachtete Luise Prechtel die Szene und schüttelte den Kopf.

23 Mit gemischten Gefühlen passierte er das leicht bläulich schimmernde Glas des Eingangs. Hinter dem Tresen saß Charly Gumbrecht. Wie immer. Nur für Dollinger war es nicht mehr wie immer.

»Servus, Walter! Was machst du denn hier?«, sprang der Concierge auf und verließ seinen Posten. »Kommst du wieder zurück?«

»Hallo, Charly«, lächelte Dollinger. »Nein. Die Ärzte haben da eine endgültige Entscheidung getroffen. Das Risiko wäre zu groß.«

»Ich dachte schon. Du hast mir einen ganz schönen Schreck eingejagt.«

»Na, so schlimm war ich doch auch nicht«, lächelte Dollinger und reichte ihm die Hand.

»Auf wen hast du es denn abgesehen?«, fragte der kleine Mann, der in Dollingers Alter war. »Du bist doch bestimmt nicht zum Spaß hier.«

»Ich will zu Norbert.«

»Hast du einen Termin?«

»Klar. Und den Weg kenne ich. Und komm nicht auf die Idee, mir so einen Besucherausweis zu verpassen«, sagte

Dollinger und betrat den Fahrstuhl, der ihn in den vierten Stock brachte. Dort wiederholte sich das Begrüßungsritual, bis er endlich vor dem Zimmer mit der Nummer 4.12 stand. Ein letzter Blick auf die Uhr, dann klopfte er an.

»He, Walter! Das ist ja ein Ding! Komm rein!«, begrüßte ihn Norbert Watuschek, der einzige Architekt seiner alten Firma. Er war Ende dreißig und Experte für Minen und Bergwerke.

Dollinger folgte ihm und setzte sich auf einen der beiden Stühle, die vor dem Schreibtisch standen. Watuschek nahm den zweiten und verschmähte seinen Drehstuhl hinter dem Schreibtisch.

»Bin ich also noch nicht in Vergessenheit geraten«, sagte Dollinger.

»Keine Sorge, da musst du noch mindestens ein halbes Jahr warten. »Also, was treibst du so?«

Auf die Antwort musste er kurz warten, denn Dollinger rang mit Formulierungen.

»Um ehrlich zu sein, aber bitte lache nicht gleich los, bin ich im Moment als eine Art Privatdetektiv unterwegs.«

Watuschek gab sich sichtbare Mühe, dem Wunsch nachzukommen, konnte seine Mundwinkel jedoch nicht vollständig kontrollieren.

»Du? Als Hercule Poirot?«

»Bestimmt nicht. Der hätte den Täter auch schon längst. Nein, ich bin blutiger Amateur.«

»Jetzt sag nicht, es geht um den Mann im Fass?!«

»Genau um den geht es«, antwortete Dollinger. »Ich will dich nicht mit der Geschichte langweilen, auf jeden Fall ist dieser Fall auch mein Fall. Sagen wir, ich mache der Polizei ein bisschen Konkurrenz.«

»Ich sehe was, was du nicht siehst«, sagte Watuschek anerkennend. »Das konntest du schon immer. Wenn ich an die Sache im Kongo denke. Die hätten uns fast übers Ohr gehauen. Du hast also deine Augen offen gehalten?«

»So ungefähr.«

Das Telefon klingelte. Watuschek nahm den Hörer ab und ließ nicht mit sich reden: »Ich rufe zurück. In zehn Minuten.«

»Ich will dich nicht lange aufhalten, Norbert, ich weiß ja, was hier los ist«, sagte Dollinger und zog die Kopie der Risszeichnung aus einem Umschlag. Watuschek war sofort voller Neugier bei ihm.

»Diese Zeichnung spielt in dem Fall eine zentrale Rolle. Kannst du mir sagen, was das ist?«

Der Architekt nahm das Papier aus seiner Hand, dreht es und konzentrierte sich.

»Mehr hast du nicht? Das hier ist nur ein Ausschnitt. Da fehlt einiges.«

»Es gibt nur das. Tut mir leid.«

Watuschek holte eine Lupe von seinem Schreibtisch und vertiefte sich in die Zeichnung, drehte sie, besah sie aus größerer Entfernung, zog grelles Licht hinzu.

»Was sagst du?«, wurde Dollinger ungeduldig.

»Die Kopie gibt nicht viel her«, begann Watuschek. »Aber das sieht nach guter, alter Handarbeit aus. Kein Plotter, kein Drucker. Vor 1980. Wahrscheinlich älter. Genau kann ich dir das nicht sagen. Dazu bräuchte ich das Original. Ein großer und zwei kleine Räume. Das sieht man an der Tür.«

Watuschek nahm die Lupe zu Hilfe.

»Hier sind so eigenartige Flecken. Als ob etwas entfernt worden ist. Ein Stempel vielleicht. Die Zahlen kann man auch nicht lesen. Es ist wirklich eine schlechte Kopie.«

»Was ist das für ein Haus?«, fragte Dollinger.

»Wohl eher kein Wohnhaus. Dagegen spricht die Anordnung der Räume. Es sei denn, der Auftraggeber hat keine Geldsorgen. Ein großer Bungalow mit Panoramafenster. So etwas war in den 1970er-Jahren große Mode. Ja, das könnte es sein.«

»Irgendetwas statisch nicht Korrektes? Etwas Illegales, nicht Genehmigungsfähiges?«

»Um das zu beurteilen, reicht der Ausschnitt nicht aus«, erklärte Watuschek. »So ist jedenfalls nichts zu erkennen.«

»Welche Bewandtnis hat es mit dem Kreis?«

Der Architekt hob die Augenbrauen und ließ sich Zeit.

»Der Kreis. Er könnte nachträglich eingezeichnet worden sein. Aber nicht von einem Architekten, sondern von einem Amateur. Eventuell hat er nur dazu gedient, etwa einzukreisen, auf etwas aufmerksam zu machen.«

»Er ist also nicht unbedingt Teil des Entwurfs?«

»Nein. Aber das Objekt fehlt. Das, was sich da mal im Kreis befunden hat. Es wurde gelöscht, entfernt.«

Jetzt ließ sich Dollinger Zeit, und das konnte er auch, denn erneut klingelte das Telefon. Während Watuschek versuchte, den Anrufer loszuwerden, nahm er sich zum x-ten Mal die Kopie vor, lieh sich die Lupe und vergrößerte den Kreis.

»Schon erledigt«, kehrte Watuschek zurück vom Schreibtisch.

»Lass mal deiner Fantasie völlig freien Lauf. Auch wenn es extrem unwahrscheinlich ist, was fällt dir zu diesem Kreis ein?«

Der Architekt nahm sich das Blatt und überlegte.

»Du wirst lachen. Es ist zwar kein Kreuz, aber war hältst du von einem Schatz?«

»Ein Schatz?«

»Ja. Oder ein Tunneleingang? Ein Treppenaufgang? Eine

einbetonierte Leiche? Irgendetwas, das zu dem Zimmer passt. Schlimmstenfalls der Standort des runden Wohnzimmertisches, eingezeichnet von der Hausherrin persönlich. Da muss er hin! Sonst ziehe ich nicht ein!«

»Ein Kellereingang. Ein Tisch«, wiederholte Dollinger und betrachtete den Kreis. »Die Größe käme hin.«

»Tut mir leid, dass ich nicht mehr für dich tun kann«, sagte Watuschek und signalisierte damit das Ende des außergeschäftlichen Termins.

»Danke für deine Zeit«, reagierte Dollinger sofort und steckte das Blatt zurück in den Umschlag.

Das Telefon gab keine Ruhe.

»Kein Thema. Melde dich mal wieder. Und halte mich auf dem Laufenden«, sagte Watuschek und griff zum Hörer.

»Mach ich«, verabschiedete sich Dollinger, hob kurz die Hand kurz und ging zur Tür. In seinem Kopf hatte sich der Kellereingang festgesetzt, der Zugang zu einem darunterliegenden Raum. Einem verborgenen Raum. Ein Tisch war ihm schlicht zu wenig. Abgesehen natürlich von der Tatsache, dass sich von dem Wunsch, einen Tisch an einer bestimmten Stelle zu platzieren, nicht so leicht ein Motiv für eine Erpressung ableiten ließ.

»Bis zum nächsten Mal, Walter«, grüßte ihn der Pförtner.

»Bye, Charlie«, sagte Dollinger, der so seinen Gedanken nachhing, dass er ins Englische verfallen war. Verständnisvoll lächelnd ließ ihn der Pförtner gehen.

Im Wagen war er schon bei der einbetonierten Leiche und dem Schatz angelangt, zwei Angebote, die ihm umso wahrscheinlicher erschienen, je länger er darüber nachdachte. Jemand hatte jemanden oder etwas beseitigt oder verschwinden lassen. Das war gravierender als ein Tisch. Noch bevor er über die Regnitz fuhr, war er sich sicher, es mit einem Versteck zu tun zu haben. In Biberbach gab es nur eine Handvoll Bungalows. Seine Chancen stiegen, zumal er zwei der Besitzer kannte. Ein besonders großer Bungalow mit gigantischer Panoramascheibe gehörte Dr. Mühlhausen-Herrmann, einer fast neunzigjährigen Ärztin, die er sofort von der Liste strich. Das galt auch für den hässlichen Klotz von Peter Grünwald, einem klammen Kleinunternehmer, der schon seit Jahren regelmäßig versuchte, seinen Bungalow zu einem äußerst marktfernen Preis abzustoßen. Karin und er hatten sich seinerzeit auch dieses Haus angesehen, es aber fluchtartig wieder verlassen.

Im Wagen wurde es stickig. Die Sonne schien gnadenlos. Dollinger fuhr die Klimaanlage hoch.

Nachdem er den Main-Donau-Kanal überquert hatte, blieb ihm die Luft weg. Er begann zu pumpen wie ein Maikäfer.

Die Haut auf seinem Bauch begann zu jucken.

Dollinger fand eine Einfahrt und hielt an. Nach Luft schnappend, öffnete er das Handschuhfach und holte eine kleine, braune Flasche hervor, die er öffnete und bis auf den letzten Tropfen leerte.

»Zu wenig«, raunte er und betrachtete die Flasche. Sofort vergrub sich seine rechte Hand im Handschuhfach, wurde aber nicht fündig. Er griff auf die Rückbank, doch seine Hand konnte seinen Koffer nicht finden, den er gar nicht mitgenommen hatte.

Er spürte seine Zunge, spürte seinen Körper. Nur ganz anders als gewöhnlich. Er spürte den ganzen Körper. Wie einen Sack Kartoffeln. Er zog sein Handy aus der Tasche und ließ es seine Nummer wählen.

»Karin? Ein Allergieschub. Und in der Flasche war nur noch ein Viertel. Wenn überhaupt. Du musst sofort kommen.«

»Ach, Walter! Ich hab es dir doch gesagt. Fahr nicht in die Firma.«

»Ich war nicht im Labor, ich war nur in der Verwaltung«, entgegnete er.

»Die liegt aber neben dem Labor. Da braucht nur vor dir … ist ja auch egal. Wo bist du?«

»Zwischen Dechsendorf und Erlangen. In einer Einfahrt. Du siehst mich sofort«, keuchte er.

»Willst du nicht doch lieber den Notarzt rufen?«

»Nein. Beim letzten Mal haben die mich fünf Tage dabehalten und die ganzen beschissenen Tests noch mal gemacht.«

»Ruf wenigsten Bettina an«, riet sie besorgt. »Ich komme, so schnell es geht. Moni ist bestimmt da.«

Dollinger ließ sein Handy die Nummer seiner Tochter wählen, die in Erlangen wohnte und arbeitete. Es meldete sich nur die Mailbox.

»Mist«, zischte er mit dicker Zunge im Mund.

Die Hitze, die er zu verspüren glaubte, wurde unerträglich. Sie war neu im Angebot und vielleicht auf den heißen Tag zurückzuführen. Er wusste es nicht. Doch er wusste, dass seine Ärzte auch auf vieles keine Antwort hatten. Die Psyche spielt eine oft unterschätzte Rolle, hatte ihm einer der Experten erklärt. Es ist nur eine Variante der Nesselsucht, idiopathische Urtikaria, hatte ihm ein Dermatologe versichert. Unbestimmbarer Auslöser. Ein anderer Arzt in der Universitätsklinik hatte auf ein Mineral getippt, eines aus dem Labor, aus den Minen, die er besucht hatte, aus den Probebehältern, die er mitbrachte. So weit hatte er wenigsten folgen können. Danach war ihm eine Mischung aus Ärztelatein und Mutmaßungen serviert worden. Am Ende hatte man ihn mit dem Wort »eigentlich« konfrontiert, nämlich dahin gehend, dass seine Allergie eigentlich nicht möglich sei. Zumindest deren Symptome müssten andere sein. Seine Allergie widersprach gängigen Lehrmeinungen. Ein bei der medizinischen Zunft offenbar sehr unbeliebtes Phänomen.

Er pumpte heftiger und begann zu husten. Immerhin. Die asthmaartigen Anfälle passten ins Bild. Das Handy hielt er fest in der Hand, die Notrufnummer lag im Speicher bereit.

Sein Bauch juckte, seine Zunge blühte.

Dollinger kämpfte, zwang sich, ruhig zu atmen, sich nicht die Lunge aus dem Leib zu husten.

Er verlor das Zeitgefühl. Oder hatten sie ihn vergessen?

So, wie man ihn in der Firma vergessen hatte.

Wie ihn Charlie vergessen hatte.

Wie ihn seine Tochter vergessen hatte.

Die Autos rasten an ihm vorbei, brüllten an ihm vorbei.

Jeder fuhr vorbei. Jeder kam vorbei. Nur Karin kam nicht.

Es klopfte.

Es klopfte lauter.

Dollinger drehte sich zur Seite. Hinter der Scheibe war jemand, sah ihn an, starrte ihn an. Karin. Er suchte den Knopf in der Tür, fand ihn und drückte. Der Kopf kam über ihn und küsste ihn. Karin.

Etwas schob sich in seinen Mund. Er trank, musste schlucken. Es schmeckte ekelhaft, klebrig und medizinisch.

»Und der Herr Doktor sitzt dabei und gibt ihm bitt're Arzenei.«

»He! Walter! Nicht schlappmachen! Nicht jucken! Schlucken!«

Die Hitze ließ nicht locker. Die Autos tobten vorbei.

»Walter!«

»Was ist?«

»Alles klar? Geht's wieder?«, fragte Karin, die neben ihm

auf dem Beifahrersitz saß, eine kleine, braune Flasche in der Hand.

»Ja, schon viel besser«, antwortete er benommen. »Das Zeug wirkt ja sehr schnell. Was immer es ist.«

»Hallo, Walter«, begrüßte ihn Monika Dietlein, die neben dem Wagen stand und zur Beifahrertür hereinschaute.

»Du hast also doch Moni erwischt.«

»Dein Glück, du Dickkopf. Aber es war das letzte Mal. Sonst ruf ich den Notarzt. Oder ich lass dich einweisen.«

Ein paar Minuten gönnte sie ihm noch, dann wechselten sie die Plätze. Während Dietlein weiter nach Erlangen fuhr, traten sie den Heimweg an.

»Dass du auch nie an dein Antiallergikum denkst«, hielt ihm Karin vor. »Zu Hause stehen fünf Flaschen.«

»Ich weiß, ich weiß«, sagte er mit einer Zunge, die fast wieder auf ihre übliche Größe geschrumpft war. Auch sein altes Körpergefühl kehrte zurück.

»Das wage ich zu bezweifeln. Dich bringst du in Lebensgefahr und mich an den Rand des Wahnsinns. Ab morgen schreibe ich wieder Zettel. Wie in der Anfangszeit.«

»Willst du wissen, was mir Norbert gesagt hat?«, fragte er, nicht zuletzt, um das Thema zu wechseln.

»Nein! Ich will wissen, warum du Moni geküsst hast!«

24

»Ah, Herr Dollinger. Kommen Sie rein«, sagte Nürnberger und führte ihn eine Treppe hinaus in sein Arbeitszimmer. »Meine heiligen Räume. Aber nur, weil Sie es sind. Sie haben etwas Neues im Fall Kunrath?«

»Es ist aber nichts für die Öffentlichkeit«, hielt ihm Dollinger entgegen. »Wenn Sie mir das nicht versprechen können, bin ich gleich wieder weg.«

»Was ist es denn?«

»Versprochen?«

»Gut. Von mir aus. Aber wenn Sie etwas haben, denken Sie zuerst an mich. Versprochen?«

»Versprochen«, sagte Dollinger.

»Setzen wir uns.«

Das Arbeitszimmer des Teilzeitjournalisten, Teilzeitschriftstellers, Teilzeitmoderators und Teilzeitmusikers war eine Rumpelkammer, die seine verschiedenen Berufe und Interessen widerspiegelte. Bücher, Zeitschriften, DVDs, CDs und Schallplatten bedeckten Wände und Teile des Fußbodens, ohne dass eine Ordnung zu erkennen war. Auf zwei Schreibtischen standen PCs, Laptops, Monitore, Lautsprecherboxen, Drucker und ein Keyboard mit weißen und schwarzen Tasten. In einem Karton entdeckte Dollinger Tonbandspulen und Disketten aus längst vergangenen Zeiten. Aus Aktenordnern quollen Zeitungsseiten und Fotos.

»Versprochen?«, wiederholte Dollinger.

»Mein Wort. Also worum geht es?«

Dollinger zog eine Kopie des Zeitungsausschnitts aus einem Umschlag und reichte sie dem Lokalreporter.

»Aha! Unser Sherlock Holmes hat eine Spur«, sang er fast und inhalierte das Papier mit den Augen.

»Es könnte tatsächlich eine Spur sein. Aber nur, wenn es Ihnen gelingt, den ganzen Artikel ausfindig zu machen. Ich brauche das Datum und den Namen des Unfallopfers«, erläuterte er die Aufgabe.

»Das ist alles?«, fragte Nürnberger nach. »Ich meine, das ist alles, was Sie von dem Artikel haben?«

»Das ist alles.«

»Das ist wenig. Sehr wenig«, kommentierte der Journalist. »Ist es wirklich so wichtig?«

»Ist es. Ein unverzichtbares Puzzleteil. Der Fall ist nämlich komplizierter, als die Polizei annimmt.«

»Das glaube ich sofort. Dieser Schwerdtfeger ist ja auch eher der Mann fürs Grobe«, sagte Nürnberger, ohne seinen Blick von dem Blatt abzuwenden. »Ein grober Klotz, wenn Sie wissen, was ich meine.«

»Und? Kriegen Sie das hin?«

»Ich will nicht zu viel versprechen, aber das ist machbar. Es wird aber ein paar Tage dauern.«

»Sehr gut«, freute sich Dollinger. »Sie werden es auch nicht bereuen.«

Endlich legte der Journalist das Papier zur Seite.

»Möchten Sie die Fotos von der Beerdigung sehen?«

»Und ob ich die sehen will«, antwortete Dollinger.

Nürnberger rollte auf seinem Stuhl näher an seinen Schreibtisch und klickte sich durch seine Dateien.

»Slideshow?«

Dollinger nickte. Auf dem Monitor, der um einiges größer war als seiner, erschien das erste Foto. Helga Johnson neben dem Pfarrer.

»Eine sonderbare Frau«, meinte Nürnberger.

»Wie kommen Sie darauf?«

»Na, sie wirkt so geistesabwesend. Schauen Sie mal.«

Es folgten weitere Fotos, die Nürnberger recht gaben.

»Ihr Blick zeigt keine Trauer. Oder liege ich da falsch?«

»Das liegt vielleicht an den Medikamenten. Sie kommt frisch aus der Klinik«, gab Dollinger zu bedenken. »Und dann das alte Dorf, die alten Gesichter, der Mord. Das ist eine ganze Menge für den Kopf, für die Gefühle.«

»Trotzdem«, widersetzte sich Nürnberger und klickte weiter. Eine Gruppe Honoratioren, die Dollinger nicht kannte, Andrea Cani und ihr Mann.

»Sie war doch auch von Baumeister als Freiwillige eingeteilt worden? Ich war doch dabei.«

»Stimmt. Aber sie ist nicht mehr zum Einsatz gekommen. Die Polizei hatte etwas dagegen.«

»Aber ich hab sie doch gesehen«, warf Nürnberger ein. »Sie kam aus Kunraths Einfahrt. Mit einer Harke oder Hacke oder etwas Ähnlichem.«

Dollinger wurde neugierig: »Wann war das?«

»Warten Sie. Ich war da, um Fotos von dem Haus zu machen«, sagte er und klickte sich wieder durch seine Bilddateien. »Da ist es.«

Nürnberger hatte sich nicht geirrt. Andrea Cani auf dem

Weg zur Straße, noch halb verborgen im Grün, aber zweifelsfrei zu erkennen.

»Zuerst habe ich sie gar nicht bemerkt«, erklärte der Fotograf. »Ich hatte es ja auf den Giebel abgesehen.«

Dollinger las Datum und Uhrzeit.

»Etwa eine halbe Stunde bevor ich gekommen bin und die aufgebrochenen Siegel entdeckt habe. Interessant. Aber sie hat Gartengeräte dabei. Vielleicht hat sie sich im Tag geirrt und ist umgekehrt. Im Garten hat sie nichts gemacht. Das hätte ich sofort gesehen. Hat sie Sie bemerkt?«

»Ich glaube nicht. Sie ist Richtung Wald gegangen. Ich kam ja vom Dorf.«

»Ja, da gibt es einen schmalen Pfad, eine Abkürzung, die zu ihrem Haus führt.«

In ihrem Gesicht konnte Dollinger nichts Auffälliges entdecken. Andrea sah aus wie immer, wirkte konzentriert, selbstbewusst, hatte ein Ziel vor Augen.

»Weiter?«

»Ja. Zurück zur Beerdigung..«

»Klicken Sie sich durch. Ich mache uns einen Kaffee«, sagte Nürnberger. »Schwarz? Zucker? Milch?«

»Schwarz.«

Dollinger übernahm die Maus und war zunächst fasziniert von der Zahl der Fotos, die Nürnberger gemacht hatte. Fast ebenso gut hätte er die Beerdigung filmen können. Oft waren die Unterschiede zwischen einzelnen Aufnahmen kaum zu bemerken und für jede Rätselseite geeignet.

Baumeisters, Bergers, Schnitzerleins, Dollingers, vier mal Sachtler, Achtelstetter, Schwerdtfeger, Gerald Bank, Geismanns, Greifensteins, Randels, Dr. Müller, Pfannenmüllers, Eugens, Herrmanns, Müllers und immer wieder Helga Johnson.

Er klickte immer schneller und raste schließlich durch die Bilderflut, die sich aus rein quantitativen Gründen als schwer verdaulich erwies. Der Showdown fehlte. Nürnberger war gegangen, bevor sich der Pfarrer und Schwerdtfeger duellierten. Es folgte eine Fortsetzung im Biberzimmer. Aber die verschmähte er, um seinen Kopf nicht zu verlieren.

Nürnberger kam mit dem Kaffee.

»Machen Sie immer so viele Bilder?«

»Ich weiß, was Sie meinen. Nein, die Beerdigung war eine Ausnahme. Da ist irgendetwas mit mir durchgegangen.«

»Morbus digitalis«, schmunzelte Dollinger.

»Ja, das könnte zutreffen. Haben Sie etwas gefunden?«

»Nein. Aber vielen Dank für das Angebot.«

»Schade«, sagte Nürnberger und trank.

»Sie haben wohl auf eine kleine Sensation gehofft?«

»Dann hätte ich gleich das passende Foto gehabt.«

»Keine Sorge, ich halte Sie auf dem Laufenden. Beschaffen Sie mir den Artikel und Sie erfahren es als Erster«, versprach Dollinger, der es bedauerte, dass der Journalist erst seit ein paar Jahren in Biberbach wohnte.

Dollinger setzte sich zufrieden auf den Sattel und fuhr auf der Hauptstraße zum Hasenberg, Biberbachs ältestem Neubaugebiet. Die Grundstücke waren deutlich größer als auf den später ausgewiesenen Flächen. Billiger waren sie natürlich auch gewesen. Er kannte die Straßen, kannte die Häuser, kurvte um vertraute Ecken. Natürlich kannte er auch die infrage kommenden Bungalows, allesamt Siebzigerjahre-Prestigebauten ohne Stil und ökologisches Bewusstsein, dafür mit großen, repräsentativen Wohnzimmern.

Die nicht mehr ganz frischen Prachtbauten waren schnell abgeklappert, ohne dass er das kleinste Resultat erzielte. Soweit er das überhaupt von außen beurteilen konnte, fand er die Raumanordnung der Risszeichnung in keinem der Bungalows wieder. Keinen der Besitzer hätte er auch nur im Entferntesten mit Johann Kunrath in Verbindung bringen können, nicht einmal mit der Hilfe von Monika Dietlein.

Schon nach einer Viertelstunde verließ er die Hässlichkeit der späten Moderne und radelte zurück in den Altort. Hier gab es gleich eine ganze Reihe großer Häuser, die infrage kamen. Nur inspizieren konnte er sie nicht. Außer den öffentlich zugänglichen wie dem Gasthaus Sachtler oder der Brennerei Randel. Hier kam man in fast jeden Raum, hier kannte er fast jeden Raum. Also nahm er sich die Apotheke vor, die Metzgerei Meyer, das Baugeschäft Habermann, die Grundschule und diverse Wohnhäuser.

Diesmal verlor er nach einer halben Stunde die Lust und trat den Heimweg an. Dem Geheimnis der Risszeichnung kam er mit dem Fahrrad nicht auf die Spur. Es war eine völlig ungeeignete Methode, die nur Zeit kostete und entmutigte.

Er passierte gerade die Kirche, die auch nichtfrage kam, als sein Handy Alarm schlug. Vor dem Alten Rathaus brachte er sein Rad zum Stehen. Es war Monika Dietlein. Dollinger zögerte, drückte dann aber doch aufs grüne Feld.

»Hast du es schon gehört«, sprudelte sie los. »Sie haben den Gumpel freigelassen! Diesen Landstreicher. Du weißt schon. Gerade war's im Radio. Er komme als Täter nicht infrage, haben sie gesagt. Die Polizei habe aber eine neue Spur. Im Radio. Gerade eben. Wie findest du das? Was sagst du dazu?«

»Danke.«

Er schwang sich wieder auf sein Rad und setzte seine Fahrt nach Hause fort. Die Nachricht war keine Überraschung. Für Dietlein natürlich, aber nicht für ihn, dem Schwerdtfeger einen kleinen Einblick in seine Karten gewährt hatte. Was ihn interessierte, waren natürlich die neue Spur und die Tatsache, dass sie von der Polizei lanciert worden war.

Im Arbeitszimmer rief er die Online-Nachrichten der lokalen Redaktionen auf und erhielt Antworten. Sogar ein kurzes Videointerview mit Schwerdtfeger war dabei.

»Peter Gumpel konnten wir nach umfangreichen Ermittlungen als Tatverdächtigen ausschließen«, erklärte der Hauptkommissar in fließendem Amtsdeutsch. »Er wurde daher heute Morgen aus der Untersuchungshaft entlassen. Anklage wird nicht erhoben. Im Zuge der Ermittlungen sind wir jedoch auf eine neue und sehr vielversprechende Spur gestoßen. Details kann ich Ihnen aus ermittlungstaktischen Gründen leider nicht nennen. Aber wir hoffen, Ihnen schon in den nächsten Tagen Ergebnisse präsentieren zu können.«

Dollinger klickte sich durch den digitalen Blätterwald, der vor allem Redundanz zu bieten hatte. Selbst die Schlagzeilen glichen sich oder waren sogar identisch. Auf der Seite einen kleineres Blattes wurde er dann doch fündig. Ein Reporter mit dem Kürzel PM berief sich auf einen Informanten aus dem Umfeld von Schwerdtfeger und behauptete, die neue Spur führe ins familiäre Umfeld des Opfers. Den Namen seines Informanten gab der Autor natürlich nicht preis.

Er las den Beitrag ein zweites Mal und lehnte sich zurück, ohne zu wissen, was er von dieser Meldung halten, wie er sie bewerten sollte. Die neue Spur konnte weiter nichts als eine Finte sein, ein Bluff. Oder auch nicht. Schwerdtfeger traute er alles zu, auch, dass er gar keine konkrete Spur verfolgte und genau von dieser Tatsache ablenken wollte. Und die familiäre Spur? Da gab es nur Erika und Helga. Und Karin hatte mit Helga gesprochen, die sich als Letzte ihrer familiären Art bezeichnet hatte.

Der Bleistift in seiner Hand lernte das Steppen auf der Tischplatte, seine rechte Hand kroch unter sein Hemd und begann die Haut zu bearbeiten. Was führte Schwerdtfeger im Schilde? Was wusste er?

Er zog die Hand aus dem Hemd und sah sich noch einmal das Video an, konzentrierte sich auf das Mienenspiel des Hauptkommissars, der biestig schaute wie immer. Nein, dem war nichts anzumerken, der stellte sich einfach vor die Kamera und sonderte emotionslos seinen Text ab. Was blieb, war die Botschaft an den Täter, ihm auf der Spur zu sein.

»Er will ihn aus der Deckung locken«, sprach Dollinger mit sich selbst. »Nicht gerade eine neue Idee.«

Das Radieschen kam ihm in den Sinn. Ihm war es ja längst gelungen, den Mörder aus seiner Deckung zu locken. Aber wo hatte er dessen Weg gekreuzt?

Der Bleistift hämmerte auf die Tischplatte, machte sich selbstständig und stürzte ab.

»Mist!«, schimpfte Dollinger und nahm sich die Maus vor. Sein Social Graph. Namen und Vektoren. Daten und Uhrzeiten. Schall und Rauch. Sein Zeigefinger hatte sich schon fürs Löschen entschieden, zog sich dann aber doch zurück.

»Da steht er«, setzte Dollinger sein Selbstgespräch fort. »Vor meinen Augen. Ich kann seinen Namen lesen.«

Er kickte die Maus in die Stifte, die lose auf dem Schreibtisch lagen, sprang auf und versetzte dem Stuhl einen Hieb, der ihn gegen die Tischkante rumpeln ließ.

»Detektiv!«

Seine Hand fuhr erneut unter das Hemd, seine Haut juckte, seine Zunge wurde trocken, seine Synapsen und Neuronen feuerten ungehalten. Er öffnete eine Schreibtischschublade und griff zur Flasche. Es schmeckte ekelhaft, klebrig und medizinisch.

Wo wäre er jetzt? Wenn ihn die Flasche nicht erwischt hätte? In Peking? In Shanghai? In Südafrika? Um sich mit Chen Shaoyu um Monazit zu streiten? In der passenden Stimmung war er jetzt. Chen Shaoyu hätte sich warm anziehen müssen. Dollinger sah sich am Verhandlungstisch sitzen, die Verträge vor sich, die Zahlen vor sich, die Taktik im Kopf, das Flugticket in der Tasche. Chen Shaoyu. Da hatte er immer genau gewusst, mit wem er es zu tun hatte, wer vor ihm saß, wer versuchte, ihn auszumanövrieren.

Er war aber nicht in Peking. Er war in Biberbach im Aischgrund, in Franken, in Bayern, in Deutschland. Und da würde er auch bleiben. Denn er war achtundfünfzig und angeschlagen.

Eine leichte Hustenattacke unterbrach seine Gedanken. Als er fertig war, verließ er sein Arbeitszimmer, ging die Treppe hinunter und gelangte durch die Küche in den Garten. Die Hacke mit der scharfen Klinge stand wie immer am Gewächshaus. Schon nach ein paar Minuten spürte er die Wirkung, ließ der Druck nach, beruhigte sich seine Haut, seine Zunge.

Seine Tomaten sahen fantastisch aus, seine Paprika auch. Er konnte mit seiner Arbeit zufrieden sein. Die Zucchini blühten um die Wette, die Schwarzen Johannisbeeren, die er im Vorbeigehen pflückte, besaßen Aroma im Überfluss.

Das Spiel war noch nicht zu Ende. Er besaß noch Karten, von denen weder Schwerdtfeger noch der Mörder etwas wussten.

25

Im Versammlungsraum des Vereinshauses war noch nicht einmal die Hälfte der Plätze besetzt. Dr. Pfannenmüller war nicht erschienen, ebenso wenig die Achtelstetters, die Mayers und andere vertraute Gesichter. Jens Nürnberger war erst gar nicht eingeladen worden. Die Stimmung war gedämpft, hier und da flackerten Gespräche auf. Vorne auf dem Podium saßen Baumeister und Gerald Busch alias Gerald Bank und befragten abwechselnd ihre Uhren.

»Es hat keinen Zweck. Fangen wir an«, entschied Baumeister. »Er kommt nicht mehr. Was ich auch verstehen kann.«

Der Vorsitzende hatte keine Mühe, für Ruhe zu sorgen und die außerordentliche Sitzung zu eröffnen. Auf die üblichen Begrüßungsworte, die nüchterner ausfielen als gewöhnlich, folgte die Begründung für die eilig einberufene Versammlung.

»Ihr habt alle von der Freilassung des Landstreichers gehört. Die Polizei hat ausdrücklich betont, dass er nachweislich nicht der Mörder ist.«

»Das habe ich von Anfang an gesagt«, unterbrach Dollinger die Ansprache Baumeisters und marschierte quer durchs Publikum zum Podium. Karin setzte sich auf einen freien Platz in der ersten Reihe neben Andrea Cani.

»Bitte entschuldigt«, sagte Dollinger, ohne eine Erklärung für seine Verspätung abzugeben.

»Schön, dass du doch noch gekommen bist«, fuhr Baumeister fort, »denn es geht ja auch um dich.«

Nichts anderes hatte Dollinger erwartet.

»Also noch einmal von vorne«, sagt der Vorsitzende. »Wie wir alle aus den Nachrichten wissen, verfolgt die Polizei eine neue Spur, eine heiße Spur. Eine gute Nachricht für den Verein und Biberbach. Mit etwas Glück kennen wir bald den Mörder von Johann.«

Baumeister legte eine Kunstpause ein.

»Wie sieht es denn mit deinen Ermittlungen aus, Walter?«

Kein Augenpaar, das nicht auf ihn gerichtet war.

»Ich verfolge andere Spuren als die Polizei«, antwortete er ruhig. »Gumpel kam für mich von vornherein nicht als Täter in Frage.«

»Das wissen wir doch alle«, rief jemand halblaut.

»Bitte!«, mahnte Baumeister.

»Gut. Kürzen wir die Sache ab«, ging Dollinger auf den Rufer ein. »Auch ich habe eine heiße Spur. Auch ich kann sie aus … aus ermittlungstaktischen Gründen nicht preisgeben.«

»Hab ich mir gedacht«, war ein leiser Kommentar zu hören. Das Auditorium wurde wieder lebendiger, unruhiger, lauter.

»Du nervst langsam«, war aus dem Gemurmel herauszuhören.

Die Stimmung war gekippt. Daran bestand für Dollinger kein Zweifel. Auch konnte er den Wandel nachvollziehen, für den er ja durchaus mitverantwortlich war. Vielleicht hatte er seinen Ehrgeiz übertrieben, hatte die Vereinsmitglieder zu sehr bedrängt, war zu tief in ihr Leben eingedrungen. Er war ja kein Außenstehender wie Schwerdtfeger, er war einer von ihnen, eine Art Familienmitglied. Diese simple Tatsache hatte nicht nur er übersehen, jeder hatte sie übersehen. Er ermittelte gewissermaßen in eigener Sache.

»Bitte!«, wiederholte Baumeister. »Du hast also nichts Konkretes? Keinen Namen?«

»So einfach ist das nicht. Die Polizei hat ja auch noch keinen Namen. Und das trotz eines großen Apparates und vieler Beamter. Aber ich bin auf der richtigen Spur.«

»Wann?«, meldete sich Gerald Bank zu Wort, was der Kassenwart eher selten tat.

»Was meinst du damit?«, fragte Dollinger nach.

»Wann hast du ihn? Nächste Woche? Nächsten Monat? Nächstes Jahr? So kann es jedenfalls nicht weitergehen. Vor dir ist man ja nirgends sicher. Hinter jeder Ecke lauerst du uns auf und fragst uns aus. Schlimmer als die Polizei. Das muss mal ein Ende haben. Mord hin oder her.«

Das Gemurmel im Raum begrüßte das Statement.

»Aber ihr habt mir doch diese Rolle verpasst?«, wehrte sich Dollinger. »Ich wolltet doch unbedingt, dass ich den Mörder finde, damit der Ruf des Vereins nicht beschädigt wird.«

»Aber jetzt bist du es, der ihn beschädigt«, hielt ihm Gudrun Berger entgegen. »Gerald hat recht. Im Lehrerkollegium werde ich schon darauf angesprochen. Du solltest den Mörder finden, nicht das Dorf auf den Kopf stellen. Und wem schiebt man das in die Schuhe? Dem Verein. Apropos Dorf: Bei uns ist die Privatsphäre viel sensibler als in der Stadt.«

»Genau!«, tönte jemand.

Karin signalisierte ihrem Mann vorsichtig winkend und lächelnd Mitleid und Solidarität.

»Ja, ich sehe, ich kann mir meine Worte sparen«, nahm Baumeister den Faden wieder auf. »Ich glaube inzwischen auch, dass die Idee, den Fall selbst aufzuklären, eine Schnapsidee war. Jetzt sei mal ehrlich, Walter, Hand aufs Herz, du bist einfach kein Detektiv. Dir fehlt die Erfahrung, dir fehlen die Mittel der Polizei. Das ist kein Vorwurf, bitte versteh das jetzt nicht falsch. Du hast dein Bestes gegeben. Und dafür sind wir dir auch dankbar.«

Ein verhaltener Applaus setzte ein.

»Aber jetzt ist meiner Ansicht nach der richtige Zeitpunkt gekommen, die Aktion zu beenden. Überlassen wir den Rest der Polizei. Gumpel ist frei, sie hat ihren Irrtum erkannt und ist gewissermaßen auf deine Linie eingeschwenkt, Walter. Dein Einsatz war also nicht umsonst. Jetzt übernehmen wieder die Profis. Schwerdtfegers Ankündigung war unmissverständlich. In ein paar Tagen ist der Alptraum vorbei, da bin ich mir ganz sicher.«

Die Zustimmung der Vereinsmitglieder war nicht zu überhören. Baumeister hatte den richtigen Ton getroffen, hatte Dollingers fristlose Kündigung als Hausdetektiv perfekt verpackt. Erleichtert und zugleich streng suchte Irmtraud Baumeister Dollingers Blick, der versuchte, in ihren Augen zu lesen. Nicht zum ersten Mal kam er zu keinem Ergebnis und wunderte sich lediglich über die Ablehnung, die er verspürte.

»Im Namen des Vereins danke ich dir für deinen Einsatz«, schloss der Vorsitzende und erntete Beifall.

Dollinger hingegen wusste, dass Widerstand zu diesem Zeitpunkt zwecklos war und fügte sich, lächelte nach allen Seiten und schob ein leises »Danke« über seine Lippen.

»Lass gut sein, Walter«, legte Baumeister nach, um Dollinger zu einer noch deutlicheren Reaktion zu zwingen.

»Ja, vielleicht habt ihr recht und ich habe wirklich zu viel

Staub aufgewirbelt. Macht euch keine Sorgen, der Verein gibt seine eigenen Ermittlungen hiermit auf.«

Jetzt war auch der Rest erleichtert. Baumeister schüttelte ihm sogar die Hand, was ihm peinlich war. Eine maßlos übertriebene, eine theatralische Geste, die er aber hinnahm.

»Damit wäre diese Frage einvernehmlich geklärt«, freute sich der Vorsitzende. »Mehr können wir für Johann nicht mehr tun. Seinen Garten können wir nicht mehr pflegen, nur noch sein Grab. Seine Schwester hat mir gesagt, das Haus so bald wie möglich verkaufen zu wollen. Hoffen wir, dass es einen würdigen Käufer findet.«

Karin lächelte noch immer solidarisch ihren Mann an, der sich wie ein Fremdkörper auf dem Podium fühlte. Er wusste natürlich, dass sich der Gegenwind auch wieder legen würde, aber für den Augenblick wünschte er sich an einen anderen Ort. Es musste ja nicht gleich wieder Peking sein.

»Und da wir schon einmal hier sind, können wir auch schnell die Frage klären, wie wir uns an der Verschönerung des Dorfbrunnens beteiligen«, wechselte Baumeister mühelos das Thema. »Von Alfons stammt der Vorschlag, die Pflastersteine rund um den Brunnen in einer Breite von …«

In Dollingers Tasche vibrierte das Handy. Als er aufstand, verfolgten ihn keine Blicke mehr, ungestört und unbeobachtet konnte er sich in die hintere Ecke verziehen und das Gespräch annehmen. Es war Jens Nürnberger.

»Der Unfall ist in der Nacht zum dritten August vor fünf Jahren passiert. Das Opfer war ein Ingenieur namens Anton Hirsch.«

Dollinger lauschte gespannt. Der Name sagt ihm nichts. Auch konnte er sich nicht an den Unfall erinnern, der sich immerhin auf der Bundesstraße unweit von Biberbach ereignet hatte. Andererseits waren Autounfälle auf dieser Strecke nicht unbedingt eine Rarität.

»Der Fahrer war angetrunken, die Unfallursache eindeutig. Ein Unfallexperte der Feuerwehr hat allerdings Zweifel geäußert. Die Bremsspuren haben ihm nicht gefallen. Was immer das heißen mag.«

»Fremdeinwirkung«, flüsterte Dollinger, während hinter ihm der Dorfbrunnen verhandelt wurde.

»Ich kann Ihnen die Artikel mailen«, sagte der rasende Reporter, der keine Zeit verloren hatte.

»Danke. Sie haben etwas bei mir gut.«

»Ich weiß. Vergessen Sie es nicht.«

»Versprochen.«

Dollinger kehrte zum Podium zurück und reichte Gerald Bank und Baumeister die Hand.

»Ein Anruf. Eine familiäre Sache.«

»Ich hoffe, nichts Schlimmes?«, fragte Baumeister.

»Nein, nein. Nur ein kleiner Unfall. Halb so wild. Wir können nur nicht mehr bleiben.«

»Aber es hat doch nichts mit … mit der Sache zu tun?«, wollte sich Gerald Bank vergewissern.

»Keine Sorge. Ist alles schon vergessen. Kümmert euch um den Dorfbrunnen.«

Die Dollingers verließen das Vereinshaus und fuhren nach Hause. Die Kündigung war ihnen nur ein paar Worte wert, viel zu neugierig waren sie auf die Mail. Die Tür fiel heftig ins Schloss, die Treppe nahmen sie im Sturm. Nur der Rechner brauchte seine Zeit, bevor sie Zugriff auf drei Artikel hatten, perfekt eingescannt von Nürnberger.

»Das hätte ich nicht gedacht«, meinte Karin, »dass der so fix ist.«

Sie überflogen die Schlagzeilen und Texte.

»Trunkenheit am Steuer. Eigentlich eine simple Sache. Wenn Johann sie nicht bemüht hätte«, sagte Dollinger.

»Der Feuerwehrmann wird nur im letzten Artikel zitiert«, stellte Karin fest und las vor: »Derartige Bremsspuren habe ich noch nie gesehen. Sie passen eigentlich nicht zu dem Unfallhergang.«

Nach einer kurzen Pause kommentierte sie: »Die Polizei hatte da offenbar keine Bedenken.«

»Anton Hirsch war Ingenieur«, referierte Dollinger. »Mehr steht hier nicht. Ich wette, er war Bauingenieur und für Statik und diese Dinge zuständig. Er hat etwas mit der Risszeichnung zu tun, sonst hätte Johann den kleinen Ausschnitt nicht aufgeklebt.«

»Es geht also doch um eine Baugenehmigung, einen Schwarzbau oder etwas Ähnliches. Jetzt wette ich mal: Auch dieser Hirsch hat beim Erbsenzählen die Bohnen gefunden und hatte anschließend zufällig einen Unfall.«

Dollinger nickte zustimmend.

»Hier steht nicht, für wen er gearbeitet hat. Aber das lässt sich herausfinden. Und auch, wo er vor seinem Unfall war.«

»In Biberbach«, ergänzte Karin. »Er war in Biberbach in einem Schwarzbau und hat sich mit dem Bauherrn überworfen.«

Wieder nickte Dollinger und lehnte sich zurück.

»Mit tödlichem Ausgang. Das passt doch alles gut zusammen.«

»Fantasie ist wichtiger als Wissen. Sagt Einstein. So gesehen haben wir endlich eine konkrete Spur. Dieser Hirsch wird uns den Weg weisen.«

Karin spürte ihr Herz, das Fahrt aufgenommen hatte. Sie

dachte an Baumeister, an den Gartenbauverein, die noch immer im Vereinshaus tagten.

Dollinger speicherte die Artikel und schrieb Anton Hirsch via Google zur Fahndung aus. Das Ergebnis war enttäuschend und bestand in einer Todesanzeige.

»Aber das reicht uns«, sagte Dollinger und druckte die Anzeige aus, auf der sich auch eine Adresse befand. »Jetzt ist es schon zu spät. Ich versuche morgen mein Glück.«

»Was sagst du Baumeister?«

»Nichts. Was soll ich ihm schon sagen? Dass ich auch ohne Auftrag weitermache? Das geht ihn nichts an. Und das kann er mir auch nicht untersagen. Aber er wird es gar nicht merken, denn die Fragerei im Ort bringt uns sowieso nicht mehr weiter. Das ist ausgereizt. Ich verstehe sie sogar. Erst die Polizei, dann wir. Oder umgekehrt. Dann das öffentliche Interesse, die ganzen Verdächtigungen …«

»Die Radieschen«, gab Karin zu bedenken.

»Die hat aber nicht jeder bekommen.«

»Bestimmt nicht. Aber wir kennen auch nicht jeden, der eines bekommen hat. Die Drohung sollten wir nicht unterschätzen. Ich glaube, sie hat heute auch eine Rolle gespielt.«

Dollinger fuhr mit dem Zeigefinger über seine Lippen und rief sich einige der Gesichter in Erinnerung, vor allem das von Irmtraud Baumeister.

»Das hat der Mörder nicht unklug gemacht. Kein Anruf, kein Brief, kein Wort. Nichts, was sich später nachweisen oder zurückverfolgen lässt. Und schnell geht es auch noch. Im Vorbeifahren gewissermaßen.«

»Darauf folgt die Frage, wer oft und viel vorbeifährt. Wer kann vor jeder Tür anhalten, ohne die Aufmerksamkeit der Nachbarn auf sich zu ziehen?«

26

Es klingelte.

Karin ging zur Tür und öffnete. Noch immer war sie krankgeschrieben, obwohl sie die Verletzung am Kopf nicht mehr spürte. Aber ihr Arzt war anderer Meinung, hatte ein besorgtes Gesicht gemacht und das gelbe Formular unterschieben.

»Morgen«, sagte Schwerdtfeger.

»Guten Morgen«, sagte Karin betont freundlich. Sie war gleich zweimal überrascht, einmal über den Besuch des Hauptkommissars, ein zweites Mal über seinen nahezu freundlichen Gruß.

»Kommen Sie doch rein.«

Wortlos betrat der Beamte das Haus und sah sich neugierig um.

»Am besten gehen wir in den Garten. Wir sind noch beim Frühstück. Darf ich Ihnen eine Tasse Kaffee anbieten?«

»Gerne. Bitte schwarz«, sagte Schwerdtfeger und folgte ihr.

»Besuch«, signalisierte Karin ihrem Mann, der damit beschäftigt war, einem Stück Bärlauchkäse eine dünne Scheibe abzutrotzen.

»Wir brauchen dringend ein neues Käsemesser.«

»Morgen«, wiederholte Schwerdtfeger und setzte sich auf einen der freien Stühle. Er hatte sich für einen Schattenplatz unter dem großen Sonnenschirm entschieden. Trotz der angenehmen morgendlichen Temperaturen hatte er bereits Schweißperlen auf seiner Stirn. Der Stuhl ächzte unter seinem Gewicht. Dollinger rechnete jeden Augenblick mit dem Schlimmsten.

»Was führt Sie zu so früher Stunde zu uns?«, fragte Dollinger.

»Na, was wohl?«

»Dumme Frage. Natürlich. Wie konnte ich das vergessen?«

Karin stellte eine Tasse Kaffee auf den Tisch und setzte sich.

»Danke«, sagte Schwerdtfeger und fixierte nacheinander seine beiden Gastgeber mit gewohntem mürrischem Blick.

»Sie haben doch auch mit Helga Johnson gesprochen, oder?«

»Ich habe mit ihr gesprochen«, antwortete Karin.

»Hm«, brummte der Hauptkommissar und hob die Tasse zum Mund. »Was hat sie Ihnen erzählt?«

»Eigentlich nicht viel«, begann Karin und skizzierte kurz das Gespräch.

»Hm«, wiederholte Schwerdtfeger. »Und das war alles?«

»War es. Weshalb fragen Sie?«

»Helga Johnson ist nicht am Tag vor der Beerdigung in Nürnberg gelandet. Sie ist schon länger in Deutschland. Wir haben die Flugdaten überprüft.«

Die Dollingers hielten kurz in ihren Bewegungen inne. Karin fragte leise: »Aber was ist mit ihrer Operation?«

»Längst vergessen. Eine Kleinigkeit. Ein Routineeingriff. Minimalinvasiv. Was nicht ausschließt, dass sie noch Medikamente nehmen muss.«

Der Stuhl ächzte, als Schwerdtfeger die Tasse absetzte, aber er hielt dem Gewicht stand.

»War sie denn zur Tatzeit hier?«, fragte Dollinger, noch immer leicht benommen von der Nachricht.

»Nein. Nicht, soweit wir wissen.«

»Was … was hat sie denn hier gemacht?«, setzte Karin das Verhör fort.

»Sie hat Besuche gemacht. Das sagt sie jedenfalls. Sie ist uns gegenüber nicht besonders auskunftswillig.«

»Ahhh, deshalb sind Sie hier«, stellte Dollinger schmunzelnd fest. »Der kleine Disput auf dem Friedhof.«

»Hm«, nickte Schwerdtfeger, der die Defensive nicht gewohnt war. »Ich hätte da eine Bitte. Vielleicht können Sie es ja noch ein zweites Mal versuchen? Sie fliegt nächsten Montag. Wenn Sie hier alles erledigt hat. Ich kann sie ja leider nicht dabehalten. Hätten Sie noch eine Tasse?«

»Gerne«, antwortete Karin und ging in die Küche, wo die Maschine stand.

Dollinger und der Hauptkommissar beäugten sich, tasteten sich ab, taxierten sich, wollten wissen, was der andere wusste. Fragen lauerten auf ihren Zungen, blieben aber unausgesprochen.

»Schön haben Sie es hier«, meinte Schwerdtfeger schließlich.

»Haben wir«, stimmte ihm Dollinger zu.

Dabei blieb es. Karin kehrte mit einer frischen Tasse zurück und setzte sich wieder.

»Danke. Was halten Sie von meinem Angebot?«

»Angebot? Doch wohl eher eine Anfrage«, entgegnete Karin.

»Na gut. Was halten Sie von meiner Anfrage?«

»Wäre Helga Johnson denn einverstanden?«

»Das wäre Sie. Mit Ihnen würde sie reden«, gestand Schwerdtfeger. »Am Sonntag. Kurz vor ihrem Abflug.«

»Ja, ich spreche mit ihr«, willigte Karin ein. »Was wollen Sie wissen?«

»Das können Sie sich doch denken«, brummte der schwergewichtige Ermittler und holte seine Brieftasche aus seiner Jacke. Die Schweißperlen waren inzwischen gewachsen, blieben aber kleben. »Vor allem will ich natürlich wissen, wo sie war und wen sie besucht hat. Hier, sehen Sie sich das mal an.«

Schwerdtfeger kramte in den Papieren in seiner Brieftasche und zog ein Foto heraus. Es war das gleiche Foto, das sie von Monika Dietlein erhalten hatten. Ein Wurstfinger war auf Erika Kunrath gerichtet.

»Wir vermuten, dass Helga Johnson die geschiedene Frau ihres Bruders besucht hat. Sie hat wieder geheiratet und lebt in Würzburg. Außerdem wüssten wir gerne, wer diese Frau ist.«

Der Wurstfinger nahm sich jetzt die Unbekannte vor.

»Niemand konnte uns bislang ihren Namen sagen.«

»Ist sie denn wichtig?«, fragte Dollinger und gab den Ahnungslosen.

Schwerdtfeger machte eine gequälte Miene und zögerte.

»Wenn wir das so genau wüssten. Es gibt da ein paar Indizien, die wir mit dieser Frau in Verbindung bringen. Belassen wir es dabei. Das Foto können Sie behalten. Zeigen Sie es Helga Johnson. Fragen Sie sie. Es ist wichtig.«

»Das Foto wurde vor neun Jahren auf der Sachtler-Kerwa aufgenommen«, sagte Dollinger fast beiläufig, ohne jedoch Schwerdtfeger beeindrucken zu können.

»Hab ich mir schon gedacht, dass Sie es kennen«, brummte der Hauptkommissar. »Das hätte ich Ihnen auch nicht abgekauft. Aber wer die Frau ist, dass wissen Sie auch nicht, oder?«

»Da müssen wir leider passen«, gab Karin zu.

»Sie war auf der Kirchweih. Aber niemand kennt sie und

kann sich an sie erinnern. Das gibt es doch nicht!«, schimpfte Schwerdtfeger und schlug mit der flachen Hand auf die Tischplatte. »Der Sachtler-Clan nicht. Das Personal nicht. Nur einen Zeugen konnten wir auftreiben. Einen Zeugen. Und der weiß auch nichts. Fast nichts. Gut. Lassen wir das. Da wäre noch etwas.«

Wieder ließ sich Schwerdtfeger Zeit. Wieder machte er ein zerknittertes Gesicht. Es war nicht schwer zu erraten, dass es ihm schwerfiel.

»Haben Sie einen Cognac oder so etwas?«

Die Schweißperlen waren zu groß geworden und kullerten nacheinander über sein Gesicht. Er zog umständlich ein riesiges Stofftaschentuch aus der Hosentasche, stöhnte und wischte sich die Stirn und das Gesicht ab.

»Einen Obstler?«, schlug Dollinger vor und stand prophylaktisch auf. »Und vielleicht auch ein Glas Wasser?«

Schwerdtfeger nickte erschöpft.

»Geht es ihnen nicht gut?«, erkundigte sich Karin.

»Alles im Lot«, antwortete Schwerdtfeger und fing sich wieder. »Es sind lange Tage, wissen Sie? Und dann die Presse. Der Staatsanwalt.«

Dollinger kehrte mit dem Obstbrand und dem Wasser zurück. Diesmal zögerte der Polizist keine Sekunde und nahm ihm das Schnapsglas aus der Hand. Mit dem Wasser wartete er.

»Danke. Also jetzt. Ich habe ein paar ernste Worte mit von Breitenbach gewechselt. Glauben Sie mir, das war nicht leicht. Dieser Mann ist schließlich eine Autorität. Er hat es nicht gerne, wenn man ihm in die Suppe spuckt.«

Schwerdtfeger lehrte das Wasserglas in einem Zug.

»Um es kurz zu machen. Sie könnten mit Ihrer wilden Amateurtheorie durchaus richtig liegen.«

»Also doch!«, raunte Dollinger. »Johann ist schon am Freitag oder Samstag ermordet worden!«

»Es ist zumindest in Betracht zu ziehen«, korrigierte ihn Schwerdtfeger. »Der Einfluss der Maische ist schwer einzuschätzen. Wissen Sie eigentlich, was Sie da mit Ihren Tomatensprossen angerichtet haben?«

»Seitentrieben«, korrigierte nun Dollinger.

»Von mir aus. Die ganze schöne Ermittlung haben Sie durcheinandergebracht. Die schönen Alibis. Unseren schönen Tatverdächtigen mussten wir laufen lassen. Er war ein idealer Kandidat. Eigentlich eine Frechheit! Haben Sie noch einen?«

»Bin gleich zurück«, antwortete Dollinger.

»Professor Doktor Siegbert von Breitenbach. Ein sturer Bock ist dieser bornierte Aristokrat«, maulte Schwerdtfeger, während er das Schnapsglas zwischen seinen Wurstfingern jonglierte.

Dollinger brachte die Flasche mit und schenkte nach.

»Danke«, sagte der Beschenkte und zögerte nicht. »Das ist alles Ihre Schuld. Wir konnten wieder ganz von vorne anfangen. Auf das Foto hätten Sie uns auch aufmerksam machen können. Er könnte ein Teil der Lösung sein.«

»Hätten Sie mich denn angehört?«, hielt ihm Dollinger vor.

»Lassen wir das«, murrte Schwerdtfeger. »Kümmern wir uns jetzt um die Familie. Im weitesten Sinn. Da liegt der Hund begraben. Glauben Sie mir. Da laufen die Fäden dieser Geschichte zusammen. Wenn wir die aufdröseln, dann haben wir ihn. Oder sie. Und dazu müssen Sie mit Helga Johnson reden. Ich habe bei der verschissen.«

Schwerdtfeger bat mit seinem Blick um Verständnis und Nachsicht. Dann wandte er sich an Karin: »Ich mache den Termin mit ihr und rufe Sie an.«

»Ich rede mir ihr«, bekräftigte Karin.

»Noch einen?«, fragte Dollinger.

»Bestimmt nicht. Aber danke. Ich muss jetzt los«, brummte der Hauptkommissar und stemmte sich aus dem Gartenstuhl, der hörbar aufatmete. »Es versteht sich von selbst, dass dieses Gespräch unter uns bleibt. Sind Sie eigentlich noch im Geschäft?«

Jetzt war es Dollinger, der zögerte, dann aber doch antwortete: »Nicht mehr offiziell. Der Verein hat sich anders entschieden.«

»Eine weise Entscheidung«, meinte Schwerdtfeger und reichte ihm die Hand. »Die Sie natürlich ignorieren.«

»Natürlich«, wiederholte er.

»Hab ich mir schon gedacht.«

»Wo Sie uns doch jetzt engagiert haben«, lächelte Karin.

»Hab ich das? War es nicht eher eine Bitte? Wie auch immer, seien Sie vorsichtig. Und wenn Sie etwas haben, weihen Sie mich ein. Es ist besser so. Glauben Sie mir.«

Sein Blick sprach Bände. Die Dollingers schwiegen.

»Ich rufe Sie an«, sagte Schwerdtfeger, reichte Karin die Hand und stapfte ins Haus. Das Paar begleitete ihn zur Vordertür, vor der sein Wagen stand, quer auf dem Bürgersteig, ohne Rücksicht auf die Straßenverkehrsordnung.

»Das ist ja ein Ding«, meinte Karin, nachdem der Hauptkommissar wieder auf die Straße zurückgekehrt war. »Verstehst du das?«

»Nicht wirklich, wie es so schön heißt.«

»Der führt doch was im Schilde?«

»Wir etwa nicht?«, sagte Dollinger. »Und das weiß der ganz genau.«

»Hätten wir ihm nicht doch …?«

»Nein. Dann müssten wir ihm auch erklären, wie wir an die Sachen gekommen sind«, wiegelte Dollinger ab. »Belastbar im Sinne der Staatsanwaltschaft ist das auch nicht. Unsere Indizien und Vermutungen sind vor Gericht nicht viel wert.«

»Dann wird es höchste Zeit. Du wolltet doch anrufen?«

Dollinger stieg die Treppe hinauf und wählte die bereitliegende Nummer von der Todesanzeige. Der Anschluss war frei, aber niemand hob ab. Auch die Wiederholung des Wahlvorgangs änderte daran nichts.

»Wäre ja auch zu schön gewesen.«

Dollinger ging zurück in den Garten und holte den Rasenmäher aus der Scheune. Der Rasen war seit Tagen überfällig. Obwohl er wenig Lust verspürte, zog er am Startergriff und begann im Hof. Dort war eine kleine Fläche zu mähen, bevor die großen Rasenstücke hinter der Scheune und rund um die Beete an die Reihe kamen.

Schon nach wenigen Minuten war der Korb voll. Das war der eigentliche Grund für seine Aversion. Ständig musste man das Mähen unterbrechen, um den Korb zum Komposthaufen zu tragen. Nach dem dritten Gang legte er eine Pause ein und wählte nun mit seinem Handy die Nummer, die er auf der Todesanzeige gefunden hatte. Wie schon bei seinem ersten Versuch hörte er zwar das Freizeichen, doch niemand meldete sich. Und auf die Mailbox wollte er nicht sprechen.

»Murphy's Law. Die sind bestimmt im Urlaub«, dachte er laut, schob sein Handy zurück in die Tasche und startete den Motor. Jetzt nahm er sich das große Stück hinter der Scheune vor. Hier war das Gras besonders hoch, sodass sich der Rasenmäher immer wieder festbiss und der Motor stehen blieb. Der Korb war natürlich noch schneller voll. Dafür war der Weg zum Komposthaufen noch weiter als vom Hof aus.

Ein halbe Stunde benötigte er für das Stück hinter der Scheune. Zeit für eine Pause. Statt den bereits wieder randvollen Korb zu leeren, stellte er lediglich den Motor ab und verschob die Leerung auf später. Wenn das vordere Stück an der Reihe war.

Dollinger freute sich auf ein alkoholfreies Bier und schlenderte über den Hof. Wenige Meter vor der Küchentür, die zugleich die Tür zum Innenhof war, blieb er abrupt stehen.

»Der Rasenmäher! Ich Idiot!«

Karin hatte seinen Ausruf gehört und erschien in der Tür.

»Er ist hin. Stimmt's? Jetzt hast du ihn endgültig kaputt gemacht!«

»Nein, der läuft bestens. Aber Johanns Rasenmäher, der hat einen Totalschaden.«

»Ich weiß. Ich hab ihn ja gesehen«, wunderte sich Karin und sah ihren Mann besorgt an. »Geht es dir nicht gut?«

»Natürlich geht's mir gut! Was soll denn sein?«, antwortete er, ohne sich von Fleck zu rühren. »Der Korb war nicht geleert. Das hätte Johann niemals getan. Das gab es bei dem nicht. Er hätte den Rasenmäher niemals mit vollem Korb in die Scheune gefahren.«

»Aber er ist doch kaputt.«

»Ist er das? Oder hat Johann ihn absichtlich in die Scheune gefahren und unbrauchbar gemacht?«

Karins Augen begannen zu leuchten.

»Dort hat er es versteckt!«

Dollingers Starre endete ebenso plötzlich, wie sie eingesetzt hatte. Karin zog die Tür hinter sich zu und folgte ihm im Laufschritt zum Wagen.

»Der Schlüssel!«

Dollinger spurtete zurück zur Hintertür und holte den Schlüssel. Sekunden später knallten die Autotüren. Der Motor jaulte auf, wie er es nie zuvor getan hatte. Gras und Erde flogen auf die Straße, denn der Wagen hatte in der Einfahrt geparkt.

»Vollidiot!«, fluchte Dollinger. »So ein Vollidiot! Wie konnte ich nur den Rasenmäher übersehen? Und ich hab sogar noch versucht, mit ihm den Rasen zu mähen!«

»Pass auf! Bau jetzt nicht noch einen Unfall!«, mahnte Karin. »Wir sind ja schon da!«

Aber andere waren auch schon da. Mehrere Polizeifahrzeuge parkten in der Einfahrt von Kunraths Haus und am Straßenrand. Flatterbänder flatterten im Sommerwind, der kaum für Kühlung sorgte.

»Was … soll das denn?«, ärgerte sich Dollinger. »Die müssten doch …?

»So ein Mist!«, entfuhr es Karin.

Mehr oder weniger fassungslos beobachteten die Dollingers die Köpfe und Mützen, die ab und zu aus dem dichten Grün auftauchten.

»Was machen die hier?«, fragte Dollinger. »Mitten am helllichten Tag? Ich dachte, die suchen die Unbekannte vom Foto?«

»Wir waren so kurz davor.«

Es klopfte an die Scheibe der Fahrertür. Ohne ernsthaft überrascht zu sein, sahen die Dollingers den wuchtigen Kopf von Schwerdtfeger. Langsam glitt die Scheibe nach unten.

»Das ging aber schnell«, sagte der Beamte mit vorsichtig angedeuteter Freundlichkeit. »Haben Sie mir also doch etwas zu sagen.«

»Ich muss Sie leider enttäuschen«, erwiderte Dollinger, der sich größte Mühe gab, seine Gefühle zu verbergen. »Wir wollten nur im Wald spazieren gehen. Das ist unsere übliche Strecke. Und was machen Sie hier?«

»Ich hatte Ihnen doch gesagt, dass wir noch einmal ganz von vorne anfangen. Tatort inklusive. Insbesondere der Garten. Dank Ihrer Beobachtungen wissen wir ja, dass wir ihn vernachlässigt haben. Das gilt auch für die Scheune. Vielleicht finden wir ja doch noch etwas. Wünschen Sie mir Glück.«

»Viel Glück!«, sagte Karin.

»Viel Spaß beim Spazierengehen!«, lächelte Schwerdtfeger und wandte sich dem Tatort zu.

Die Dollingers verzichteten auf den Spaziergang und kehrten ernüchtert nach Hause zurück.

27

»Er war Bauingenieur und er kam aus Biberbach«, strahlte Dollinger. »Und er war einem Betrugsfall auf der Spur. Mehr konnte mir seine Witwe leider nicht erzählen. Unterlagen gibt es auch keine mehr. Die Familie hat alles entsorgt. Die Witwe ist übrigens von der Unfalltheorie überzeugt. Und Pfusch am Bau, hat sie mir versichert, sei keine Seltenheit und somit auch nichts Ungewöhnliches für Ihren Mann gewesen. Wo gebaut wird, da wird auch betrogen. Hat ihr Mann immer gesagt.«

»Wie wir vermutet haben. Ein Schwarzbau. Das muss das Motiv für die Erpressung sein«, fasste Karin zusammen.

»Drei Morde für einen Schwarzbau? Den Bau möchte ich sehen.«

»Wenn du dein ganzes Vermögen in das Haus gesteckt hast? Es wurde schon für weniger gemordet.«

»Hast auch wieder recht«, stimmte er zu. »Da kann schon ein falsches Wort ausreichen.«

»Ein Schwarzbau. Das müsste doch herauszukriegen sein«, meinte Karin. »Im Grunde müssen wir nur wissen, wer in der Zeit vor dem Tod dieses Bauingenieurs gebaut hat. Das kann ja so schwer nicht sein.«

»Ein Schwarzbau kann auch ein Umbau sein«, entgegnete Dollinger. »Dann wird es schon kniffliger. Denk an die alte Risszeichnung.«

»Ob sie den Rasenmäher schon haben?«, sah Karin ihren Mann mutlos an.

»Wir werden es bald wissen. Ewig können sie ja nicht bleiben.«

»Wann wollen wir gehen?«

»Lass uns noch ein bisschen warten. Ich hatte schon genug unheimliche Begegnungen. Die ziehen schon wieder ab«, sagte er und sah auf die Uhr. »Eine Stunde noch. Okay?«

Eine Stunde, die sich dem gewohnten Fluss der Zeit zu entziehen versuchte. Reichte sie sonst kaum aus, um bestimmte Arbeiten zu erledigen, reichten nun die Arbeiten nicht aus, die Zeit zu erledigen. Immer öfter galten die Blicke der Dollingers der Uhr, die ihren bekannten Elan eingebüßt zu haben schien. Karin bügelte einen Hemdenberg nieder, ihr Mann baute ein Regal im Vorratsraum.

»Mir reicht es jetzt«, sagte Karin schließlich. »Wir fahren!«

Als sie mit dem Autoschlüssel bewaffnet die Vordertür öffnen wollten, klingelte es lang anhaltend.

»Nein, bitte nicht jetzt«, seufzte Karin.

»Wer kann das sein? Ein bisschen spät für ein Gespräch über die Bibel.«

»Es nützt nichts. Sehen wir nach.«

Vor der Tür stand, mit leuchtenden Augen, Monika Dietlein und stürmte auf sie los, drängte sie ins Haus zurück, platzte fast.

»Susanne Blaufuß!«

»Was für ein Fuß?«, fragte Karin irritiert.

»Susanne Blaufuß! Die unbekannte Frau! Die Frau auf dem Foto!«, schrie Dietlein fast in den Flur. »Ich weiß jetzt, wer sie ist!«

»Susanne Blaufuß«, wiederholte Dollinger, ohne sich wirklich über die Nachricht zu freuen. »Und wer ist sie?«

»Aber doch nicht im Flur«, sang Dietlein und tänzelte ins Wohnzimmer, wo sie sich auf einem der beiden Sofas niederließ. Die Dollingers folgten ihr wie betäubt und setzten sich auf das andere Sofa.

»Jetzt ratet mal! Los! Ratet doch mal!«

»Spann uns nicht auf die Folter. Wir haben nicht viel Zeit«, bat Karin.

»Ratet!«

»Wir wissen es doch nicht, Moni. Also erklär du es uns!«, murrte Dollinger. »Also, wer ist Susanne Blaufuß?«

»Die Cousine vom Willi, die Cousine von Wilhelm Krautwurst!« Dabei machte sie ein Gesicht, als hätte sie eine Misswahl gewonnen. »Der Karl hat es mir gesagt. Karl Kerner. Aus Neustadt.«

»Krautwurst und Blaufuß. Wenn das nicht zusammenpasst«, kommentierte Karin.

»Was hast du noch in Erfahrung bringen können?«, fragte Dollinger.

»Sie hat sich nur ein paar Mal in Biberbach blicken lassen. Wenn beim Sachtler etwas los war. Und sie hatte mal ein Auge auf den Fritz geworfen, euren Nachbarn.«

»Ah, daher will er nicht auf dem Foto sein«, lächelte Dollinger. »Weiter? Was noch?«

»Sie ist verheiratet und hat zwei Kinder. In Nürnberg«, gluckste Dietlein wie ein Teenager. »Ich weiß auch, wie sie jetzt heißt.«

»Da bin ich aber gespannt. Ich tippe auf Rippenbiest, Hammelwade oder Schnürbein«, flachste Karin.

»Müller!«, grinste Dietlein überlegen. »Susanne Müller!«

»Auch nicht schlecht.«

»Noch etwas?«, fragte Dollinger.

»Ist das etwa nichts? Wir wissen endlich, wer sie ist. Sie gehört doch zum Kreis der Verdächtigen. Ihr könnt sie jetzt befragen. Eulenweg 223. Ihr macht doch weiter? Oder? Auch ohne Verein.«

Die Dollingers sahen sich kurz an.

»Ja, wir machen natürlich weiter. Nur nicht mehr im Auftrag des Vereins«, antwortete er. »Aber bitte behalte das für dich.«

»Klar doch! Ich kann ein Geheimnis für mich behalten. Habt ihr schon eine neue Spur?«

»Leider nicht«, log Karin. »Wir fangen noch einmal von vorne an. Wie die Polizei. Irgendetwas haben wir übersehen.«

»Das sagen die Detektive in den Krimis auch immer«, stellte Dietlein fest. »Und oft ist es dann ja auch so. Na, jetzt könnt ihr bei der Susanne Blaufuß anfangen. Darauf müssten wir eigentlich anstoßen. Was meint ihr?«

Erneut tauschten Karin und ihr Mann Blicke aus.

»Ein andermal, Moni. Sei uns nicht böse. Wir haben leider keine Zeit. Danke aber für deine Mühe«, sagte Karin, der die Aufgabe zugefallen war, die Biberbacher Geheimdienstchefin hinauszukomplimentieren. »Du hast uns sehr geholfen.«

»Kommt schon. Ein Gläschen.«

»Moni, es geht wirklich nicht. Wir müssen los.«

Dietleins Euphorie fiel in sich zusammen, ihre Augen verblassten, ihr Mund verkleinerte sich.

»Das holen wir nach«, versuchte Karin sie zu trösten. »Wir rufen dich an. Sobald es geht.«

Wortlos stand die Frau ohne Alter auf und nickte traurig.

»Bestimmt?«

»Ja. Bestimmt!«, bekräftige Dollinger und stand ebenfalls auf.

In der Tür umarmte Dietlein erst Karin, dann ihren Mann lange und intensiv und schlich sich mit einer Verlierermiene davon. Die Dollingers sahen ihr nach, bis sie hinter dem Bushäuschen verschwunden war.

»Zu Fuß. Ich hab's mir gedacht«, bemerkte Karin. »Ein Gläschen hätte nicht gereicht.«

»Ich hole noch schnell die Taschenlampe«, sagte er. »Das Licht wird nicht mehr ausreichen.«

Mit weniger Gas und mit gedämpften Hoffnungen fuhren sie in die Weißkopfstraße. Immerhin fanden sie Kunraths Anwesen verlassen vor. Die Einsatzfahrzeuge waren verschwunden, lediglich die Flatterbänder stellten sich ihnen in den Weg. Sie parkten in unauffälliger Entfernung und spazierten zum Haus. Längst ein vertrauter Weg. Die Sonne stand noch am Himmel, hatte sich aber hinter Wolken verzogen.

»Wird es jetzt schon wieder früher dunkel?«

»Leider. Wir hätten doch eher kommen sollen«, sagte Dollinger.

»Was hab ich gesagt? Die sind doch schon lange weg. Das sind Beamte.«

»Es sieht jedenfalls so aus.«

In der Einfahrt sicherten sie mit vier Augen das Terrain und horchten in die Dämmerung hinein. Als sie zufrieden waren, tauchten sie unter dem losen Flatterband hindurch und gingen mit schnellen Schritten hinter das Haus.

»Jetzt sieh dir das an!«, staunte Karin. »Von Johanns Garten ist nicht mehr viel übrig.«

Im müden Abendlicht stießen sie auf unbekannte Hügel und Löcher. Die Polizei hatte die Beete regelrecht umgepflügt.

Die beiden Hochbeete waren abgetragen, der Komposthaufen dem Erdboden gleichgemacht worden. Selbst einige der großen Natursteinplatten, die auf dem Rasen als Weg zu den Beeten gedacht waren, lagen schutzlos auf dem Rücken.

»Das nenn ich Neuanfang«, kommentierte Dollinger die Verwüstung. »Wenn ich an die Idee denke, den Garten für die Erben in Schuss zu halten, wird mir schlecht. Diesen Paragrafen müssen wir definitiv abschaffen.«

Vor dem kleinen Tor der Scheune bemühten sie die Taschenlampe, die ein intaktes Siegel zum Vorschein brachte.

»Was machen wir jetzt? Du willst doch nicht …?«

»Nein. Davon lasse ich die Finger. Aber wir müssen in die Scheune. Sehen wir uns das Fenster an«, sagte Dollinger.

»Da kommen wir niemals rein«, stellte Karin fest, nachdem sie mit der Taschenlampe das kleine Fenster auf Schwachstellen abgesucht hatten. »Und selbst wenn wir es öffnen können, passen wir da nicht durch.«

»Eine Leiter hätten wir«, sagte Dollinger. »Die hängt hinter der Scheune an der Wand.«

»Die nützt uns aber nichts. Das Fenster ist zu schmal.«

Sie kehrten zurück und nahmen sich noch einmal das Siegel vor. Nach kurzer Überlegung kamen sie jedoch zu dem Schluss, es unversehrt zu lassen. Dollinger setzte ein paar Schritte zurück und suchte das Gebäude nach alternativen Zugängen ab.

»Vom Haus aus führt keine Tür in die Scheune«, murmelte er vor sich hin und ließ den Lichtkegel der Taschenlampe wandern, obwohl noch Restlicht vom Tag vorhanden war. »Die Gaube! Die Türen sind bestimmt nicht versiegelt.«

Karin stellte sich neben ihn und richtete den Blick auf die kleine Dachgaube über dem Tor. Eine Gaube, wie sie viele alte fränkische Scheunen besaßen, verschlossen mit einer zweiflügeligen Tür. Wahrscheinlich eine Eigenkonstruktion des Erbauers.

»Holen wir die Leiter«, entschied sie. »Ehe es wirklich dunkel wird.«

Zu zweit hoben sie die alte Holzleiter aus den Wandhaken und trugen sie vor die Scheune.

»Die würde der TÜV sofort dem Feuer übergeben«, sagte er, während sie die Leiter an die Wand stellten. »Die ist bestimmt älter als die Scheune.«

»Na los!«

Dollinger stieg kurz auf die erste Sprosse, die zwar knarrte, aber hielt.

»Ich bleibe unten und halte sie fest. Jetzt mach schon!«

Jede Sprosse unterzog er zunächst einem kurzen Belastungstest, bevor er ihr sein ganzes Körpergewicht anvertraute. Ohne Zwischenfall erreichte er die Lücke in der Dachrinne, die der Gaube zu verdanken war. Mit der rechten Hand tastete er die beiden Türchen ab, die sich kaum bewegten.

»Abgesperrt. Das war ja zu erwarten.«

»Nicht so laut«, zischte Karin von unten.

Er griff von unten zu, fand Halt und zog kräftig. Beim dritten Versuch gaben die Türchen nach. Ein rostiger Riegel baumelte am linken Flügel. Ohne Belastungstest stieg er herunter und ließ sich die Taschenlampe reichen, die in der Scheune unbedingt erforderlich war. Wieder oben, kletterte er durch die Gaube in die Dunkelheit. Bevor er sich einen Weg nach unten suchte, ließ er den Lichtkegel kreisen. Auch in der Scheune hatten Schwerdtfeger und seine Leute ganze Arbeit geleistet. Kaum etwas stand noch an seinem ursprünglichen Platz. Sogar die schweren Maischefässer hatte jemand durch den Raum gewuchtet.

Er schwenkte den Lichtstrahl fast senkrecht nach unten. Der Platz, an dem er den Rasenmäher erwartete, war leer.

»Mist!«

»Was hast du gesagt?«, reif Karin mit gedämpfter Stimme.

»Er ist nicht da!«

»Mist!«

Der Lichtkegel glitt lautlos über Kisten und Gartenmöbel, über eine Modersense, einen Sonnenschirm, bevor er auf den Rasenmäher traf.

»Ich hab ihn. Der Korb hängt noch dran. Aber das muss ja nichts heißen.«

Dollinger brauchte lange Minuten, bevor er einen Weg nach unten gefunden hatte. Einen Weg, den er mit zwanzig nicht gebraucht hätte. Aber jetzt musste er sich von einem Halt zum nächsten hangeln, die Taschenlampe in der Brusttasche seiner Campingweste, bis er endlich den Betonboden unter seinen Füßen spürte.

Der Korb hing tatsächlich noch am Mäher, der neben dem alten Handmäher einen neuen Platz erhalten hatte. Er zog den Korb aus der Halterung und spürte schon am Gewicht, dass er noch immer voll war. Er bemerkte es aber auch am Geruch, denn das Gras war längst damit beschäftigt, sich in eine stinkende, braune, matschige Masse zu verwandeln. Um nicht in den Korb fassen zu müssen, stellte er ihn einfach auf die Öffnung und klopfte den Grasmatsch heraus. Mit einem schmatzenden Geräusch klatschte er auf den Beton.

»Was ist?«, rief Karin von draußen.

»Very Matsch. Aber sonst noch nichts.«

Dollinger griff sich eine der Rankhilfen aus Bambus und stocherte in der stinkenden Masse, ohne auf etwas zu stoßen. Er warf den Stock in eine Ecke und tastete das Innere des

Korbs mit dem Lichtstrahl ab. Auf dem Boden stieß er auf eine Falte. Die Falte einer Folie. Jemand hatte auf den schwarzen Kunststoffboden des Korbs eine schwarze Folie geklebt, die auf den ersten Blick nicht auffiel.

»Typisch Johann«, sagte Dollinger, griff in den Gestank und riss die Folie heraus, die etwa die Größe einer C4-Versandtasche hatte.

»Ich hab es!«, verkündete er den Etappensieg, ließ alles stehen und liegen und schob den Fund unter der Scheunentür hindurch.

»Na bitte!«, sagte Karin und nahm den Umschlag mit spitzen Fingern in Empfang.

Um den Rückweg antreten zu können und auch zu überleben, stellte Dollinger eine kleine Trittleiter auf eine Kiste und konnte so nach oben steigen. In der Gaube wurde es noch einmal kniffelig, aber schließlich stand er auf der Leiter, schloss die Türchen und stieg hinunter. Nach der letzten Sprosse traf ihn unvermittelt ein heftiger Kuss seiner Frau.

»Du hast es tatsächlich gefunden!«

»Johann war nicht nur pingelig. Er war auch raffiniert. Ich hätte die Folie in dem Korb fast übersehen. Ein Spitzenversteck und trotzdem jederzeit zugänglich und verfügbar. Bringen wir die Leiter zurück. Es muss ja nicht gleich jeder sehen, dass wir zu Besuch waren.«

Nachdem sie alle äußeren Spuren beseitigt hatten, fuhren sie lachend und schwitzend nach Hause. Dollingers Knochen meldeten rückwirkend heftige Einwände gegen die Kletterpartie ein, diese kamen jedoch zu spät.

Bevor sie den Umschlag öffneten, unterzog ihn Karin einer gründlichen Reinigung. Wasser konnte dem Inhalt nichts anhaben, denn Johann hatte ihn mit Klebeband abgedichtet.

Dollinger öffnete erst eine Flasche Rotwein, bevor er sich an den Umschlag machte. In feierlicher Stimmung schob er ein großes Küchenmesser in die verklebte Lasche und schnitt die Folie durch. Zum Vorschein kam ein zweiter Umschlag. Kunrath war auf Nummer sicher gegangen. Erst ein zweiter Schnitt gab den eigentlichen Inhalt frei, eine Handvoll Papiere in einer seitlich offenen Aktenhülle.

»Kopien«, stellte Karin umgehend fest.

»Die Zeitungsartikel vom Unfall«, sagte Dollinger. »Komplett. So, wie Nürnberger sie uns gemailt hat.«

»Excel-Ausdrucke. Seitenweise Excel-Ausdrucke. Mit handschriftlichen Anmerkungen. Von Kunrath oder Krautwurst.«

»Ein Grundriss oder eine Risszeichnung von einem Haus. Von einem Betrieb. Von einer Destille. Von Randels Brennerei!«

»Randel?«, hauchte Karin. »Es war der Randel! Lass mal sehen!«

Sie reichten sich gegenseitig die Papiere, tauschten sie aus, machten Entdeckungen, stießen auf neue Rätsel, versuchten, in die Zusammenhänge einzudringen. Nach der ersten Flasche Wein waren sie so weit.

»Wenn ich das richtig verstehe, hat Randel seinen Betrieb mehrfach schrittweise umgebaut und modernisiert. In einem dieser Umbauschritte hat er eine Destille nicht abgebaut, sondern in einem kleinen Nebenraum verschwinden lassen. Eingemauert. So, dass man es von außen nicht merkt. Nicht, wenn man nicht genau nachmisst.«

»Der Kreis auf dem Grundriss«, ergänzte Dollinger.

»So konnte er ungestört schwarzbrennen. Steuerfrei.«

»Und das lohnt sich?«

»Offenbar. Wenn man die Preise für eine Flasche nehmen

kann, die der Randel nimmt. Seine Nobelbrände kann sich ja kein normalsterblicher Trinker leisten. Und dann exportiert er seinen teuren Stoff auch noch in die halbe Welt«, dozierte Karin.

»Aber wenn das rauskommt, ist er nicht nur ein Steuerhinterzieher. Dann kann er dichtmachen. Die entziehen ihm doch die Lizenz, die Zulassung, das Brennrecht. Wie auch immer, der ist geliefert.«

»Der ist sowieso geliefert«, fuhr Karin fort und reichte ihm eine der Kopien. »Hier. Der hat in großem Stil betrogen. Da stimmt rein gar nichts. Sieh dir das mal an. Oder sehe ich das falsch?«

Dollinger, nicht ganz ahnungslos in Wirtschaftsfragen, hatte die Zahlenkolonnen und die handschriftlichen Anmerkungen schnell durchschaut.

»Und wie der die Behörden über den Tisch gezogen hat! Unglaublich! Mich wundert, dass er damit bis heute durchgekommen ist? Machen die keine Kontrollen? Aber Krautwurst hat eine gemacht. Wie wir vermutet haben. Den Rest haben die beiden so herausbekommen. Dann hatten sie ihn in der Hand.«

»Bis ihm der Kragen geplatzt ist«, meinte Karin.

»Ich wette, der ist ihm schnell geplatzt«, vermutete ihr Mann. »Viel haben die nicht aus ihm rausgeholt. Das hätten wir gesehen. Das Geld hätten wir gesehen. Die Polizei hätte es gesehen. Nein, der Randel, der hat schnell reagiert. Wie bei dem Bauingenieur.«

»Wie bei uns. Nur, dass es nicht geklappt hat. So viel Glück wie im Wald werden wir nicht ein zweites Mal haben. Komm, rufen wir Schwerdfeger an.«

»Nein. So weit sind wir noch nicht«, sagte Dollinger und strich sich mit dem Zeigefinger nachdenklich über die Lippen. »Noch nicht ganz.«

28

Ein weiterer Sommertag. Nur wenige, harmlose Wolken zogen über den Himmel und ließen sich dabei Zeit. Der Wind war schwach, die Vögel bester Laune, die Menschen auch.

Von der gegenüberliegenden Straßenseite beobachtete Dollinger das geöffnete Hoftor der Brennerei Randel. Es schien ein ganz normaler Arbeitstag zu sein. Die Lieferwagen waren ausgerückt, ab und zu überquerte ein Mitarbeiter in grauem Arbeitsoutfit den Innenhof. Randels Privatwagen hatte er nirgends entdecken können.

Dollinger ließ sein Handy Randels Büronummer wählen. Nach dem dritten Ton meldete sich ein Anrufbeantworter. Randel war außer Haus, wie fast jeden Vormittag. So viel hatte Dollinger in der Kürze der Zeit in Erfahrung bringen können.

Ohne Hast schlenderte er über die Straße, grüßte den riesigen Kastanienbaum und linste mit allgemein üblicher Neugier in den Innenhof der Brennerei. Nur war es in seinem Fall nicht die übliche Neugier, die fast jeder Passant an den Tag legte. Der Hof war menschenleer, die Geräusche klangen fern. Das Schild, das vor gefährlichen Hunden warnte, konnte ihm nichts anhaben. Nur die Fenster, die an der gegenüberliegenden Seite auf den Hof zielten, behagten ihm nicht. Dieses Risiko musste er eingehen.

Dollinger betrat den Hof, als suche er einen Mitarbeiter, ließ seinen Blick wandern, schielte in eine offene Tür, sah hinter einen Mauervorsprung. An den Gebäuden auf der rechten Seite entlang überquerte er den Hof und erreichte das Hauptgebäude. In einer Ecke fand er einen toten Winkel, zog ein gefaltetes Stück Papier aus seiner Hemdtasche und vergewisserte sich, den richtigen Weg eingeschlagen zu haben. Der Betrieb von Matthias Randel bestand aus vier ineinander verschachtelten Gebäuden. Ein wahres Labyrinth, das ihm überhaupt erst ermöglicht hatte, darin einen kleinen Raum zu verstecken.

Durch eine Schiebetür, die sich nur widerwillig öffnen ließ, gelangte Dollinger ins Hauptgebäude. Ein spärlich beleuchteter und stark nach Alkohol und Fruchtaromen riechender Flur führte ihn auf die andere Seite des Komplexes, wo sich die Destillen befanden. Dollinger versuchte, die Geräusche zu identifizieren. Es war das zu erwartende Klappern von Flaschen, Kästen und Maschinen. Mit wohlüberlegten Schritten und hellwachen Augen folgte er dem Flur und erreichte ungehindert den gekachelten Bereich der Brennerei. Hier waren die Geräusche aus dem Lager fast verstummt. Dafür konnte er Schritte orten. Ein schneller Blick durch eine breite Tür reichte aus. Ein Mitarbeiter in Grau machte sich an einer Destille zu schaffen, drehte an einer großen Flügelschraube.

Dollinger musste warten. Er nutzte die Zeit und holte ein kleines Gerät aus der Brusttasche, das wie ein Handy oder ein Diktiergerät aussah, in Wahrheit aber ein Laserentfernungsmesser war. Er setzte es auf die Wand vor seiner Nase an. 1,545 Meter. So genau hatte er es gar nicht wissen wollen. Nicht an dieser Stelle des Gebäudes.

Die Schritte entfernten sich. Ein weiterer schneller Blick zeigte ihm einen menschenleeren Raum. Es konnte weitergehen. Auf leisen Sohlen schlich er sich an den Destillen vorbei. Eines war ihm längst klar. Randel konnte seine Betrügereien niemals alleine begangen haben. Seine Angestellten mussten eingeweiht gewesen sein. Vielleicht nicht in alle Vorgänge, nicht unbedingt in die Morde, aber zumindest in jene illegalen Taten, die sich vor ihnen ohnehin nicht verbergen ließen.

Die Geräuschkulisse war im grünen Bereich. Dollinger suchte die passende Ecke, setzte das Messgerät auf die Wand auf und drückte ab. Das Ergebnis verglich er mit der Risszeichnung. 4,255 Meter. Die Zeichnung stimmte, wie auch immer Kunrath sie sich beschafft hatte. In einer anderen Ecke wiederholte er die Messung, um auch die Länge des Raumes zu ermitteln.

Schritte näherten sich.

Dollinger fehlte die Zeit, den Raum zu verlassen. Es gab keine andere Möglichkeit, als sich hinter die zweite Destille zu verkriechen.

Ein Mann in Grau erschien und machte sich an der ersten Destille zu schaffen. Metall berührte Metall. Eine Schraube quietschte. Etwas fiel auf den gekachelten Boden. Der Mann fluchte, hob das Objekt auf und war dann doch zufrieden. Mit einer schrägen Melodie auf den Lippen stiefelte er davon.

Dollinger spürte seinen Rücken, der noch immer mit seiner Kletterpartie vom Vortag haderte. Er brauchte zähe Sekunden, um seine allzu eilig eingenommene Position aufzugeben, hinter der Destille hervorzukrabbeln und sich wieder in die Senkrechte zu begeben.

Die Geräuschkulisse hatte sich wieder beruhigt.

Er befragte kurz seinen Plan und schlich sich zurück in den

halbdunklen Flur. Hinter der nächsten Ecke zuckte ein grelles Licht. Eine der Neonröhren hatte ihr Lebensende erreicht.

Den kleinen Lagerraum auf der linken Seite würdigte er nur mit einem Blick. Er war für das architektonische Versteckspiel ohne Bedeutung. Dollinger suchte einen anderen Raum, setzte ab und zu seinen Laser ein und verglich die Ergebnisse mit seinem Plan. Schließlich fand er die Stelle. Ein unscheinbares Stück schmutziger Wand, deren ursprüngliche Farbe Weiß gewesen sein musste. Hier musste sich der Eingang befinden.

Im Labyrinth war es ruhig.

Vorsichtig sah er sich um, tastete den rauen, groben Putz und die Steine ab. Nichts. Er wiederholte seine Lasermessung, wiederholte den Blick auf den Plan. Die Wand vor ihm blieb eine schmutzige, einst weiße Wand. Ratlos ging er auf und ab, lugte um die nächste Ecke, kehrte wieder zurück. Das Gefühl drängte sich ihm auf, sich geirrt, sich total verhauen zu haben.

Noch während er mit dem Gefühl kämpfte, stach ihm ein Lichtschalter ins Auge. Ein doppelter Schalter, wie er auch bei elektrischen Rollläden üblich war. Eine dazugehörige Lampe konnte er aber nicht entdecken. Nach wie vor flackerte und zuckte hinter ihm die sterbende Neonröhre. Das zum Schalter gehörige Kabel war unter dem Putz verlegt worden.

Er versuchte sein Glück und betätigte erst den einen, dann den anderen Schalter. Viele Möglichkeiten gab es ja nicht. Schon bei der zweiten Position ertönte ein leises Surren, ein leises Klicken. Wo eben noch die weiße Wand gewesen war, tat sich ein schmaler Spalt auf. Dollinger war ebenso überrascht wie beeindruckt.

Keine verdächtigen Geräusche waren zu hören.

Er griff in den Spalt und stellte fest, dass das Türblatt tatsächlich aus Mauerwerk bestand, eingefasst von einem stabilen

Metallrahmen. Der Versuch, die Tür durch Klopfen zu entdecken, war somit ausgeschlossen. Randel hatte ganze Arbeit geleistet. Auch die Umrisse der Tür, die im rauen Putz, im offenbar künstlichen Schmutz verschwanden, waren eine Meisterleistung. Einen Motorantrieb besaß die Geheimtür allerdings nicht. Dollinger musste sie mit einiger Kraft aufziehen.

Hinter der Tür war es schwarz. Ein fensterloser Raum. Er machte einen vorsichtigen Schritt und griff um die Ecke, wo sich gewöhnlich der Lichtschalter befand. Das galt wohl auch für geheime Räume, denn er war tatsächlich an seinem Platz. Neonröhren flammten auf und brachten Licht ins Dunkel. Der Raum war keine zwei Meter breit und etwa drei Meter lang. Groß genug für gleich zwei Destillen, deren Kamine in der Decke verschwanden. Er vermutete, dass sie sich irgendwo mit den offiziellen Kaminen vereinten. Die Luft war irgendwie klebrig. Es roch nach Alkohol und Rauch.

Ohne Zeit zu verlieren, setzte er seinen Laser ein und vermaß den Raum. Wieder stimmten die Ergebnissen mit den Angaben auf dem Plan überein. Randel hatte das ideale Versteck für eine Schwarzbrennerei gefunden: eine lizenzierte Brennerei. Plomben vom Zoll, wie sie in einer Verschlussbrennerei vorgeschrieben waren, fehlten hier natürlich. Die Menge, die sich mit den beiden Destillen erzeugen ließ, konnte er nicht einschätzen. Dazu fehlen ihm die Fachkenntnisse.

Er machte mit seinem Handy ein paar Fotos und knipste das Licht aus. Auf dem Flur war es ruhig. Mithilfe seines Körpergewichts drücke er die Steintür zurück in ihre Metallzarge, bis ein klickendes Geräusch signalisierte, dass sie arretiert war. Nichts war mehr zu sehen. Jetzt, da er die Tür kannte, versuchte er die Fugen zu finden. Seine Finger hatten große Mühe, aber Erfolg.

»Darauf bin ich besonders stolz.«

Dollinger fuhr zusammen, dass er sich das Knie an der Wand stieß, die keine war. Dennoch drehte er sich auf der Stelle um.

»Sobald die Tür geöffnet wird, leuchtet bei mir im Büro ein kleines, rotes Birnchen auf«, sagte Randel. »Man kann ja nie wissen.«

Dollinger nickte und fasste sich an sein Knie.

»Sie haben es also gefunden. Wo war es? Ich habe wirklich alles auf den Kopf gestellt«, sagte Randel.

»Im Auffangkorb des Rasenmähers.«

Randel schmunzelte, lachte fast und schüttelte den Kopf.

»Im Rasenmäher? So ein Freak! Ein gottverdammter Freak, dieser Kunrath!«

»Er hat dichtgehalten, das Versteck nicht verraten.«

»Kein Wort. Dabei hab ich ihn richtig in die Mangel genommen. Dieser Freak, dieser blöde«, schimpfte Randel, der nicht nur jünger als Dollinger war, sondern auch größer und kräftiger.

»Was hätten Sie gemacht, wenn er Ihnen die Dokumente gegeben hätte?«

Randel grinste.

»Und Krautwurst?«

»Auch so ein Freak. Allein der Name. Der ist vor Schreck die Treppe heruntergefallen, als er mich gesehen hat.«

»Zum Suchen hat Ihnen dann die Zeit gefehlt, weil jemand gekommen ist.«

»Seine Frau. Und sie war nicht allein.«

»Anton Hirsch? War das auch ein Freak?«

»Nein«, antwortete Randel kalt. »Das war ein Arschloch. Aber das ist schon so lange her. Lassen wir das.«

»Fünf Jahre«, ergänzte Dollinger.

»Wenn Sie das sagen«, grinste Randel. »Also gut. Dieser Klugscheißer hat meine kleinen Umbauten nicht verstanden. Zufrieden?«

»Ich hätte vielmehr gedacht, er hat sie verstanden.«

»So gesehen, liegen Sie natürlich richtig. Er hat so komische Andeutungen gemacht. Da hab ich ihn eingeladen. Erst wollte er nicht. Aber als ich ihm meinen Schlehenbrand Nummer eins kredenzt habe, ist er eingeknickt«, lächelte Randel.

»Was kostet da die Flasche?«

»Schlappe hundertfünfzig Euro.«

»Ein gutes Geschäft«, sagte Dollinger.

»Habe ich. Das können Sie mir glauben.«

»Sie haben ihn abgefüllt und den Unfall arrangiert.«

»Das war kein Problem bei dem Arschloch«, lächelte Randel.

»Und wann ist Johann auf Sie zugekommen?«

»Vor gut sechs Wochen. Er sei da über etwas gestolpert, hat er gesagt. Im Rechner des Landratsamts. Dieser blöde Freak. Alles hat er gewusst. Na ja, sagen wir mal, fast alles.«

»Auch das mit Anton Hirsch?«

»Das hat er sich irgendwie zusammengereimt«, sagte Randel und änderte seinen Tonfall. »Und jetzt zu uns, Herr Vereinsdetektiv. Ach ja, ich vergaß. Das sind Sie ja gar nicht mehr. Vom Chef gefeuert. Also: Wo sind die Unterlagen?«

Dollinger spürte plötzlich einen stumpfen Gegenstand, den ihm Randel kurz und heftig in den Bauch rammte.

»Ahhh!« Der Schmerz war unglaublich, ließ ihn nach Luft schnappen, zwang ihn in die Knie. Tränen bahnten sich ihren Weg. Der größte Schraubenschlüssel, den er je gesehen, fast einen halben Meter lang, schob sich in sein Blickfeld, fest umklammert von einer entschlossenen Hand.

»Wo sind die Unterlagen, Herr Detektiv? Zu Hause? Bei Ihrer kleinen Frau?«

Dollinger kroch die Wand hinauf und blieb gekrümmt vor ihm stehen.

»Das haben Sie jetzt davon. Ich hatte Ihnen doch ein Radieschen zukommen lassen. Aber Sie haben die Botschaft nicht verstanden. Oder wollten Sie sie nicht verstehen? Eh ich es vergesse: Ihr Handy bitte! Schnell, schnell!«

»Ich … ich hab … kein Handy«, keuchte Dollinger, kippte leicht nach vorne, stützte sich mit den Händen auf die Knie, kam aber wieder nach oben. »Ich hab aber das hier.«

Ein roter Laserstrahl suchte zitternd Randels Augen und fand sie schnell. Jetzt schrie der Obstbrenner auf, dessen Hände vor sein Gesicht flogen. Der Schraubenschlüssel traf mit hellem Klang den Boden, gefolgt vom Entfernungsmesser.

Dollinger wusste, dass der Laser nicht für mehr als einen Schreck taugte. Aber das musste reichen. Er rannte auf das sterbende Neonlicht zu, hörte aber schon nach wenigen Schritten die seines Verfolgers. Klirrend, singend, keifend verfehlte der Schraubenschlüssel nur knapp seine Füße, blieb neben ihm liegen.

»Haltet ihn auf! Rudi! Basti! Haltet ihn auf! Macht das Tor zu! Macht sofort das Tor zu!«, brüllte Randel hinter ihm her.

Für einen Griff zum Handy war keine Zeit. Dollinger legte seine ganze verbliebene Kraft in seine Beine, während sein Magen den Aufstand probte.

»Das Tor zu! Rudi! Das Tor zu!«

Dollinger erreichte die offiziellen Destillen. Niemand stellte sich ihm in den Weg. Die Schiebetür stand offen. Aber die Schritte hatten ihn fast eingeholt.

»Rudi! Verdammt noch mal! Er darf nicht auf die Straße!«

Die Schiebetür zum Hof. Sie war offen.

Jetzt stellte sich ihm doch etwas in den Weg.

Ein riesiger Schatten.

Dollinger konnte in letzter Sekunde seitlich ausweichen, zwängte sich an ihm vorbei, sprang nach draußen. Nicht aber sein Verfolger. Ungebremst prallte er wie eine Abrissbirne auf den Schatten, der jedoch wie ein Fels stehen blieb.

Randel gab einen dumpfen, gepressten Laut von sich und fiel nach hinten. Er landete auf seinem Steißbein, fluchte Unverständliches, berappelte sich, stand gleich wieder auf den Beinen.

»Rudi!!!«

»Der kann gerade nicht«, brummte Schwerdtfeger, der Besitzer des Schattens. »Der bewacht meine Handschellen. Matthias Randel. Sie sind vorläufig festgenommen. Wegen Mordes an Johann Kunrath. Und anderer unzähliger Vergehen. Was weiß ich. Erklärt ihr ihm den Rest. Diesen Rechtskram.«

Randel machte ein Gesicht wie ein Karpfen, den man aus dem Wasser gehoben hatte.

»Mund zu!«, fuhr ihn Schwerdtfeger an, hinter dem zwei Beamte erschienen, die den ungekrönten Obstlerkönig entschlossen in Empfang nahmen und zu seinem Wagen geleiteten.

»Dollinger!«, fauchte Schwerdtfeger, während er sich langsam umdrehte.

Vornübergebeugt und keuchend kam ihm der Angesprochene entgegen.

»Sie haben wohl einen Dachschaden, Dollinger?!«

»Es ist der Magen.«

»Blödsinn!«, schäumte der Bär mit gewohnt mürrischer Miene. »Was sollte denn das werden? Mission impossible für

Arme? Oder wollten Sie sich auch mal ein Maischefass von innen sehen?«

»Ich wollte …«

»Sterben wollten Sie! Wenn Ihre Frau mich nicht angerufen hätte, wären Sie der nächste Kunde unseres aristokratischen Pathologen geworden! Was geht da bloß vor in Ihrem Kopf, Mann?!

»Mein Magen«, entgegnete Dollinger gequält. »Er hat mir einen Schraubenschlüssel in den Magen gerammt.«

Schwerdtfegers Züge wurden langsam sanfter, er ging auf ihn zu und legte ihm seine rechte Pranke auf die Schulter.

»Alles in Ordnung? Brauchen Sie einen Arzt? Ihre Frau wartet übrigens zu Hause. War uns sicherer so.«

»Es geht schon wieder«, antwortete ein blasser Dollinger, der aber wieder aufrecht stand. Sein Magen rebellierte nicht mehr ganz so heftig, der Schmerz rückte in den Hintergrund.

»Machen Sie das nicht noch einmal! Sie sehen ja, was dabei herauskommt!«

Dollinger nickte, zog sein Handy aus der Tasche und rief seine Frau an.

»Ja, es ist gerade noch mal gut gegangen. Wir haben ihn. Ja, ich komme gleich.«

»Nicht so hastig, Sie Todeskandidat. Vorher zeigen Sie mir diese geheime Brennkammer. Bevor hier die lieben Kollegen vom Zoll und von der Steuer anrücken.«

Während das Labyrinth sich mit Polizisten füllte, führte Dollinger den Hauptkommissar durch den Flur zur Geheimtür und erklärte ihm den einfachen, aber zweckmäßigen Mechanismus.

»Erfindungsreich«, kommentierte Schwerdtfeger. »Dazu gehört eine Extraportion krimineller Energie.«

»Wenn wir die Unterlagen richtig verstanden haben, hat er die teuren Flaschen zweimal produziert«, erläuterte Dollinger.

»Das teure Zeug ist doch nummeriert, soweit ich weiß«, gab Schwerdtfeger zu bedenken. »Flasche für Flasche.«

»Stimmt. Die Flaschen tragen Etiketten mit gestempelten, fortlaufenden Nummern. Bei jedem Jahrgang geht es wieder bei eins los. Seine Produktion lässt sich also perfekt kontrollieren. Glaubt man. Aber er hat jede Nummer zweimal vergeben, einmal offiziell und einmal illegal. Die offiziellen hat er im Inland verkauft, die illegalen ins Ausland geliefert, in die USA oder nach Australien. Via Internet. Das Risiko war also gering. Es hätten sich schon zwei Käufer treffen und ihre Flaschennummern vergleichen müssen.«

»Ein gutes Geschäft. Wie hoch war seine Auflage bei den exklusiven Bränden? Dreihundert, glaube ich. Dreihundert mal hundertfünfzig Euro, das macht brutto ... 45.000 Euro. Pro Sorte, pro Jahr. Und Steuern hat er ja nicht gezahlt.«

»Die Maische hat er wohl zum Teil den Kleinbrennern abgenommen. Sie waren seine ahnungslosen Zulieferer. Im Grunde also unser Obst- und Gartenbauverein. Deshalb hat er sich auch so angebiedert.«

»Die Kleinbrenner hat er also auch noch beschissen«, sagte der Hauptkommissar und inspizierte die beiden illegalen Destillen, als verstünde er etwas vom Obstbrennen. »Tolle Anlage. Hätte ich gerne bei mir im Keller.«

»Eine tödliche Anlage«, meinte Dollinger.

Schwerdtfeger sah sich kurz um, wusste sich allein mit ihm, suchte seinen Blick und flüsterte wohlwollend: »Dollinger.«

»Ja?«

»Danke. Sie Amateur. Und jetzt verschwinden Sie endlich. Ab nach Hause!«

29

»… danken wir auch der Presse für die lobenden Worte, die unseren Verein wieder ins richtige Licht rücken. Einer von uns wurde auf brutalste Weise ermordet. Johann Kunrath. Wir haben die Herausforderung angenommen und unabhängig von den Ermittlungen der Kriminalpolizei einen eigenen Detektiv mit der Aufklärung des Mordfalls beauftragt: Walter Dollinger. Assistiert von seiner schönen Frau Karin. Es war die richtige Wahl. Sie haben uns nicht enttäuscht, sie haben schnell kombiniert und konnten schließlich den Täter überführen. Natürlich dank der tatkräftigen Hilfe aller Vereinsmitglieder und meiner Wenigkeit«, prahlte Axel Baumeister, fest entschlossen, auch bei der nächsten Wahl wieder für das Amt des Vereinsvorsitzenden des Biberbacher Obst- und Gartenbauvereins zu kandidieren. Jens Nürnberger und vier seiner Kollegen bedachten ihn mit Lichtblitzen. Der Bürgermeister war mit seinem Gemeinderat geschlossen angetreten. Sogar eine Landtagsabgeordnete aus Neustadt war erschienen.

»Das zeichnet eben einen guten und funktionierenden Verein aus«, fuhr Baumeister fort, »dass er seine Probleme immer im Griff hat und letztendlich selbst und mit eigenen Mitteln löst. Das Wort ›Krise‹ ist ein Fremdwort für uns. Schon oft wurde das Vereinsleben in unserem Lande totgesagt, wurde leichtfertig als Vereinsmeierei diffamiert, als kleinkarierter Kampf um Posten und Pöstchen. Aber dem ist nicht so, liebe Freunde, dem ist nicht so. Nicht hier bei uns in Biberbach. Erheben Sie daher das Glas auf den Obst- und Gartenbauverein. Zum Wohl! Und natürlich auf Karin und Walter Dollinger!«

Die Gläser schossen in die Höhe, Bravorufe ertönten, Baumeister stand auf und nahm die Huldigung strahlend entgegen.

Die Dollingers hatten einen Ehrenplatz am Rande des Versammlungsraums erhalten. Auf zwei alten Ratsherrenstühlen, die Dr. Pfannenmüller zur Verfügung gestellt hatte. Auch sie hielten die Gläser hoch, auch sie lächelten.

»Heute Nacht lege ich ihm ein Radieschen auf die Wassertonne«, flüsterte Karin ihrem Mann zu.

»Ich helfe dir dabei«, stimmte ihr Mann leise zu.

***

© Andreas Riedel

SYNDIKAT

Die Autorengruppe deutschsprachige Kriminalliteratur

Das Syndikat wurde 1986 mit dem Ziel gegründet, die deutschsprachige Kriminalliteratur zu fördern, Öffentlichkeitsarbeit zu betreiben und den Kontakt zwischen den Autoren zu fördern. Jedes Jahr veranstaltet das Syndikat ein großes Krimifestival, die *Criminale*.

Inzwischen zählt das Syndikat über 800 Mitglieder aus Deutschland, Österreich und der Schweiz. Mitglied können nur professionelle Autorinnen und Autoren werden, um für ein entsprechendes Niveau zu sorgen.

Näheres unter: www.das-syndikat.com